《中国家庭基本藏书》

新闻出版总署优秀畅销书奖
全国优秀古籍图书普及读物奖
第十七届山西省优秀图书一等奖
第二届山西出版政府奖
山西出版集团2008年度十种好书

全套藏书累计销售500万册

中国家庭基本藏书（修订版）

诸子百家卷
《诗经》 《楚辞》 《论语·大学·中庸》 《孟子》 《老子》
《庄子》 《荀子》 《韩非子》 《孙子兵法·尉缭子·鬼谷子》
《墨子》 《周易》 《山海经》 《吕氏春秋》 《三十六计》

名家选集卷
《三曹诗集》 《陶渊明集》 《王勃集》 《孟浩然集》 《高适集》
《王维集》 《李白集》 《杜甫集》 《岑参集》 《韩愈集》
《白居易集》 《刘禹锡集》 《柳宗元集》 《元稹集》 《李贺集》
《杜牧集》 《李商隐集》 《李煜集》 《柳永集》 《欧阳修集》
《王安石集》 《苏轼集》 《黄庭坚集》 《秦观集》 《周邦彦集》
《李清照集》 《陆游集》 《范成大集》 《杨万里集》 《辛弃疾集》
《姜夔集》 《元好问集》 《文天祥集》 《唐伯虎集》 《李贽集》
《三袁集》 《张岱集》 《傅山集》 《纳兰性德集》 《郑板桥集》
《袁枚集》 《龚自珍集》

史著选集卷
《左传》《国语》《战国策》《史记》《汉书》《后汉书》《三国志》
《资治通鉴》

综合选集卷
《唐诗三百首》《宋词三百首》《元曲三百首》《千家诗》《古文观止》
《汉魏六朝小赋骈文选》《唐宋八大家文选》《明清小品文选》

笔记杂著卷
《蒙学六种——三字经·百家姓·千字文·增广贤文·幼学琼林·格言联璧》
《颜氏家训·朱子家训》《世说新语》《曾国藩家书》《金刚经·坛经》
《菜根谭·小窗幽记·幽梦影》《浮生六记》《闲情偶寄》《近思录》
《徐霞客游记》《古代书信精选》

戏曲小说卷
《元杂剧精选》《西厢记》《牡丹亭》《长生殿》《桃花扇》《今古奇观》
《三国演义》《水浒传》《西游记》《红楼梦》《聊斋志异》《儒林外史》
《封神演义》《话本小说选》《文言小说选》

纳兰性德集

[清] 纳兰性德 著
寇宗基 张政雨 布莉华 解评

中国家庭基本藏书 名家选集卷

山西出版集团
三晋出版社

智慧之府 经验之藏 知识之舟 学习之舟

·山西大学教授姚奠中先生为《中国家庭基本藏书》题词

前言

名家选集卷
纳兰性德集·前言

宋代之后，中国古代文学中的诗词文赋等类创作，经过了元明两个相对低迷的朝代，在清代又进入了一个复兴时期。在创作实践和理论总结上，取得了很高的成就。最引人瞩目的应是清朝立国后的初期和前期，出现了很多杰出的文学家。在诗词方面兼学唐宋，创新之作独具风貌，展示了一个格外耀眼的艺术世界；文赋创作也有所发展，为我们留下了宝贵的精神财富。其中满族文学家纳兰性德，在诗词等领域的创作成就非常突出，是满汉文化融合的代表人物，丰富和发展了中华文化。

纳兰性德（1655—1685），满洲正黄旗人，原名成德，后因避皇太子胤礽幼名，改名性德，字容若，号楞伽山人。为武英殿大学士明珠长子，年少时即聪颖过人，堪称文武全才。康熙十五年(1676)进士及第，历任正黄旗满洲都统第三参领所属之第七佐领和三等侍卫、二等侍卫、一等侍卫（武官正三品），曾随扈康熙巡幸塞外和江南。娶妻卢氏，是两广总督、尚书卢兴祖之女，夫妻恩爱，但婚后三年卢氏因产后得病亡故。继娶官氏。康熙二十四年（1685）五月，纳兰性德因病去世，年仅三十一岁。康熙二十五年（1686），葬于北京西北郊皂荚屯。著有《饮水诗词集》。康熙三十年（1691），徐乾学将纳兰性德的各类作品辑刻成《通志堂集》二十卷。另编有《通志堂经解》、《今词初集》、《名家绝句钞》等。

纳兰性德的创作中最引人瞩目的是他的词。梁启超感叹："清代大词家的头把交椅被容若占去。"现代著名学者郑振铎在《文学大纲》中认为："性德以才情胜，其词缠绵清婉，为当代冠。"他的词学习五代北宋，在情感的深挚自然和对生命的悲剧性体验上，与南唐后主李煜非常接近，同时又具有自己的特点。他对爱情的追忆和对亡妻的追悼，曾经感动过无数的读者；他对塞外雄浑悲凉的自然之境的创造，被王国维誉为"千古壮观"；他对历史兴亡和自身命运的沉思，包含了沟通古今的大悲慨。清新自然，不假雕饰，充分体现了其创作"天分绝高"和"纯任性灵"的基本特点（清·况周颐《蕙风词话》）。

纳兰性德的诗歌创作成就也很高，在生前和身后同样获得了人们的广泛赞誉。《清史稿·性德传》说他"善诗"，徐乾学《纳兰君墓志铭》说他"善为诗，在童子已句出惊人，久之益工，得开元、大历间风格"；但因被其词的光芒所掩，还没有得到应有的重视，其潜在的意义和价值还有待于深入的探讨和研究。他的文、赋内容丰富，既有对诗词创作理论的探讨，也有描摹景物、抒写知己之情和怀古幽思的作品。

值得一提的是，纳兰性德虽然是满族贵族，却和当时很多优秀的汉族知识分子相知相契，如朱彝尊、陈维崧、顾贞观、姜宸英、严绳孙等。他和他们之间在相互理解和尊重的基础上，建立了深厚的感情，在他的各体创作中，随处可见他对知己朋友的高情厚谊。尤其是他竭尽心智，营救受"丁酉科举案"牵连而被流放到黑龙江宁古塔的著名文人吴兆骞的行为，其意义已经远远超出了朋友之情，而具有鲜明的维护道义的成分。

本书精选纳兰性德的各体作品加以解评，力求较全面真实地反映纳兰性德的创作成就。在解评时，不仅力求辞达意通，浓淡兼宜，映现境界，而且注重挖掘纳兰作品中直到现在还能引发读者共鸣的深层意义与永恒的魅力，满足当代读者的审美和情感需求。在文本的选择上，以《通志堂集》（1979年2月上海古籍出版社影印出版）为主要依据，并参考张草纫笺注的《纳兰词笺注（修订本）》（上海古籍出版社2003年9月1版），赵秀亭、冯统一笺校的《纳兰词笺校》（中华书局2005年7月1版），康奉、李宏、张志主编的《纳兰成德集》(北京古籍出版社2006年12月1版),斟酌取舍,择善而从。

在作品的解读上,除以上各书外,还参考了张秉成先生编著的《纳兰性德词新释集评》(中国书店2001年1月1版),黄天骥先生所著《纳兰性德和他的词》(广东人民出版社1983年10月1版)等书。这些著作对我们的工作很有启发和帮助,在此谨向以上各书的编著者表示由衷的感谢。书后附有"纳兰性德年谱简编"、"纳兰性德著作主要版本"、"纳兰性德研究重要著述"、"《纳兰性德集》名言警句"(正文中用着重号标注)等参考资料,希望对本书的读者能有所帮助。

纳兰性德是深受读者喜爱的一位杰出的诗人和词人,解读他的作品,是一种非常美丽的情感体验和审美享受。但因我们水平所限,本书在选目、注释、解评等方面只是一家之见,还存在着这样或那样的问题甚至舛误,希望读者朋友能够给予批评指正。

寇宗基　张政雨　布莉华
2008年8月

纳兰性德其人其作(代序)

寇宗基

纳兰性德(1655—1685),字容若,号楞伽山人。清康熙十五年(1676)进士,官一等侍卫。他的一生虽然只有三十一个春秋,却留下了十分丰富的遗产。康熙三十年(1691),徐乾学将纳兰性德平生所作辑为《通志堂集》二十卷,包括诗、词、文、渌水亭杂识各四卷,赋一卷,杂文一卷,附录二卷。他的词有三百四十馀首,水平极高,为清代词人之冠。王国维在《人间词话》中评曰:"纳兰容若以自然之眼观物,以自然之舌言情。此由初入中原,未染汉人风气,故能真切如此。北宋以来,一人而已。"况周颐也在《蕙风词话》中誉其为"国初第一词手"。他的诗有三百六十馀首,数量超过词作,成就并不逊于词,可谓诗词俱佳,在清代文学中独树一帜,颇引世人瞩目。就其总体成就而言,不仅表现在诗词创作方面,也表现在文、赋、诗论、经、史、书法、鉴赏等诸多方面;既有自己的理论,又有自己的创作实践活动。在学术方面,还有由他主持,徐乾学指导下完成的《通志堂经解》一千七百八十八卷,收集了一百四十种宋元以来解释儒家经典的书籍,规模宏大,卷帙浩繁。此举使之厘然俱存,为保存古代文化典籍,避免散佚不传,起到了重要作用。

纳兰性德是第一个满汉文化融合的代表人物。从民族角度来研究纳兰性德的文学特点,他从"神汉形满"到"以满扬汉",和曹雪芹、文康一样,形成清代文学中自己的流派。纳兰性德在满汉文化交流中发挥了重要作用,在民族团结中做出了重要贡献。他营救吴兆骞的壮举,已经突破"怜骞才而拯之"的慕贤怜才的旧评,而应作为团结汉族知识分子这样一个重大的政治活动来看,作为反对"丁酉科举案"这样一个正义的行动来评价。

可以说,纳兰性德不仅是一位杰出的文学家,而且还是一位爱国的、团结各族人民的政治家,是一位立志于建功立业的志士仁人,这一点,是许多文学家所不及的。

一

纳兰的词作中既有忧思情恋与伤逝悼亡,也有羁旅炎凉与离愁别绪;既有自然景致与塞外风光,也有吊古与酬赠。他的词作,可以说是艺术地反映了他自身阅历的各个方面的生活内容。因此,纳兰性德的词作风格,也就不仅仅是婉约或凄婉,而是清新之外,尚有绵密、雄浑之气,兼及豪放和悲凉等多种风格。至于他的词作风格形成的原因,其满族的民族气质及汉文学遗产对他的影响都起了重要作用。他的词作的高度审美价值,在于他的词作感情的纯真充沛,以及思想内容方面的历史进步性、表达上的独特性和新颖性。含蓄委婉的艺术特征和情景交融的艺术境界,特定艺术情境中词人感情内容的一定模糊性,构成了纳兰词作的艺术魅力,达到了极高的水平,在清词中占有重要地位。

纳兰的诗作,从形式上看,对古典诗歌的各种形式都有所运用,可以说是一位创作全面的诗歌大家;从思想内容上看,诗比词更明确深刻。通过对纳兰诗的研究,可以更好地理解他词作的思想内容,从而更好地理解他的全部思想及思想变化。

康熙时辑刻的纳兰性德的《通志堂集》和《饮水诗词集》,收录了他的许多诗作,几乎与词相埒,可见他的诗词在当时还是并举的。但后世学者对他的诗关注较少,究其原因,一是由于上述两本书坊间极难寻觅,致使许多人读不到他的诗。另外,自咸丰后清代重倚声之学,尤爱南唐及《花间集》中的词,认为纳兰性德的词属此类,因而人们争读,他的诗因此不被重视。中华人民共和国成立后虽然重印了《通志堂集》(上海古籍出版社1979年曾影印出版),但人们受纳兰是词家的成见的影响,而依然忽视了对他诗的研究。

读者可以根据自己的爱好,自己的审美兴趣、审美习惯去选读作品,这是无可非议的。研究者则必须全面分析研究作家的全部创作,研究作家的生平事迹,只有这样才可能得出科学的结论,并给予准确的评价。

二

纳兰性德的诗并不逊于他的词。他的诗作,反映了他的理想抱负、道德情操、对历史与现实的真知灼见、出世与入世的思想矛盾。在词中没有反映或反映很少的内容,在他的诗作中有大量的反映。他的词作表现的是哀婉、朦胧、沉郁的美,而诗中却表现了高昂、坦荡、奔放的美。他的词的成就并不能取代他的诗的成就,这两者只能是相互补充,相互结合的,惟其如此,才是一个完整的、全面的纳兰性德。

纳兰性德的诗歌成就,主要反映在他的《咏史》二十首、《拟古》四十首和边塞诗中。

纳兰性德有《咏史》二十首。他的座师徐乾学在《纳兰君墓志铭》中说:"间尝与之言往圣昔贤修身立行,及于民物之大端,前代兴亡理乱所在,未尝不慨然以思。读书至古今家国之故,忧危明盛,持盈守谦,格人先正之遗戒,有动于衷,未尝不形于色也。"《咏史》二十首,纵论春秋战国直至宋辽金一千六百八十年,主要论述的历史人物有五十馀人,涉及的历史人物达一百馀人,正是他以史为鉴,潜心研究"前代兴亡理乱","忧危明盛"的心得结晶。

《咏史》之一:"千秋名分绝君臣,司马编年继获麟。莫倚区区周鼎在,已教俱酒作家人。"

封建社会中,君臣之分被看作千古不变的准则。孔子著《春秋》,微言大义,阐发的就是君臣名分的大道理。司马迁撰《史记》,继承了孔子著《春秋》的这一基本轨则。"周鼎"是王权之象征,夏禹铸九鼎,周时作为传国之鼎。但保有周鼎就一定能保有王权吗?西汉惠帝刘盈孱弱,召齐王入朝,与之宴饮,齐王"亢礼如家人",根本不理什么君臣之分。纳兰性德认为,在王位而不一定有王权,"莫倚"二字已透露出王位之不可靠。康熙皇帝虽早已即皇帝位,亲政之初也无皇权,他用计除去权臣鳌拜,才真正掌握了政权。如惠帝刘盈这样的懦弱之君,失去皇权是必然的。

《咏史》之三:"章武谁修季汉书,建兴名号亦模糊。笑他典午标凡例,不遣青龙混赤乌。"

修史,是封建王朝的大事。康熙皇帝不仅注意修本朝史,还要修明史,以笼络汉族地主阶级,并以示正统。但三国时蜀汉的修史,就很不郑重。纳兰性德批评蜀汉政权只顾一时一地的得失,而不知修史,实在平庸可怜。名为正统,却没有自己的史书,缺乏远大的政治历史眼光,这正是蜀汉政权悲剧之所在。

《咏史》之四:"诸葛垂名各古今,三分鼎足势浸淫。蜀龙吴虎真无愧,谁解公休事魏心?"

"诸葛"指三国时的诸葛瑾、诸葛亮,及其族弟诸葛诞。诸葛亮在《隆中对》中为刘备分析天下大势,已定三分之策。以后辅佐刘备,实行联吴抗曹的战略,取荆州,定益州、汉中之地,与魏吴鼎足而立。刘备死后,又辅佐后主刘禅,建有不世之功业。诸葛瑾事吴,诸葛诞事魏,均为名臣,各有建树。兄弟三人各事其主,各为其国。对诸葛亮和诸葛瑾的评价,纳兰性德是同意的,但是,对诸葛诞的评价,纳兰性德就不同意了。诸葛诞作为曹魏元老重臣,为司马氏所忌,被逼降吴。他的降吴并非叛魏,而是坚决反对司马氏篡魏的行动。"公休事魏心",纳兰性德得之,从中可以看出他对历史深刻细微的体察。

《咏史》之八:"劳苦西南事可哀,也知刘禅本庸才。永安遗命分明在,谁禁先生自取来?"

诸葛亮在刘备死后,辅佐后主刘禅,鞠躬尽瘁,死而后已。其尽忠报恩之心,令人感慨。后世论者或颂其功绩,或赞其忠诚,或对其终未完成北伐大业深表遗憾。纳兰性德则独辟蹊径,既对诸葛亮"劳苦东南"表示同情和叹惋,更对其墨守封建愚忠思想,不能对庸才刘禅取而代之,给予善意的责备和批评,显示了他对历史人物评价的独到之处。

纳兰性德的咏史之作,论及君臣大义、英雄事业、选贤任能、动荡纷争、民族关系、世家传统等方方面面,尤重败亡教训。可以说,他的《咏史》诗就是他以诗歌的形式书写的一部《资治通鉴》,在史实的叙写中,寄寓着丰富的感情与卓越的识见,又具有含蓄、精练的特色,是我国古代咏史诗中的一支奇葩。

三

《拟古》四十首代表了封建社会活动在政治舞台上具有卓越才华和抱负的知识分子们在人生道路上的思想和感情冲突。由于封建主义政治的独裁和专制,身陷仕途中的士子常怀临履之忧,他们在仕与隐、进与退、功与罪、是与非、洁与浊的交替抉择下度过一生。这种矛盾心理耗去了他们为国为民奋斗的心志,这是封建政治黑暗的必然结果。《拟古》四十首反映的正是纳兰性德这种隐秘的内心世界,可以说是纳兰性德思想情操的浓缩,又是封建社会知识分子心灵的绝妙袒露。

《拟古》四十首之一:"煌煌古京洛,昭代盛文治。曰予餐霞人,簪绂忽如寄。微尚竟莫宣,修名期自致。荣华及三春,常恐秋节至。学仙既蹉跎,风雅亦吾事。"

这首诗开宗明义,首先揭示自己的人生观、理想和志愿。生在政治清明,大兴文治时代的京城,当是才子文士大展宏图的好时候,而诗人的志向却偏偏要做"餐霞人",想学仙修道,但因官职缠身,遂成蹉跎。他又不甘心为这"忽如寄"的官职而浪费生命,而这种隐秘的心情又不便向外人道。于是诗人要抓紧青春大好时光,吟诗作赋,把从事文学创作当成自己的事业。这和《金缕曲·赠梁汾》中"德也狂生耳。偶然间、缁尘京国,乌衣门第",是同样的感情,都是对官宦之家、仕禄之途的不满。"风雅亦吾事",就是他决心从事文学事业的誓言。

《拟古》四十首之五:"天门诀荡荡,翕赩罗星躔。白日瞩微躬,假翼令飞骞。平生紫霞心,翻然向凌烟。双吹凤笙歇,宛转辞群仙。越影笒浮云,横出天驷前。玉绳耿中夜,斗杓何时旋?"

这是一首言志的诗歌。在清明的时代,诗人的本意是欲修道学仙,现在走上了建功立业之途。"白日"的垂爱虽然让他振翅飞骞,成为斗柄的尾星,却又不让他飞旋起来,起到指四时,明上下,安四塞的作用。纳兰性德中进士后,不久即擢为侍卫,朝夕护驾于帝侧,却一直未能被委以重任。从这首诗可以窥知,纳兰性德之志大矣哉!他的心中,不只限于"风雅亦吾事",他渴望"横出天驷",回旋斗柄,在"诀荡荡"的中天,"翕赩"发光,干一番顶天立地、图上凌烟的丰功伟绩。

《拟古》四十首之四十:"吾怜赵松雪,身是帝王裔。神采照殿廷,至尊叹昳丽。少年疏远臣,侃侃持正议。才高兴转逸,敏妙擅一切。旁通佛老

005

言,穷探音律细。鉴古定谁作,真伪不容谛。亦有同心人,闺中金兰契。书画掩文章,文章掩经济。得此良已足,风流渺谁继?"

赵孟頫全能全才,"敏妙擅一切",是纳兰性德心目中的理想人物。他才识胆略过人,身为宋室之后,却能受到元世祖直至英宗五朝的赏识和重用,而孟頫本身又能为元初五朝做出积极贡献,献出了自己的全部智慧和才华。元帝既不以孟頫为仇敌之后而以才取用,孟頫也不以元朝为仇敌而隐退不仕。君得其臣,臣得其君,真可谓君臣相得,如鱼得水。

纳兰性德十分羡慕赵孟頫的际遇。纳兰性德与赵孟頫身世极相近,赵是宋太祖后裔,纳兰性德亦生于皇亲国戚之家。赵尚受到元帝赏识重用,纳兰性德又何尝不希望康熙皇帝也能重用自己呢?但纳兰性德却只能"惭愧频叨侍从班",不能一展雄才大略。既不能在廷议中显示政治才干,更没机会把自己的文学艺术才华全部施展出来,做出应有的贡献,建树自己的功业。纳兰性德还对赵孟頫有一个"同心"的妻子十分羡慕。赵孟頫的夫人管道升不只和丈夫同心相爱,而且擅长诗文书画,有理想。而自己虽有"同心人",却不得结为"闺中金兰契",只有遗恨绵绵。后来与卢氏的婚配,就算谈不上"同心人",却也感情甚笃,怎奈她又早逝,哪能像赵孟頫与管氏夫人那般幸福美满?至于论到身后之名,赵孟頫名满天下,以书画为最,文章次之,经济更次之。而自己身为侍卫,书画文才毫无用武之地,如此下去,后世谁知道一介侍卫算得什么?思想至此,一种怀才不遇的委屈不能不使纳兰性德吐露哀音,流泄凄婉之情。

这首诗是《拟古》诗的殿尾之作,乃四十首之点题笔、主题歌,是纳兰性德的理想借赵孟頫形象的具体化。

四

纳兰性德的边塞诗词有八十馀首,约占他诗词总数的十分之一。他的边塞诗词,在思想内容和诗词风格方面,给人留下与前人边塞诗词迥然不同的感受。纳兰性德曾奉使塞外,被诗友们赞为"功高过贰师"。他在"奉使塞外,有所宣抚"的过程中,创作边塞诗词五十馀首,占其边塞诗词总数的近三分之二。在他的纪行诗中,描绘了塞外风光,抒发了对祖国的热爱之情,可贵的是不仅只字未见伤害边疆少数民族尊严和感情的文字,也没有类似情绪的流露。这与古人的边塞诗,与同时代一些著名诗人、词家有关边塞的作品相比,都高出一等。纳兰性德在边塞诗词中不仅抒发了吊古情、忧时情、民族情、士卒情，也抒发了思乡情、爱情、爱国情等。这些情如秋一般成熟深沉，既有秋风般的狂欢，又有秋叶般的殷红；既有天高云淡般的襟怀，又有水清鱼现般的境界。他的诗词作品，就是他自己人格的结晶。

在纳兰性德的边塞诗词中，雄浑苍莽的边塞风光和历史陈迹，往往使他触景生情，诱发了他对民族关系的一些思考和遐想。例如，关于长城，人们向来认为，它对北方少数民族统治集团南侵中原起到了阻止作用。但纳兰几次出塞，数见长城残垣，还有山海关、姜女庙，他不禁发出了"山海几经翻覆，女墙斜矗。看来费尽祖龙心，毕竟为、谁家筑"的感慨。秦汉以来，有多少北方民族和中原汉族统治者越过长城，在长城内外叱咤风云。长城阻止了他们的交往吗？没有。那么，长城阻断了各族人民的交往吗？既不能，也没有。所以纳兰性德说，像"祖龙"——秦始皇式的一些统治者，想设置一些如长城之类的障碍，阻挡各族人民的交往，是枉费心机。纳兰在另一首奉使塞外所作的词中，甚至说："今古河山无定据，画角声中，牧马频来去。"这里告诉人们，中华大好河山，不属一家一姓、一朝一帝，所以在各民族的统治阶级多少次争夺江山的军乐声中，各族人民仍然频来频往，不受时空的阻隔。

纳兰性德是清王朝统治阶级的成员，而且是贵族，受这种社会地位和历史的局限，他当然还不可能明确提出民族平等、民族团结的思想和主张。但是，他在表述自己对边疆地区、少数民族的认识和思想感情的边塞诗词中，一扫以往边塞诗中歧视、侮辱边疆少数民族，夸耀征战、杀戮边疆少数民族人民的"武功"的思想和陋习，进而通过长城"毕竟为谁家筑"的发问，以及"今古河山无定据"的论断，抒发他对民族往来的见解，诅咒了设置人为障碍、隔绝民族交往的行为，这些都是难能可贵的。

五

纳兰性德的诗论，集中于《原诗》、《填词》、《名家绝句钞序》和《渌水亭宴集诗序》四篇论文，还散见于《渌水亭杂识》之中。他的诗论内容丰富，颇有独到的见解，其中最主要的主张是诗要有自家面目，诗人只有在各自生活的情境中抒写各自的性情，才能形成自己的诗风。纳兰性德的创作实践正是这样，写自己的真性情，写自己独特的生活感受，给人带来一种新鲜的艺术享受，在中国诗史上自成一家。

在《原诗》一文中，他主要阐述在诗歌的创作中，对前人经验的继承与充分发挥诗人自己个性风格的关系问题。

文章一开头，他便结合文坛的实际，分析形成"万户同声，千车一辙"风气的原因。他说："世道江河，动成积习。风雅之道，而有高髻广额之忧。十年前之诗人，皆唐之诗人也，必嗤点夫宋。近年来之诗人，皆宋之诗人也，必嗤点夫唐。万户同声，千车一辙。其始亦因一二聪明才智之士，深恶积习，欲辟新机，意见孤行，排众独出。而一时附和之家，吠声四起。善者为新丰之鸡犬，不善者为鲍老之衣冠。向之意见孤行，排众独出者，又成积习矣。盖俗学无基，迎风欲仆，随踵而立。故其于诗也，如矮子观场，随人喜怒而不知自有之面目，宁不悲哉！"

纳兰性德的分析，是符合实际情况的。明初，诗坛以模仿唐诗为主流，兴起复古的风气。永乐以后，由于统治者的喜好，倡导儒雅雍容的风格，"台阁体"占了统治地位。以后豪放刚劲的风格几乎丧失殆尽，文坛上一片凋零。及至明中叶，为扫除"台阁体"造成的文坛颓风，又标出"文必秦汉，诗必盛唐"的旗帜，虽然一肃"台阁"遗风，但又陷入复古主义的歧途。不久就暴露出只重音调、拘泥格律的新框子，以致后人评论为"模拟剽剥"。万历间公安、竟陵两派，亦各有不足，各走极端。究其原因，纳兰性德指出，主要在于"不知自有之面目"，而是人云亦云，"随人喜怒"，不是仿唐，就是学宋。虽有一二人倡导新风，但"附和之家"蜂起，又形成新的积习。他分析形成这种情况的根本原因，在于所谓诗人"俗学无基"，他们只能随声附和，"迎风欲仆，随踵而立"，所以只会"随人喜怒而不知自有之面目"。

那么究竟要不要学习唐宋？究竟学习古人的什么？纳兰性德编了一段主客问答，以答问的方式来阐明自己的观点："有客问诗于予者曰：'学唐优乎？学宋优乎？'予曰：'子无问唐也，宋也，亦问子之诗安在耳。《书》曰：'诗言志。'虞挚曰：'诗发乎情，止乎礼义。'此为诗之本也。未闻有临摹仿效之习也。古诗称陶、谢，而陶自有陶之诗，谢自有谢之诗。唐诗称李、杜，而李自有李之诗，杜自有杜之诗。人必有好奇缒险、伐山通道之事，而后有谢诗；人必有北窗高卧、不肯折腰乡里小儿之意，而后有陶诗；人必有流离道路、每饭不忘君之心，而后有杜诗；人必有放浪江湖、骑鲸捉月之气，而后有李诗。近时龙眠钱饮光以能诗称，有人誉其诗为剑南，饮光怒；复誉之为香山，饮光愈怒；人知其意不慊，竟誉之为浣花，饮光更大怒。曰：'我自为钱饮光之诗耳，何浣花为！'此虽狂言，然不可谓不知诗之理也。"纳兰性德从古人作诗的根本之理出发，阐明诗的作用在于言志抒情。古代著名诗人陶、谢、李、杜之所以成为诗歌大家,就在于他们从各自的生活道路中,形成了自己的志和情,他们抒情言志的诗歌,形成了各自独特的风格,而不是"临摹仿效"。他特别提到明末清初诗人钱饮光对待别人评论自己诗作的态度:"我自为钱饮光之诗耳,何浣花为!"强调诗作要言己志,抒己情,这才是诗之理。他强调,继承古人,不是"临摹仿效"他们的诗作风格,而是要学习他们在生活实际中,从生活的感受中抒发自己独有的思想感情的创作实质。在这个前提下,他进一步阐明学习古人的方法:"客曰:'然则诗可无师承乎?'曰:'何可无也。杜老不云乎:"别裁伪体亲风雅,转益多师是汝师。"凡《骚》、《雅》以来,皆汝师也。今之为唐、为宋者,皆伪体也。能别裁之,而勿为所误,则师承得矣。'"有了上面所讲的原则,从任何一位有成就的诗人那儿,都可以"转益"出对自己有帮助、有提高的经验,以激发自己的诗情。而对不良的诗作"伪体",则要有足够的鉴别能力,以免为其所误。

正是在这种思想指导下,纳兰性德较成功地解决了继承与创新的关系。他的作品,学习南唐李后主的"根乎情",以婉约的风格抒发自己的幽怨之情。他也博采各家之长,有豪迈慷慨的言志之作,又有深沉苍劲的咏史之作。他以"自然之眼观物,以自然之舌言情",不拘泥于时风俗气,独创自己清新秀美、自然真切的风格,在清初文坛上独树一帜,成为卓有成就的大诗人。

纳兰性德的《填词》诗,是他论词的重要诗篇。

> 诗亡词乃盛,比兴此焉托。往往欢娱工,不如忧患作。冬郎一生极憔悴,判与三闾共醒醉。美人香草可怜春,凤蜡红巾无限泪。芒鞋心事杜陵知,只今惟赏杜陵诗。古人且失风人旨,何怪俗眼轻填词。词源远过诗律近,拟古乐府特加润。不见句读参差三百篇,已自换头兼转韵。

纳兰性德批评了人们重诗而轻词的错误看法,并就"欢娱"与"忧患"两种风格的作用及优劣发表了自己的见解。

纳兰性德首先强调"比兴"在文学创作中的重要作用。比兴本是《诗经》以来中国古典诗词的主要表现手法。当诗的繁荣阶段过去以后,比兴成为词的主要表现手法,词开始走向繁荣。人们在评论诗歌(包括词)的优劣时,往往以写"欢娱"还是写"忧患"来评判,认为诗长于写"忧患"而词长于写"欢娱"。如朱彝尊的《紫云词序》:"昌黎子曰:'欢愉之辞难工,愁苦之言易好。'斯亦善言诗矣。至于词,或不然。大都欢愉之词,工者十九,而言愁苦者,十一焉耳。"朱彝尊的意思是赞成诗长于写忧患,词长于写欢娱这种说法。纳兰性德认为,轻词者以此为据,说词只写欢娱,故不如诗写忧患,因而重诗而轻词。这种看法是错误的。然后,他以事实为据,批评这种看法。冬郎是晚唐诗人兼词人韩偓的小字。他被人们看作"艳体之祖"。人们不是说他"丽而无骨",就是认为他"淫靡特甚"。纳兰性德则认为韩偓在秾艳诗词中寄有无限深情,正是比兴的传统。他的一生坎坷憔悴,与屈原同。他的忠君爱国之心,也可同屈原共美。再举杜甫为例。杜甫曾"麻鞋见天子,衣袖露两肘"。他的诗篇蕴藏着忧国忧民的内心痛苦,只有杜甫自己知道。可他的诗篇流传至今,人们只是欣赏他的忧患之作,却完全不去顾及诗作中比兴寄托的无限深情。《文心雕龙·辨骚》讲得很清楚:"国风好色而不淫,小雅怨诽而不乱,若离骚者,可谓兼之矣。"人们全然忘记了风骚的比兴寄托的赋诗传统,一味片面追求是不是"忧患"之作,造成轻填词的错误看法。最后,纳兰性德从词的源流的角度,批评轻词的错误看法。他认为,词源远流长,比格律诗更早。词是在古乐府拟古的基础上发展变化而来的,甚至可以追溯至《诗经》,因为《诗经》中早已有长短不齐的诗句了,早已有换头、转韵的形式了。纳兰性德在自己的创作实践中,既重视词,也重视诗。特别是在词的创作中,既有怀古之情,忠君爱国之情,也有尊师重友之情,更有男女之爱情。他的情,既有激昂慷慨,也有悲凉凄怆,更多哀怨缠绵。他抒情重在自然真切,重在真情实感。抒情的方法,重比兴,写情中景,抒景中情,是实践了自己词的创作理论的。

在《渌水亭杂识》中,纳兰性德还有数十条诗词创作和欣赏的短论,这些是他研究诗词创作经验的结晶,其中不乏真知灼见。

这些短论,涉及诗词创作的各个方面,有研究生活在诗词创作与欣赏中的重要作用的;有探讨比兴、格律在诗词创作中的运用及作用的;有阐述作品中诗意的重要意义的;有批评诗词创作中不良倾向的;有关于历代诗作评述的;还有阐述几种常用诗体创作经验的,涉及诗歌创作十几个方面的问题。

诗歌应该是生活真实感受激发出来的,写的是真情实感。没有生活的阅历,没有真情实感,是写不出好诗的。其实阅读欣赏诗歌,也需要一定的生活阅历。读古人的诗,当然没有办法去实际体验他们的生活,但是尽可能占有相关资料,或实地考察遗迹,对作品的理解就不会望文生义,造成误会。纳兰性德谈了他的一次读诗经验:"'独树临江夜泊船',或本作'独戍'。愚谓大江中有戍兵处可泊船,以'独戍'为是。后读《宋史·王明传》,见其地有'独树口',不觉自失。"

纳兰性德在这里实际上是阐述了生活在创作与欣赏中起决定性作用的文学规律。他一生读万卷书,行万里路,和汉族文士密切交往,使他的生活阅历逐渐增加,文学修养不断提高,这是他取得文学成就的决定条件。

纳兰性德继承了我国诗歌"言志"的基本理论,提出"诗乃心声,性情中事也。发乎情,止乎礼义,故谓之性"的基本观点。这个观点,是从《诗大序》、《文心雕龙》发展而来的。

《诗大序》说:"诗者,志之所之也。在心为志,发言为诗……故变风发乎情,止乎礼义。发乎情,民之性也;止乎礼义,先王之泽也。"

《文心雕龙》在《诗大序》的基础上又有发展:"夫情动而言形,理发而文见,盖沿隐以至显,因内而符外者也。然才有庸俊,气有刚柔,学有浅深,习有雅郑,并情性所铄,陶染所凝,是以笔区云谲,文苑波诡者矣。"

南宋理学,提倡"存天理,灭人欲"。只承认礼义,而否定"情"。明代把这种思想发挥到了极致,成为一种社会风气,严重阻碍了文学艺术的发展。纳兰性德认为,人不仅要"止乎礼义",即遵循封建道德,安于社会秩序,更重要的是"发乎情",因为"情"是"心声"。

既承认"情",就要重视作家作为诗词创作主体的重要作用。纳兰性德对于诗人、词人的自身素质修养也有自己的看法:"亦须有才,乃能挥拓;有学,乃不虚薄杜撰。才学之用于诗者,如是而已。昌黎逞才,子瞻逞学,便与性情隔绝。"

他提出诗人必须"有才"、"有学"。"才"是指人的思想、气质、性格等内在的素质修养,"有才,乃能挥拓",诗人才能挥洒自如,才能触景生情,才能想象丰富、联想翩翩而"不逾矩"。"学"是指人的学识、品德、作风等外在修养素质,"有学",才懂得真善美的真谛,才会有高远之志,才不胡编乱造,虚伪浅薄。诗的大家,应当才学并重,才能诗如其人。

##

以上谈纳兰性德的诗作和诗论较多,是因为对纳兰性德的研究一直集中在《饮水词》,对他的诗作以及文、赋、诗论等作品,并没有引起足够的重视和深入研究。从诗歌的形式看,在纳兰性德的诗作中,我国古典诗歌的各种形式都有所反映，他是一位创作全面的诗歌大家；从诗作的思想内容看，他的诗作反映了他的理想抱负、道德情操、对历史和现实问题的真知灼见等，在《饮水词》中没有或反映很少的内容，在诗作中都有大量的反映，而且更为明确深刻，通过对他的诗的研究，可以更好地领悟他的《饮水词》的思想内容，从而把握他的全部思想的变化；从诗作的艺术风格看，他的诗词、诗论等都有很高的审美价值。就是对纳兰性德《饮水词》的研究，在发掘其思想的文化内涵方面，还远远不够。他的其他作品的研究价值也很高，而研究成果却更为少见。纳兰性德对于博大精深、源远流长的中华文化有发自内心的倾慕与认同。他广求汉学，结识群才，兼收并蓄，经世致用，成就非凡，终于成为满汉文化融合的代表人物，不仅在当时，而且对后代也有深远的影响。他追求自己人生价值的实现，追求自由的恋爱和美满的婚姻，具有了追求人性解放和个性自由的意义。这不仅反映了明末清初社会产生的新质变化的时代潮流，而且一直影响到民国初年。因而，纳兰性德也是那个时代先进的哲学、思想和文化的重要代表人物。

　　发掘古典文学作品中所蕴涵的美及其文化价值，要通过作品中描绘的文学形象和意境，去感受作品包涵着的情感；通过体会作品中抒发的充满个性的感情，去感受时代的脉搏，体味人民的愿望；通过了解作家所处的时代，分析作家的思想感情产生和发展的脉络，更深入地体会作家的情感，从而揭示其创作美学的、文化学的深刻内涵。对纳兰性德全部作品的研究，不仅在于展现其作品本身的审美和文化意义的全部价值，而且在于揭示纳兰性德这一文学和文化现象的深刻内涵。

　　特别是纳兰性德，他的诗、词、文、赋等全部作品充分表明，他不仅全面学习和继承了汉文化，而且将满族的更为生动活泼的民族精神融汇其中，丰富和发展了中华民族的文化。以纳兰性德为代表的先进的哲学思想和文化思想直接的影响是《红楼梦》的出现。

　　在诗词研究和文化价值方面，首先应该引起重视的是启功先生的题诗赞纳兰性德，给我们以新的启迪："勃海金源世可知，朱申奕叶见遗思。非关弧矢威天下，有井人歌《饮水词》。"该诗不仅赞誉纳兰性德及其文学成就，更重要的是论述了满族对中华民族历史发展的功绩，使我们进一步认识到纳兰性德不仅是满族文学的杰出代表人物，继承和发扬了满族悠久的历史文化，其成就也丰富了中华文坛，对振兴祖国文化做出了卓越的贡献。研究纳兰性德，取其精华，无疑是弘扬祖国优秀文化传统的重要组成部分。

对于纳兰性德的研究,必须扩大视野,以他的全部作品和他的生平以及他所处的时代为研究对象,探究纳兰性德的文学和文化形态,从而全面深刻地解读纳兰性德。不仅从文学艺术而且从文化的层面,评价他作品的价值,肯定他在中国文学和文化发展过程中的作用,并确立他在中国文学和文化发展史上的地位。

七

关于纳兰性德文学和文化情韵研究的思考,主要有以下几个方面。

第一,德才俱臻的人格修养。纳兰性德处在满汉文化的融合期,生活在一种以汉文化为主,而又保留着明显的满族文化特色的环境中。他以当时大儒徐乾学为师,刻苦攻读汉文化,具有相当高的汉文化修养水平,文化性格独具魅力。他忠于王事,深得康熙的器重。他尊师重道,笃于友情,写给顾贞观的《金缕曲》被称为"友谊的颂歌";他救助汉族文人吴兆骞,深得汉族文人的信任。他用汉语的全部创作不仅独树一格,而且充分体现了自己德才俱臻的人格修养。

第二,民族团结与祖国统一的政治观。纳兰性德主张民族团结,维护祖国的统一。无论是在满族与汉族之间,还是在满族与边疆各少数民族之间,他都主张民族的平等和各民族之间的团结。在"觇梭龙"一役中,他创作了大量的诗词作品,从中集中体现了他的政治观。

第三,"自由"、"平等"的爱情观以及个性解放和自由的思想倾向。纳兰性德短暂的一生中,经历了初恋、婚姻、丧妻、再娶的曲折过程,在他的诗词中,全面反映了恋爱、新婚、生离、死别和悼亡的各种感情。这些感情集中到一点,就是追求爱情的自由和平等,充满了"人欲"的色彩,表现出他对于理学"存天理,灭人欲"基本观点的否定。他的令人羡慕的显赫官职,并不能给他提供施展自己全部才能的天地。现实与理想之间的不可克服的矛盾所造成的痛苦,在他的作品中有充分的反映,体现了他对高官厚禄的否定。这些具有个性解放和个性自由的色彩,反映了他追求个性解放和个性自由的思想倾向。

第四,追求"高洁"的人生观。纳兰性德在对仕与隐、进与退、是与非等的抉择中度过了一生。在他的作品中反映出,他追求的是如白雪那样高洁的一尘不染的人格。他要如张良那样功成身退,决不贪图富贵;如陶渊明那样,保全自己的人格;如扬雄那样,律己以严;如贾谊那样,丰富自己的学识;如谢安那样,为国立功。他所批判的是那些蝇营狗苟,为谋取高官厚禄而不惜采取任何手段,不顾自己人格的小人。

第五,合乎规律的价值观。纳兰性德思想的价值取向,核心在于祖国的统一和各民族之间的团结,所以他在诗词文赋等全部作品中,对于历史人物的评价,也以该人物的思想和行为是否坚持正义,是否有利于国家的统一,社会的稳定与人物自身价值的实现为基本依据。

第六,传承与发展的文学和文化观。纳兰性德继承汉族优秀的文学和文化传统,但又基本保持满族的淳朴天真的本性,铸造全新的个性,创造了极具个性的诗词文赋作品,丰富发展了中华文化。这首先表现在他热爱汉文化是与热爱祖国相统一的。他把满族和汉族的文化交融在一起,既发展了满族文化,也对以汉族文化为主体的中华文化的继承与发展起了重要作用,从而奠定了他在中国文学史和文化发展史上的重要地位。其次,他在继承以儒家思想为核心的中国古代传统文化的过程中,扬弃了"理学"的教条思想。他是既承认"天理",又承认"人欲"的。第三,他学习与继承中华文化以及吸取西方文化的目的是经世致用。重儒学而不废佛老,这种开放的心态,是他传承与发展的文化观的前提。

纳兰性德的创作在中国文学与文化发展史上具有不可替代的作用。从清末一直到民国初期,对纳兰性德《饮水词》的研究和对曹雪芹《红楼梦》的研究都很显赫。因为他们的思想和作品符合反对封建专制,要求自由民主的时代思潮,所以"兰学"、"红学"被尊为两大"显学"。但从建国到改革开放前,关于纳兰性德的研究基本处在停滞不前的状态。20世纪80、90年代以来,纳兰性德越来越被学界所重视,也有了很多研究成果,但是研究的范围还主要集中在他的词上,对诗、文、赋较少关注。为了中华灿烂文化的传承,为了进一步开创"兰学"研究的新局面,必须把"兰学"的研究范围扩大到纳兰性德的全部作品,对其进行文学、文化和思想层面的全方位审视,深入探讨其创作的深层魅力与价值之所在。我们相信,对纳兰性德文学与文化情韵的研究,对评价古代作家和作品将产生积极的影响。

目录

前言 /001
纳兰性德其人其作（代序）
　　（寇宗基）/001

◎诗

挽刘富川 /001
桑榆墅同梁汾夜望 /003
茅斋 /004
高楼望月 /006
送梁汾 /007
唆龙与经岩叔夜话 /008
效齐梁乐府十首（选二）/010
　　折杨柳 /010
　　雨雪 /011
填词 /012
送马云翎归江南 /014
送荪友 /015
柳条边 /018
咏笼莺 /019
南海子 /020
古北口 /021
秋意（三首）/022

其一 /023
其二 /023
其三 /023
咏史（选三）/024
　　其二 /024
　　其四 /025
　　其八 /026
记征人语（选二）/027
　　其一 /027
　　其八 /028
题照 /029
暮春见红梅作简梁汾 /029
柳枝词（选十一）/031
　　其一 /031
　　其二 /032
　　其三 /032
　　其四 /033
　　其五 /034
　　其六 /034
　　其七 /035
　　其八 /035
　　其九 /036
　　其十 /037
　　其十一 /038
从军曲（二首）/039
　　其一 /039
　　其二 /039
塞垣却寄（四首）/040
　　其一 /040
　　其二 /041

　　其三 /042
　　其四 /042
秣陵怀古 /043

◎词

梦江南（昏鸦尽）/045
木兰花令（人生若只如初见）/046
菩萨蛮（知君此际情萧索）/047
琵琶仙（碧海年年）/049
菩萨蛮（催花未歇花奴鼓）/050
菩萨蛮（春云吹散湘帘雨）/051
菩萨蛮（晶帘一片伤心白）/052
临江仙（长记碧纱窗外语）/053
虞美人（春情只到梨花薄）/054
虞美人（曲阑深处重相见）/056
虞美人（银床淅沥青梧老）/057
鬓云松令（枕函香）/058
转应曲（明月）/060
鹊桥仙（乞巧楼空）/061
鹊桥仙（梦来双倚）/062
青衫湿（近来无限伤心事）/063
念奴娇（人生能几）/065
沁园春（梦冷蘅芜）/066
沁园春（瞬息浮生）/069
南乡子（泪咽却无声）/071
南乡子（鸳瓦已新霜）/072
踏莎行（春水鸭头）/074
鹊桥仙（月华如水）/075
好事近（马首望青山）/076
长相思（山一程）/077

如梦令(万帐穹庐人醉)/079
如梦令(正是辘轳金井)/080
如梦令(黄叶青苔归路)/081
南歌子(翠袖凝寒薄)/082
金缕曲(此恨何时已)/083
蝶恋花(辛苦最怜天上月)/085
蝶恋花(眼底风光留不住)/086
蝶恋花(又到绿杨曾折处)/087
蝶恋花(萧瑟兰成看老去)/088
秋千索(药阑携手销魂侣)/090
山花子(林下荒苔道韫家)/091
山花子(欲话心情梦已阑)/092
山花子(小立红桥柳半垂)/093
采桑子(谁翻乐府凄凉曲)/094
采桑子(而今才道当时错)/095
采桑子(白衣裳凭朱阑立)/096
采桑子(谢家庭院残更立)/097
采桑子(冷香萦遍红桥梦)/098
采桑子(海天谁放冰轮满)/098
采桑子(明月多情应笑我)/099
采桑子(非关癖爱轻模样)/100
落花时(夕阳谁唤下楼梯)/102
眼儿媚(重见星娥碧海槎)/103
河传(春残)/104
减字木兰花(相逢不语)/105
减字木兰花(花丛冷眼)/106
浣溪沙(残雪凝辉冷画屏)/108
浣溪沙(睡起惺忪强自支)/109
浣溪沙(记绾长条欲别难)/110
浣溪沙(肠断斑骓去未还)/111

浣溪沙(十八年来堕世间)/112
浣溪沙(一半残阳下小楼)/113
浣溪沙(谁念西风独自凉)/114
相见欢(落花如梦凄迷)/115
虞美人(凭君料理花间课)/116
金缕曲(德也狂生耳)/117
金缕曲(洒尽无端泪)/119
金缕曲(谁复留君住)/122
水龙吟(人生南北真如梦)/124
临江仙(别后闲情何所寄)/126
好事近(何路向家园)/127
于中好(握手西风泪不干)/128
满江红(问我何心)/129
虞美人(风灭炉烟残灺冷)/131
浣溪沙(谁道飘零不可怜)/132
蝶恋花(今古河山无定据)/133
浣溪沙(杨柳千条送马蹄)/134
浣溪沙(万里阴山万里沙)/135
太常引(西风乍起峭寒生)/136
菩萨蛮(朔风吹散三更雪)/138
浣溪沙(海色残阳影断霓)/139
江城子(湿云全压数峰低)/140
点绛唇(一种蛾眉)/141

◎ 文赋

原诗 /143
书昌谷集后 /145
渌水亭宴集诗序 /146
祭吴汉槎文 /150
灵岩山赋 /152

目录

◎ 附录

纳兰性德年谱简编 /157
纳兰性德著作主要版本 /168
纳兰性德研究重要著述 /169
《纳兰性德集》名言警句 /178

◎诗

挽刘富川

题解

刘钦邻(1644—1674),字邻哉,号江屏,江苏仪征人。曾任广西富川县令,故称刘富川。康熙十三年(1674)九月三藩之乱中,城破不屈,自沉水而死,谥忠节。

人生非金石,胡为年岁忧？有如我早死,谁复为沉浮？
我生二十年,四海息戈矛。逆节忽萌生,斩木起炎州。
穷荒苦焚掠,野哭声啾啾。墟落断炊烟,津梁绝行舟。
片纸入西粤,连营俟相投。长吏或奔窜,城郭等废丘。
背恩宁有忌,降贼竟无羞。余闻空太息,嗟彼巾帼俦。
黯澹金台望,苍茫桂林愁。卓哉刘先生,浩气凌斗牛。
投躯赴清川,喷薄万古流。谁过汨罗水,作赋从君游。
白云如君心,苍梧远悠悠。

析解

人生非金石,胡为年岁忧——诗歌开篇化用《古诗十九首·回车驾言迈》:"人生非金石,岂能长寿考？奄忽随物化,荣名以为宝。"意思是在短促的人生中,能够留下一点美名为人们所怀念,那么也许就不虚此生了。诗人也认为人的寿命既非金石一样坚固,那又何必为寿命的长短而忧愁呢？

有如我早死,谁复为沉浮——假如我过早地死去,谁又能随俗俯仰生存下去呢？沉浮:比喻盛衰,消长。也指随俗俯仰。

我生二十年,四海息戈矛——康熙十三年(1674)正值纳兰性德二十岁。清朝已基本上统一了天下,停止了战争。四海:指代天下。戈矛:刀枪,指代战争。

逆节忽萌生,斩木起炎州——这两句意为吴三桂等背信弃义之徒在南方突然间发动了叛乱。逆节:背义之人。斩木:发动战争。这里指三藩之乱。清初吴三桂、尚可喜、耿继茂原为明将,后降清。清初封吴三桂为平西王,守云南;尚可喜为平南王,守广东;耿继茂为靖南王,守福建,称为三藩,后逐渐发展成为地方武装割据势力。康熙十二年(1673),清政府下令撤藩,吴三桂、尚之信(尚可喜的儿子)、耿精忠(耿继茂的儿子)相继反清,先后被清军所败。 炎州:泛指南方。

穷荒苦焚掠,野哭声啾啾——写三藩之乱给人民造成的深重灾难。穷僻的荒野都不能免遭烧杀抢掠,荒野中传来百姓凄惨的哭声。啾啾:形容凄惨的哭声。

墟落断炊烟,津梁绝行舟——村落早已看不见炊烟,渡口、桥梁也断了舟船往来。墟落:村落。唐·王维《渭川田家》:"斜光照墟落,穷巷牛羊归。"津:渡口。

片纸入西粤,连营倏相投——描写了投降吴三桂等叛军的清朝官吏的丑态。叛军送来片纸劝降,军队就马上投降了。西粤:指代广西。粤是我国古代南方的部族名,居于江浙闽粤一带,总称百粤,广东、广西古为百粤之地,故称两粤。广西为西粤。倏:迅疾。

长吏或奔窜,城郭等废丘——叛贼来了,执掌大权的官吏四处奔逃,城池变成了废墟。长吏:地位、俸禄较高的官员。

背恩宁有忌,降贼竟无羞——这两句意为这些官吏背叛皇恩毫无忌惮,投降叛贼竟然毫不知耻。"宁"、"竟"二字使得对降贼的斥责更加铿锵有力。

余闻空太息,嗟彼巾帼俦——抒发了作者对时局的关切之情。我听到这些叛逆降贼的事情徒然叹息,可恨这些丧失了大丈夫气节之辈,他们的行为与妇人无异。巾帼:妇女的头巾和发饰,后以巾帼为妇女的代称。俦:同辈,之徒。

黯澹金台望,苍茫桂林愁——这些失节降贼者既辜负了皇上筑黄金台的厚望,又使苍茫的桂林山水黯然失色。金台:又称黄金台、燕台。故址在今河北易县东南。相传战国燕昭王筑台于此,置千金于台上,延请天下贤才。愁:形容景色惨淡。

卓哉刘先生,浩气凌斗牛——与前面那些降贼做法截然相反的是,在国难当头之际,也有一些保持气节、宁死不屈的高洁之士。下面就赞颂了刘富川为国牺牲的崇高精神。伟大呀刘先生,他的浩然正气直冲云霄。斗牛:指天上的北斗星和牛郎星,这里代指苍天。

投躯赴清川,喷薄万古流——他投水而死的壮烈行为,将永垂青史,万古流芳。

谁过汨罗水,作赋从君游——战国末年,楚国大夫屈原因无力拯救楚国的败亡,心情万分悲痛,在绝望中自投汨罗江而死。西汉时期的贾谊曾到汨罗江边凭吊屈原,并写下了《吊屈原赋》。这里比喻刘富川投水而死、以身殉国的壮举如屈原投汨罗江一样,谁渡此水,也将像贾谊一样,留下篇章来哀悼他。

白云如君心,苍梧远悠悠——刘富川的爱国之心就像白云一样高洁,他的英魂将永远飘游于广西的大地上。苍梧:指广西。

在这首诗里,诗人流露出的感情是深沉的,诗篇的前半部分主要采用赋的手法,叙述了三藩之乱给国家、百姓造成的深重苦难,表达了他真诚的爱国爱民之情;诗篇后半部分集中笔墨歌颂了爱国忠臣刘富川舍生取义,为国捐躯的精神。在历朝历代国家时局动荡之际,都会有降贼与节臣,高尚与卑微,刘富川一个小小的县令,在国家危难之际能够保持气节,坚贞不屈,舍生取义,"投躯赴清川",其壮烈的行为真可与屈原相媲美,可歌可泣。而那些在大敌面前不顾国家利益投降了吴三桂等叛贼的降臣,他们在国家危急时刻,不思抗敌,或投敌,或奔逃,致使国家城池沦陷,百姓遭殃。两相对比,更觉刘富川的可敬可爱!

桑榆墅同梁汾夜望

纳兰性德曾写过《偕梁汾过西郊别墅》诗,"桑榆墅"大概就是作者提到过的西郊别墅。顾梁汾《弹指词·大江东去》自注云:"忆桑榆墅三层小楼,容若与余昔年乘月去楼中夜对谈处也。"诗中记叙了二人月夜登楼眺望的情景。顾贞观(1637—1714)字华峰,号梁汾,江南无锡人,是纳兰性德的挚友之一。

> 朝市竞初日,幽栖闲夕阳。登楼一纵目,远近青茫茫。
> 众鸟归已尽,烟中下牛羊。不知何年寺,钟梵相低昂。
> 无月见村火,有时闻天香。一花露中坠,始觉单衣裳。
> 置酒当前檐,酒若清露凉。百忧兹暂豁,与子各尽觞。
> 丝竹在东山,怀哉讵能忘!

朝市竞初日,幽栖闲夕阳——早晨,街市上人们争先恐后,一片繁忙景象。到了晚上,安静下来,只剩夕阳斜照,十分清静幽闲。朝市:早晨的街市。竞初日:争早。幽栖:闲息,静处。"竞初日"与"闲夕阳"只是对照,是说没有熙熙攘攘的喧嚣。

登楼一纵目,远近青茫茫——写登楼所见。登上层楼,放眼望去,暮霭苍茫。纵目:放眼望。

众鸟归已尽,烟中下牛羊——诗人的视野由远而近,眼前是一派田园景象。飞鸟都已归巢,不见了踪影;暮色中晚归的牛羊还依稀可见。

不知何年寺,钟梵相低昂——这两句是登楼所闻。不知道哪个朝代修建的寺庙里,传出低徊高昂的钟声和僧人们的诵经声。钟梵:梵钟,梵呗,指佛家做佛事时敲钟和唱经。呗(bài),梵语,意为赞叹。

无月见村火,有时闻天香——长时间没有去乡村,没有见到乡间的村火了,却不时能闻到乡村烟火的清香。桑榆墅在京都郊外,临近乡村野舍,故能见到牧羊归晚,听到古刹钟声,闻到乡村炊烟。"无月"与"有时"互文见义。无月:无月无日,长时间。天香:指乡村烟火。

一花露中坠,始觉单衣裳——天凉了,露重了,一片花叶飘然落下,这才感觉到天气清凉,身上穿的还是单薄的衣裳。

置酒当前檐,酒若清露凉——屋前檐下,摆下酒桌,畅怀对饮,美酒像露水一样清凉,给人一种神清气爽的感觉。

百忧兹暂豁,与子各尽觞——此时此刻多少忧怨烦恼一股脑儿抛到九霄云外。让我们尽管开怀畅饮,对酒当歌吧。豁:免除。

丝竹在东山,怀哉讵能忘——东山丝竹、闲云野鹤般的生活志趣,怎么能够忘怀呢?丝竹在东山传说东晋政治家谢安曾隐居东山,即今浙江上虞县南,朝廷几次招用,他都力辞不就。经常邀王羲之等人弹琴赋诗,终日丝竹之声不绝于耳,此等境界,为后人所慕。讵能忘:怎能忘。讵,岂,怎能。

这是一首写友情的诗,记叙了二人几乎一长夜的相处。既是二人一同登楼,一同远眺,暮色、夕阳、飞鸟、牛羊,所见景物怎会如此一般无二,如一人之所见?钟声、梵语,所闻之声,怎会如此毫无二致,如一人之所闻?还有"闻天香"始觉凉,皆是一个人的感觉。除了"与子各尽觞"句始见对方影子,此外竟无只言片语提到对方。视对方虽有若无?当然不是!诗人是有意为之。二人月夜登楼眺望,同样的视野,同样的感觉,同样的胸怀,同样的情愫,仿佛合二为一,融化成为一人,连影子都是重合的。从夕阳西下,到露起夜凉,时间不可谓不久,二人同望同感,惟独没有言来语往。也许一切言语在此时此地都成为了多余。君子之交淡如水,淡的是形式,没有客套,没有辩解与表白;浓的是情,有的是彼此之间的深刻理解和心心相印,有的是共同的志趣与理想。这样的挚友相处,是一种幸福,一种享受。时光仿佛凝结了,夜半更深,时光从身旁流过都不知道;夜凉如水,二浑然不觉。销魂若此,以至物我两忘,欲羽化而登仙。这样的友情,多么令人陶醉、令人向往!

茅 斋

纳兰家在北京什刹海后海西北,是大学士纳兰明珠的府第。后改为成亲王府、醇王府,旧址在今后海北沿。茅斋是位于其寓邸中的一所斋舍。《茅斋》诗共有二首,下面所选是的第二首。

闲庭照白日,一室罗古今。偶焉此栖迟,抱膝悠然吟。
吟罢有馀适,散瞩复披襟。时开玉杯卷,或弹珠柱琴。
檐树吐新花,枝头语珍禽。花发饶冶色,禽鸣多姣音。
色冶眩春目,音姣伤春心。夕阳下虞渊,寂寞还空林。
清光复相照,片月西山岑。

闲庭照白日,一室罗古今——这两句写诗人居住的环境。温暖的太阳照着寂静的院子,屋中陈列着古代和现代的图书。可以看出主人公特有的性格、情趣。"闲"字写出了庭院的寂静。

偶焉此栖迟,抱膝悠然吟——偶尔也自我放松一下,悠然自得地吟诵诗篇。栖迟:游玩休憩。《诗经·陈风·衡门》:"衡门之下,可以栖迟。"悠然:闲适的样子。

吟罢有馀适,散瞩复披襟——这两句紧承上句,吟诵完诗篇还意犹未尽,放眼望去驰骋我的心怀。披襟:敞开衣襟,多比喻舒畅心怀。

时开玉杯卷,或弹珠柱琴——这两句把闲适的生活具体化。有时手捧文章,或者弹起以珠玉为装饰的琴。玉杯卷:西汉董仲舒《春秋繁露》一书的篇名。珠柱琴:装饰有珠玉的琴。北周诗人庾信《小园赋》:"琴号珠柱,书名玉杯。"东汉张衡的《归田赋》中有这样的句子:"弹五弦之妙指,咏周孔之图书。"抒发了自己"归田"的愿望,想在大自然明丽幽静的怀抱中实现生命的价值,把自己的归隐生活想象得十分幽雅闲适。作者在这里也抒发了自己渴望归隐的情怀。

檐树吐新花,枝头语珍禽——作者描绘了春天的美景。抬头望去,屋檐的树枝上绽开了花朵,树枝上的鸟儿在惬意地鸣叫。

花发饶冶色,禽鸣多姣音——花儿开得娇媚艳丽,鸟儿叫得婉转动听。饶:多。冶:艳丽。

色冶眩春目,音姣伤春心——园林的美景使诗人目不暇接,流连忘返;想到无论多么美的景色都要随着雨打风吹去,不禁有了一丝淡淡的感伤。

夕阳下虞渊,寂寞还空林——不知不觉到了傍晚,夕阳就要下山了,林中又归于寂静。虞渊:神话传说日入处。亦作虞泉。《淮南子》:"薄于虞泉,是谓黄昏。"

清光复相照,片月西山岑——一弯明月从西山上升起,清冷的月光照在寂静的院落中。岑:小而高的山。

这首诗作者写出了自己的情趣,或在茅斋中读书著述、弹琴吟咏,或欣赏室外的园林美景。诗人对自然美有着敏锐的感受,抓住春天景物的特征:"檐树吐新花,枝头语珍禽。花发饶冶色,禽鸣多姣音。"鸟鸣,花开,有声有色,用语回环往复,错落有致,典雅自然,构成了清新优美的意境。一切都是那样富有生气,充满着生活之美,传达出作者愉悦的心情和对归隐生活的向往。

高楼望月

高楼望月,却并非是在赏月,望月只是情愫生发的由头,思夫怀远才是诗中的真正旨意。由望而思,由思而怀,一首思夫诗,抒发了少妇思夫的离愁别怨。

戚戚复戚戚,高楼月如雪。二八正婵娟,月明翡翠钿。
由来工织锦,生小倚朱弦。朱弦岂解愁?素手似云浮。
一声落天上,闻者皆泪流。别郎已经年,望郎出楼前。
青天入海水,碧月如珠圆。月圆已复缺,不见长安客。
古道白于霜,沙灭行人迹。月出光在天,月高光在地。
何当同心人,两两不相弃。

戚戚复戚戚,高楼月如雪——无限的哀怨愁苦郁结于胸。满怀心事地登上楼台,楼台上月光似雪,一片悲凉。是冰冷的月光牵人愁肠?是一怀愁绪令月色生凉?抑或兼而有之?总归是一腔戚戚嗟怨无法释怀。戚戚:忧思貌。

二八正婵娟,月明翡翠钿——何人有这一腔幽怨?登楼人是正值二八年华的美丽女子。明亮的月光照耀得年轻女子的环佩钗钿熠熠闪光(照钗钿不照朱颜,却也不落俗套)。

由来工织锦,生小倚朱弦——从小就善于织锦,又操得一手好琴。倚弦代表着琴棋书画,织锦代表着德言工容,这就是封建社会一个女子才德的全部,也是当时衡量女性的最高标准。

朱弦岂解愁?素手似云浮——尽管这位美丽的女子弹得出天籁之音,却难解心中万千愁绪;尽管她织得出锦绣云霞,却难以填补心上巨大的失落感。

一声落天上,闻者皆泪流——何来这一腔幽怨呢?少妇对天一声倾诉,令人闻者涕零。一语惊天,月中的嫦娥和众仙灵听到了,她们怎能不为之动容而潸然泪下呢?

别郎已经年,望郎出楼前——原来夫君离开已经一年有馀,少妇日夜盼郎归来,今夜又在楼前翘首遥望。这是望月的题旨所在,也是诗中女子的忧思所在。

青天入海水,碧月如珠圆——女子翘首望见了什么?望见的是水天一色,一片苍茫与空旷;还有一轮碧月,高挂在天上。天上月圆,人间离散,别样滋味,别样情感。

月圆已复缺,不见长安客——日复一日,痴情女子殷殷盼望,月缺盼到月圆,月圆又盼到月缺,终不见丈夫的身影。

古道白于霜,沙灭行人迹——当初丈夫行走的古道上月色如霜,风沙早已掩盖了行人的足迹。一点希望的印痕也不曾留下,心中一片茫然与凄楚。

月出光在天,月高光在地——月亮出来,月光弥漫在空中;月上中天,月光却洒满大地,月与光不能如影随形,共处同在,足以让人意下难平。一对恩爱夫妻被生生拆散,不能相随相伴,相亲相爱,又怎能不让人忿恨满胸。

何当同心人,两两不相弃——什么时候彼此朝思暮想的有情人才能够相聚相欢,终生不散呢?最后两句表达了作者美好的向往与憧憬。

十五圆月日,忧思正浓时。月下抒怀早已是文人墨客的常情常态。这首乐府诗,虽然同是月下抒怀,思夫怀远,却不乏新意。首句"戚戚复戚戚,高楼月如雪",平中见奇,突兀景,陡然情,不需铺垫,强行造势,倒也别致。"工织锦"、"倚朱弦"六字概括少妇的形象,可谓简洁。在揭示少妇内心之前,作者出人意料地写下了"一声落天上,闻者皆泪流"。这一声是惊天之声,这一笔也是惊人之笔。"青天入海水",月夜中的水天一色,给人以新奇之感。"月出光在天,月高光在地",月与光相背相离,更是作者的奇思妙想,又恰到好处地吻合了人物天各一方的境况,与杜甫诗"人生不相见,动如参与商"有异曲同工之妙。

送梁汾

康熙二十年(1681),顾贞观母丧南归,作者为之送行,作此诗。

西窗凉雨过,一灯乍明灭。沉忧从中来,绵绵不可绝。
如何此际心,更当与君别。南北三千里,同心不得说。

秋风吹蓼花，清泪忽成血。

西窗凉雨过，一灯乍明灭——凄凄秋雨在窗外淅沥地下着，一阵凉风掠过西窗，吹进屋来，灯火被吹得忽明忽暗。开篇渲染出悲凉气氛，沉闷而压抑。挚友奔丧南归，行前作别，二人无语对坐，满心痛苦，满心惆怅。

沉忧从中来，绵绵不可绝——深重的忧思在心中翻滚，似奔腾江水绵绵不绝。沉忧：深沉浓郁的忧思。

如何此际心，更当与君别——此时此刻的心情多么复杂，多少留恋，多少哀伤，多少嘱托，多少期盼，千言万语难以言表，更何况已到分离的最后时刻。此际：此刻。

南北三千里，同心不得说——从此以后，你在南方我在北地，彼此数千里之遥，知心的话语无法诉说。

秋风吹蓼花，清泪忽成血——诗人多以蓼花象征秋天。秋风瑟瑟，吹落片片蓼花，点点都是离人眼中的血泪。对于一生轻生死重别离的作者来说，最沉重的打击莫过于挚友的远离，最大的伤痛莫过于临别送行。一行清泪化成血，乃悲极之声。蓼花：草本植物，叶味辛香，花淡红色或白色。"十分秋色无人管，半属芦花半蓼花"（元·黄庚《江村即事》）。

这是一首披肝沥胆的血泪之作。诗如其人，作者对朋友持忠心，秉热肠，竭至诚，倾肺腑。"情深我自判憔悴"（《金缕曲·简梁汾》），此诗正是诗人内心的真实写照。作者与诗友有许多赠答酬唱与送别之作，《送梁汾》是其中之一，深刻表达了作者对友人的真挚感情。雨夜送别，时逢秋凉季节。风瑟瑟，情凄凄，一盏孤灯，随风摇曳，离人相对，无语凝咽。景色是凄清黯淡的，气氛是压抑悲凉的，情绪是低沉郁结的。同样的离情别绪，在特定的环境，也就有了非同一般的厚重意味。风格即人，品贵格自高。诗人心底无私，襟怀若谷，性情率真，笃重友谊。他对友情有着独特的感受和体验。这种感受自然流露，诉诸笔端，才有这"如何此际心"，才有这秋风悲蓼花，"清泪忽成血"！

唆龙与经岩叔夜话

康熙二十一年（1682）秋，纳兰奉命出使塞外，考察形势并调查沙俄侵扰的情况。唆龙：亦作"梭龙"，即东北的索伦地区（一说在西北）。经岩叔：与纳兰一同奉命参加"觇梭龙"的使官之一。

绝域当长宵，欲言冰在齿。生不赴边庭，苦寒宁识此？
草白霜气空，沙黄月色死。哀鸿失其群，冻翮飞不起。
谁持《花间集》，一灯毡帐里。

绝域当长宵，欲言冰在齿——这两句写边塞艰苦的环境。意思是边塞漫长的夜晚，彻骨的寒冷，冻得人几乎说不出话来。绝域：极远的地域。"冰在齿"，非常形象地写出了严寒时节塞外的感受。

生不赴边庭，苦寒宁识此——作者感慨地说，人的一生如果没有经历过长途跋涉，历尽艰难险阻到过边塞，哪里能够对边庭艰苦奇冷的环境有如此之深的体会呢？的确如此，纳兰正是有了对边塞生活的真切体验，才为我们留下了以塞外生活为题材的一系列篇章。

草白霜气空，沙黄月色死——这两句写静景。枯草上覆盖着白霜，惨淡的月光笼罩着黄沙。作者抓住枯草、沙漠、霜气、冷月这些景物，进行静态的描写，又用白、空、黄、死加以修饰，描绘出了一片荒凉、死寂的环境。

哀鸿失其群，冻翮飞不起——这两句写动景。一只孤雁挣扎着、哀鸣着奋力扇动着已经被冻僵的翅膀，它的叫声使得空旷的夜晚更显得冷寂。翮：鸟的翅膀。

谁持《花间集》，一灯毡帐里——前八句极力渲染了边塞苦寒的环境，让我们感到是那样的凄凉、冷寂。最后两句却使我们眼前一亮，茫茫的夜色中，是谁静静地在孤灯夜照的帐篷里，拿着《花间集》在阅读呢？《花间集》是我国现存最早的一部词的总集，五代后蜀人赵崇祚编，它收录了晚唐、五代十八家词五百首。

诗的结尾明快有力，与前八句的反面烘托之功是分不开的，没有那样一个恶劣环境的铺叙，就不足以显示出最后画面的生动。有了人的存在，让我们感到一下子有了生气。寂静、漫长、寒冷的夜晚，帐篷外一切有生命的东西似乎都已经停止了活动，而画面中的人却不畏艰险，镇定自若，孤灯独吟《花间集》。如果说前八句是纳兰奉使出塞"觇梭龙"时，对边塞艰苦环境的一种真实的体验，那么最后两句则是他在边塞读书生活的真实写照。

效齐梁乐府十首(选二)

中国文人诗歌发展到齐、梁(479—557)时期,出现了讲求声律、对偶、用典、辞藻华丽的新体诗,叫永明体,后人称为齐梁体。这里选两首。

折杨柳

这是纳兰性德《效齐梁乐府十首》中的一首。折杨柳:古横吹曲名。《乐府诗集》所集梁、陈及唐人《折杨柳》曲二十馀首,大部分为伤别之辞,而多怀念征人之作。

陌上谁攀折?闺中思忽侵。眼凝清露重,眉敛翠烟深。
羌笛临风曲,悲笳出塞音。纵垂千万缕,那系别离心!

陌上谁攀折?闺中思忽侵——春风吹来,田间小路上杨柳青青,柳树在春风中吐绿绽芽,随风起舞,摇曳生姿。又有谁驻足在杨柳树下,折柳送别呢?目睹这一离别场面的思妇不禁别有一番滋味在心头。想当初她也曾折柳送别亲人,而如今亲人远在他方,不能归来,对亲人的思念无时无刻不在侵扰着她。古人在送别时,常折下道旁的杨柳枝赠送行者,因为"柳""留"谐音,因此人们借杨柳表示挽留的意思。唐·王之涣《送别》:"杨柳东门树,青青夹御河。近来攀折苦,应为别离多。"

眼凝清露重,眉敛翠烟深——目睹此情此景,思念的泪水不禁涌上眼帘,紧锁的眉头透露出内心的无限深情。

羌笛临风曲,悲笳出塞音——伫立的思妇仿佛听到了羌笛幽怨的曲声随风传来,悲壮的胡笳演奏着塞外的歌声。羌笛:羌(古代西北的一个民族)地出产的笛子。唐·王之涣《凉州词》:"羌笛何须怨杨柳,春风不度玉门关。"笳:古管乐器,汉时流行在塞北和西域一带。

纵垂千万缕,那系别离心——那仿佛传来的阵阵笛声、胡笳声,就像亲人在呼唤,游子在叹息,使思妇积郁在心中的思念之情,再也抑止不住,引出诗中最后两句抒情:即使有千缕、万缕的柳丝,又哪能拴得住我对你绵绵不尽的情思呢!

在中华民族传统文化中，人们常常把柳当作情感的寄托和载体，产生了"折柳赠别"、"折柳寄远"的风俗，写下了大量的咏柳诗文，杨柳成为离别的象征。在北朝乐府民歌中即有《折杨柳歌辞》："上马不捉鞭，反折杨柳枝。蹀座吹长笛，愁杀行客儿。"自此以后这类题材的诗篇绵绵不绝，本诗沿用了这个古老的题材，塑造的思妇形象却非常鲜活。由观折柳触发情思，抒发己之思念，又借羌笛、悲笳之音写离别之人，层层铺叙后那久久压抑在心底的思念之情一下子喷射出来，形成了最后两句情感的高潮。读后让人感到馀音袅袅，馀意无穷。

雨 雪

这是纳兰性德《效齐梁乐府十首》中的一首，大概是纳兰性德于康熙二十一年（1682）秋冬奉命到东北边疆"觇梭龙"期间所作。诗中提到的"龙城"、"葱岭"等地，用来比喻边远之地，非实指。

朔地寒威至，征人未寄衣。龙城风早劲，葱岭雪初飞。
已听谣《黄竹》，复闻歌《采薇》。那禁望乡泪，不及雁南归。

朔地寒威至，征人未寄衣——北方大地已经是寒风凛冽，征人御寒的冬衣却还没有寄到。寒威：凛冽的寒气。

龙城风早劲，葱岭雪初飞——龙城、葱岭那些边远之地已经朔风劲吹，漫天飞雪。龙城：汉匈奴地名。匈奴每年五月在此大会各部酋长，祭其祖先、天地、鬼神，又称龙庭，地址在今蒙古人民共和国鄂尔浑河境内。葱岭：古代对今帕米尔高原和昆仑山、天山西段的统称。

已听谣《黄竹》，复闻歌《采薇》——这两句用《黄竹》、《采薇》两首古歌谣，表达自己对戍边士兵深切的同情。《黄竹》：古诗篇名。《穆天子传》："日中大寒，北风雨雪，有冻人。天子作诗三章以哀民，曰：'我徂黄竹。'"采薇：《诗经·小雅·采薇》写戍边的士兵久历艰苦，在归途中赋诗，其中末章"昔我往矣，杨柳依依。今我来思，雨雪霏霏"，借景表情，感伤时事，富于形象性和感染力，是千古传诵的名句。

那禁望乡泪，不及雁南归——想到大雁在寒冬到来之前尚且能飞回南方，那思乡的泪水禁不住沾满衣裳。

【评析】

起句"寒威至"直写塞外边关艰苦的环境,联想到岑参的诗句"北风卷地白草折,胡天八月即飞雪",可以想见北方严冬到来之早。面对气候的寒冷,征人自然盼望家人能早寄御寒棉衣,但棉衣不知什么原因却迟迟未寄到。实际上家人又何尝不牵挂着戍边的亲人呢?唐·陈玉兰《寄夫》诗:"夫戍边关妾在吴,西风吹妾妾忧夫。一行书信千行泪,寒到君边衣到无?"一件寒衣寄托着征夫、思妇两地的情思。接着作者进一步渲染奇寒的环境,边塞的寒风不但刮得早,而且是那样的猛烈,大雪也是纷纷扬扬,写到这里作者的同情怜悯之情油然而生。最后两句直抒胸臆,借用大雁将思乡之情推向高潮。征人有家难回,大雁却能自由南飞,人不及雁,流露出征人的羡慕之情。北周·庾信曾有《重别周尚书》:"阳关万里道,不见一人归。惟有河边雁,秋来南向飞。"纳兰这首诗虽不及庾信的诗含义深邃,境界寥廓,但羡慕大雁能自由南飞的心情却是相同的。

填　词

【题解】

"填词"的意思是依谱写词。本诗表达了纳兰对词的特性的看法,指出词具有风人之旨,并非没有比兴、只写欢娱,而是直接继承发展了三百篇和乐府的优良传统。

　　诗亡词乃盛,比兴此焉托。
　　往往欢娱工,不如忧患作。
　　冬郎一生极憔悴,判与三闾共醒醉。
　　美人香草可怜春,凤蜡红巾无限泪。
　　芒鞋心事杜陵知,只今惟赏杜陵诗。
　　古人且失风人旨,何怪俗眼轻填词。
　　词源远过诗律近,拟古乐府特加润。
　　不见句读参差三百篇,已自换头兼转韵。

【新解】

诗亡词乃盛,比兴此焉托——开篇批驳了"俗眼轻填词"的错误观点。意思是诗的创作衰微后,词的创作才盛行起来,传统的比兴手法寄托于词中。

往往欢娱工,不如忧患作——轻视词的人认为词善写欢娱,不如诗长于写忧患。后两句本于唐·韩愈《荆潭倡和诗序》:"夫和平之音淡薄,而愁思之声要妙;

欢愉之辞难工,而穷苦之言易好也。"

冬郎一生极憔悴,判与三闾共醒醉——韩偓一生命运坎坷,他的命运和爱国忠心可与战国末年楚国伟大的爱国诗人屈原相媲美。冬郎:晚唐诗人韩偓,小字冬郎,有艳体诗集《香奁集》传世。他的爱情诗对女性的体态描摹较多,后代评论家认为他的诗艳丽柔婉,近于《花间集》之词。他是晚唐时期有抱负、有作为的贤臣,一生仕途坎坷,受奸臣陷害,被贬而不获用。韩偓诗中的美人香草、春花秋月,同屈原的《楚辞》一样成功地运用比兴手法,寄托了他的无限深情。判:同"拚",不顾一切。三闾:战国时楚国的屈原曾任三闾大夫,后以"三闾"专指屈原。醒醉:语本《楚辞·渔父》"众人皆醉我独醒"。

美人香草可怜春,凤蜡红巾无限泪——美人香草:屈原在《离骚》中创造了以美人比君王,以香草比君子的表现手法。凤蜡红巾:据宋·郑文宝《南唐近事》载,唐昭宗曾赐予韩偓龙凤烛、金缕红巾各百余。他死后人们从其珍藏的箱中发现"烛泪尚新,巾香尤郁"。

芒鞋心事杜陵知,只今惟赏杜陵诗——杜甫的诗寄托着深挚的忠君爱国的感情,后人不能知其意。芒鞋:唐安史之乱时,杜甫从沦陷的长安冒死逃脱,历经千辛万苦往凤翔朝见唐肃宗,所作《述怀》诗有"麻鞋见天子,衣袖露两肘"之句。芒鞋即麻鞋。杜陵:杜甫的十三世祖、西晋名将杜预为京兆杜陵人,所以他以此为郡望,自称"杜陵布衣"。

古人且失风人旨,何怪俗眼轻填词——说古人尚且会失去对诗人运用比兴手法的用意的理解,因此明末清初出现了"轻填词"的现象就不足为怪了。风人:古代有采诗官,采四方风俗以观民风,故称所采的诗为"风",采诗者为"风人",后又称诗人为"风人"。

词源远过诗律近,拟古乐府特加润——这四句意为词的发展史比格律诗要源远流长,是在对古乐府的模仿、变化的基础上发展而来的。

不见句读参差三百篇,已自换头兼转韵——《诗经》中有许多诗篇的诗句已参差不齐,而且换头换韵,词也是如此,可见词和《诗经》也有渊源关系。三百篇:指《诗经》。换头:词分上下片,下片开头句法字数和上片不同,叫做"换头"。换韵:一首诗或一首词不止押一个韵部的字。

这首古诗是作者的论词之作,表达了他的词学思想。他针对有些人认为词"往往欢娱工,不如忧患作"的错误看法,以冬郎、杜甫的创作为例,指出词的艺术本质与诗一样,要有鲜明的"风人之旨",用比兴的手法寄托忧患之思。又指出词的发展源远流长,可以上溯到春秋时的我国第一部诗歌总集《诗经》,在《诗经》中有些诗句已经出现了长短句式、换头、转韵等表现形式,同样词也继承了《诗经》的比兴手法,这是不容忽视的。从这首诗中可以看出纳兰在文学理论方面独到的见解,正因为如此,他在词的创作上才取得了"北宋以来,一人而已"的成就。

送马云翎归江南

马翀(1649—1678),字云翎,江苏无锡人,康熙十一年(1672)中举人,后来京参加会试落第,返无锡故里,于康熙十七年(1678)秋卒,年仅三十岁。这首诗当是马翀自京城返回故乡时,纳兰送别之作。

> 侧身宇宙间,长啸久独立。之子我友人,南归事蓑笠。
> 交情如谷风,澹澹复习习。吹君渡江去,片帆春雨湿。
> 弃捐世所悲,予独为君喜。
> 君归茸屋南山里,燕麦青青才覆雉。
> 新莺啼过眠未起,笑看我辈红尘死。

侧身宇宙间,长啸久独立——一开始作者就为我们展现了这样一幅画面:一个人满怀愁绪,孤独地、长久地伫立在天地之间。"久独立"表明了他站立时间之久,忧思之深,引导我们继续阅读下文。侧身:置身。

之子我友人,南归事蓑笠——这两句点题,说明"长啸久独立"的原因是朋友要南归故乡,享受田园生活。"事蓑笠"让我们想到了唐代诗人柳宗元的《江雪》:"千山鸟飞绝,万径人踪灭。孤舟蓑笠翁,独钓寒江雪。"柳宗元借歌咏隐居山水之间的渔翁,来寄托自己清高而失意的情感。马云翎也是在落榜后,满怀失意之情回归故乡。

交情如谷风,澹澹复习习——这两句作者用春风为喻,比喻自己与朋友的友情像温暖的春风般和煦。谷风:东风,这里指春风。澹澹:静止。西汉·刘向《九叹·愍命》:"心容容其不可量兮,情澹澹其若渊。"习习:和煦的样子。

吹君渡江去,片帆春雨湿——马云翎离开京城正是春暖花开的季节,他乘着春风渡江而去,在细细的春雨中船儿渐行渐远,春雨打湿了白帆。这两句让人们联想到温暖的春风伴随着朋友渡江而去,而这春风恰似作者对朋友的牵挂不舍之情,而绵绵的春雨不正是诗人对朋友思念的泪水吗?

弃捐世所悲,予独为君喜——前句写悲,才华横溢的马云翎是在会试落第后,满怀惆怅之情离开京城的,人们对他的落榜感到深深的惋惜;后一句写喜,而且是我"独为君喜",为什么呢?下面四句揭示了原因。弃捐:抛弃,弃置不用,这里指马云翎落第。

君归茸屋南山里,燕麦青青才覆雉——作者借助想象描绘了马云翎回到家乡后的一幅清新喜人的画面:你回到家乡南山的草屋,放眼望去燕麦青青已能遮盖住野鸡。诗中"南山"让我们联想到了东晋诗人陶渊明的"采菊东篱下,悠然见南山"、"种豆南山下,草盛豆苗稀"等诗句,感受到作者渴望归隐的情怀。茸屋:草屋。雉:野鸡。

新莺啼过眠未起,笑看我辈红尘死——清晨刚刚出生的黄莺婉转清脆地鸣叫着,人却还贪睡未起。这里所描绘的田园风光幽美恬静,淳朴自然,不由得唤起了人们心灵深处的一种向往之情。自然引出最后一句的感慨:想到你那悠闲自得、恬美宁静的乡村生活,更让我们这些老死尘世的人羡慕不已。

纳兰虽然生在"钟鸣鼎食"的贵族家庭,父亲又贵为宰相,但他从不以自己的出身作为人前炫耀的资本,而是以平等的姿态结交别人,对朋友更是肝胆相照,满腔热忱。他在另一首《又赠马云翎》诗中写道:"一朝倾盖便相欢,两人心事如江水。"写出了两人一见如故,心心相印之情。对于朋友的回归故里,纳兰的心情很复杂,既希望朋友金榜题名,有所作为,又羡慕朋友落第后回到家乡那种怡然自得的生活,其实这也正反应了纳兰自己内心深处仕与隐的矛盾。

送荪友

严绳孙(1623—1702),字荪友,自号勾吴严四,又号藕荡老人、藕荡渔人。江苏无锡人。清初文学家。未仕前,与朱彝尊、姜宸英齐名,并称"江南三布衣"。康熙十八年(1679)应博学鸿词科,授翰林院检讨。后为右春坊右中允,兼翰林院编修,参与纂修明史。康熙二十四年(1685)辞官退隐无锡县西洋溪畔。康熙十二年(1673),已经半百之年的严绳孙和年仅十九岁的纳兰相识,结为知己,成为纳兰汉人好友之一。康熙十五年(1676)初夏,严绳孙离京南还,有归隐林下之心,这首诗是作者此时为他送别之作。

人生何如不相识,君老江南我燕北。
何如相逢不相合,更无别恨横胸臆。

留君不住我心苦,横门骊歌泪如雨。
君行四月草萋萋,柳花桃花半委泥。
江流浩淼江月堕,此时君亦应思我。
我今落拓何所止,一事无成已如此。
平生纵有英雄血,无由一溅荆江水。
荆江日落阵云低,横戈跃马今何时。
忽忆去年风雨夜,与君展卷论王霸。
君今偃仰九龙间,吾欲从兹事耕稼。
芙蓉湖上芙蓉花,秋风未落如朝霞。
君如载酒须尽醉,醉来不复思天涯。

  人生何如不相识,君老江南我燕北——纳兰性德小严绳孙三十馀岁,曾以师事之,双方感情极深。所以当严绳孙南归之时,想到彼此即将天各一方,一老江南,一在燕北,相见无因,知己不再,纳兰不禁悲从中来。如果知道相识相知还要离别,还不如不相识;不相识,就不会有分别的痛苦。燕北:今河北一带,泛指北方。

  何如相逢不相合,更无别恨横胸臆——即使相逢,如果性情志趣不相合,就不会成为知己之交,那么也就更不会有分别的遗恨充满胸中。这两句在前两句的基础上,进一步抒写离别的悲哀。南朝·江淹在《别赋》中说:"黯然销魂者,惟别而已矣!"离别让人心神沮丧,丧魂落魄,容颜憔悴。

  留君不住我心苦,横门骊歌泪如雨——无法挽留你,我的内心非常痛苦,只能满脸泪水,在城门外唱响离别之歌。横门:长安城北西侧第一门,后泛指京城之门。骊(lí)歌:告别之歌、骊驹之歌的省称。骊,黑色的马。先秦古逸诗《骊驹》:"骊驹在门,仆夫具存。骊驹在路,仆夫整驾。"是古人在告别时唱的歌。唐·李白《灞陵行送别》:"正当今夕断肠处,骊歌愁绝不忍听。"

  君行四月草萋萋,柳花桃花半委泥——你南归之时正是芳草萋萋的四月,柳花桃花也已经开始凋零。草萋萋:草长得茂盛。柳花:古人诗篇中,往往絮、花不分。委泥:托付给泥土。

  江流浩淼江月堕,此时君亦应思我——江流一望无际,广阔无边,江月西沉,此时想必你也思念天各一方的我吧。浩淼(miǎo):广阔无边的样子。淼,水面辽阔。这两句诗虚处着笔,想象严绳孙离开京城沿江东下的情景。江流、江月这浩大的意象,反衬出的是远行者的孤单寂寞。不言我思君,而言君思我,足见双方感情之深。

  我今落拓何所止,一事无成已如此——我现在仍然是空怀壮志,却一事无成。康熙十五年（1676）三月，性德中二甲第七名进士，但是朝廷并没有马上对他有所任用。他饱读诗书，志向远大，此时却一事无成，因此他的内心非常痛苦。落拓：豪放，放荡不羁。《北史·杨素传》："素少落拓有大志，不拘小节。"

平生纵有英雄血，无由一溅荆江水——纵有满腔热血，也无法驰骋疆场，参加平定三藩之乱的战役，血洒荆江，报效国家。纳兰在《杂诗七首》之五中写道："不悲弃家远，不惜封侯迟。所伤国未报，久戍嗟六师。激烈感微生，请赋从军诗。"他渴望在叱咤风云的时代为国家立下赫赫战功。荆江：长江出三峡后，自湖北枝城到湖南岳阳洞庭湖口的城陵矶一段，史称荆江。康熙十二年至康熙二十年（1673—1681）的平定三藩之乱，主战场就在荆江所在的湖南境内，康熙十五年（1676）正是战事激烈之时。无由：没有机会。

荆江日落阵云低，横戈跃马今何时——夕阳西下，荆江战地的硝烟越来越低，我横戈跃马，驰骋疆场又在何时呢？阵云：云叠起如兵阵，也指战地烟云。唐·高适《塞下曲》："青海阵云匝，黑山兵气冲。"

忽忆去年风雨夜，与君展卷论王霸——这两句由壮志难酬的悲慨又回到对朋友的思念之中。性德与严绳孙交厚，两人经常在一起讨论国家大事。此时，忽然想起去年风雨之夜，曾和严绳孙一起看书，讨论王霸之事。性德在诗中把两人倾心相谈的背景放在风雨之夜，实际上是暗示在那个黑暗动荡的时候，他们对时事政治、国家前途非常关心，始终保持着一种清醒的态度。风雨：《诗经·郑风·风雨》："风雨如晦，鸡鸣不已。"展卷：打开书本，指看书。王霸：王业和霸业。先秦儒家认为，崇尚德行、施行仁政者为王；借助武力、实行强权者称霸。

君今偃仰九龙间，吾欲从兹事耕稼——你如今悠然自得，和众兄弟安然相处，尽情享受天伦之乐。我也想从此隐居田园，以耕稼为生。这两句羡慕严绳孙从此远离官场，表示自己也想过这样超然世外的生活。偃仰：俯仰，指生活悠然自得。《诗经·小雅·北山》："或栖迟偃仰，或王事鞅掌。"九龙：封建社会称有才名的兄弟九人为"九龙"，这里以此赞称严绳孙的兄弟们。

芙蓉湖上芙蓉花，秋风未落如朝霞——这两句是纳兰的想象之辞，抒发了对朋友一种深切的思念。美丽的湖面上开满了荷花，秋风已至，它们仍如朝霞般绚烂。

君如载酒须尽醉，醉来不复思天涯——结尾设想严绳孙归隐后的生活。如果性之所至，载酒湖上，一定要尽情而醉。在醉酒中忘却人世的喧嚣和烦恼，不再想天涯之事。天涯：天边。

此诗包含的内容非常丰富，主要涉及下面三个方面的内容：自"人生何如不相识"至"此时君亦应思我"，抒写知己离别之痛；自"我今落拓何所止"至"与君展卷论王霸",抒写自己壮志难酬之愤;从"君今偃仰九龙间"至"醉来不复思天涯"抒写、赞美朋友归隐后任性适意的生活。整首诗背后一以贯之的主线是深厚的知己之情,令人感动和向往。

这首诗艺术上也极具特色。首先,在章法上,层次分明但又转承自然,如行云流水而又跌宕起伏。例如,前四句写知己离别之苦,表层诗意是否定,但深层含义却是肯定,肯定与否定交织在一起,使得这四句诗在一泻千里的倾泻中,充满了一种内在的张力。还有,要对远行的知交倾吐内心的苦楚,就在第一部分最后用"江流浩淼江月堕"将境界宕开,由"君思我"顺势过渡到对自己情怀意志的抒写上,自然而然地在诗中开辟出一片新天地。而对朋友归隐后高洁生活的赞美,也从侧面展现和烘托了作者情操的高洁和美好。其次,在技法上,一般的送别诗多借助景物,构成情景相融或情景相生的意境,而此诗则不假外物,任情感之流奔腾宣泄,将知己离别之痛与自己壮志难酬之悲巧妙地融合在一起,酣畅淋漓而又顿挫有致,情真意笃,感人至深。这首诗完美地体现了纳兰性德在《绿水亭杂识四》中所言的"诗乃心声,性情之事也"。

柳条边

此诗为康熙二十一年(1682)春纳兰性德随扈到东北时所作。据清·杨宾《柳边纪略》载:"自古边塞种榆,故曰榆塞。今辽东皆插柳条为边,高者三四尺,低者一二尺,若中土之竹篱而掘壕于其外,人呼为柳条边,又曰条子边。条子边西自长城起,东至船厂止;北自威远堡门起,南至凤凰山止;设边门二十一座。"

边墙也以柳为之,在塞外。

是处垣篱防绝塞,角端西来画疆界。
汉使今行虎落中,秦城合筑龙荒外。
龙荒虎落两依然,护得当时饮马泉。
若使春风知别苦,不应吹到柳条边。

是处垣篱防绝塞,角端西来画疆界——这两句说明柳条边的作用、疆界的形状。用柳条插成的篱笆墙的用途是防边外之敌,疆界的形状像弯弓一样。角端:《后汉书·鲜卑传》:"又禽兽异于中国者,野马、原羊、角端牛,以角为弓,俗谓之角端弓者。"

汉使今行虎落中，秦城合筑龙荒外——朝廷派来的使者来到了边塞，防御敌人的城池修在边远的地方。汉使：以汉代清，指代清廷派来的使者。虎落：遮护城堡或营寨的篱笆，这里指防御工事。秦城：在这里应指为守卫边疆而修筑的城池。龙荒：龙，匈奴祭天的龙城；荒，荒服，古代称离王畿两千五百里的地方叫荒服，这里指边远的地方。

龙荒虎落两依然，护得当时饮马泉——曾经为守卫边境而修筑的防御工事依然如故，护卫着当时的饮马泉。

若使春风知别苦，不应吹到柳条边——假如春风懂得离别之苦，就不会把"我"吹到这柳条边了。

古人常折柳以赠行者，唐诗中有很多类似题材的诗，如唐·张九龄的《折杨柳》："纤纤折杨柳，持此寄情人。一枝何足贵，怜是故园春。"而李白则从寻常景物中别出心裁，写下了《劳劳亭》一诗："天下伤心处，劳劳送客亭。春风知别苦，不遣柳条青。"春风懂得行人的心意，怕他们伤心，所以没有把柳条吹青。纳兰这首诗同样运用了拟人的手法，但他笔下的春风却不懂得人间"悲莫悲兮生别离"（《楚辞·少司命》）的苦痛，她吹开了封冻的江河，吹绿了杨柳大地。人间又有多少有情人在这春回大地、万物复苏的时节，要天各一方，折柳送别呢？

咏笼莺

这是一首吟咏笼中黄莺的五言诗。表达了作者向往自由的意愿。

何处金衣客，栖栖翠幕中。有心惊晓梦，无计啭春风。
漫逐梁间燕，谁巢井上桐？空将云路翼，缄恨在雕笼。

何处金衣客，栖栖翠幕中——首联点题。本应在大自然中自由生活的黄莺，却在装饰华贵的鸟笼中跳上跳下，焦躁不安。金衣客：黄莺有金黄色的羽毛，故名。栖栖：忙碌不安的样子。《诗经·小雅·六月》："六月栖栖，戎车既饬。"翠幕：指装饰得很漂亮的鸟笼。

有心惊晓梦，无计啭春风——颔联借物抒情。笼中黄莺婉转动听的歌喉有心惊醒主人撩人情思的睡梦，却无法到春风中自由唱歌。这里借用了唐代诗人金昌绪《春怨》"打起黄莺儿,莫教枝上啼。啼时惊妾梦,不得到辽西"一诗的诗意。

漫逐梁间燕,谁巢井上桐——颈联写笼中的黄莺看到笼子外令人羡慕的画面,一对燕子在屋梁上自由地追逐、嬉戏,衔泥做巢。瞧!谁又在井边的梧桐树上筑了新巢?它们都能按照自己的意愿自由地选择居住的环境,这是多么令人羡慕呀!

空将云路翼,缄恨在雕笼——尾联直接抒情。黄莺空有飞上万里云天的双翅,却只能在雕刻精巧的鸟笼里含恨终生了。一个"恨"字把自己失去自由的怨恨之情倾泻而出,干净利落。

这首诗起笔突兀,开篇用惊讶的语气写黄莺没有生活在大自然之中,而是被关在装饰华美的鸟笼之中,从而起到点明题目的作用。中间四句用拟人的手法抓住笼中之莺细微的心理活动进行描写,她被关在笼中,失去了自由,"有心惊晓梦"的"有心"指有故意之心,反抗之心,要用她婉转的歌喉把主人从梦中惊醒,但惊醒后又会怎样呢?会把她从笼中放走,让她在天空中自由地飞翔吗?结果仍然是"无计啭春风",她只能羡慕那些在笼外自由生活的鸟儿。全诗叙事写景中巧妙地寄寓了黄莺鸟的心理活动,含而不露,蕴藉感人。最后两句承上总结,抒发情感,千言万语汇集在一个"恨"字上,含义深刻,寄托了作者追求自由生活的思想感情。

南海子

康熙十六年(1677)和康熙十九年(1680)农历二月中旬,康熙皇帝曾到南海子检阅军队骑射,此诗当是纳兰性德任侍卫期间,于其中某次扈驾时所作。南海子:地名,又称南苑,在北京永定门外,周一百六十馀里。在其中养殖禽兽,专供皇帝游猎享乐。

相风微动九门开,南陌离宫万柳栽。
草色横粘下马泊,水光平占晾鹰台。
锦鞲欲射波间去,玉辇疑从岛上回。
自是软红惊十丈,天教到此洗尘埃。

相风微动九门开,南陌离宫万柳栽——这两句写明了扈驾游猎的时间、地点。初春时节,微风吹拂,京城的九座城门大开,人们跟随着皇帝来到杨柳青青的南海子行围狩猎。相风：即相风鸟，古代风向仪。九门：古代制度，天子所居有九门。分别为路门、应门、雉门、库门、皋门、城门、近郊门、远郊门、关门（见《礼记·月令》）。而清时则指北京外城九门：正阳、崇文、宣武、安定、德胜、东直、西直、朝阳、阜成等门。康熙十三年（1674）改设九门步军统领。离宫：古代帝王在正式宫殿之外另外修筑的宫室，以便随时游处。称为"离宫"，意思是与正式宫殿分离。

草色横粘下马泊，水光平占晾鹰台——这两句描绘了南海子初春的景色。放眼望去，小草刚刚钻出地面，碧绿如毡，晾鹰台倒映在清澈的湖泊之中。下马泊：元代称南海子为"下马飞放泊"。晾鹰台：在南海子内，元代时为游猎之所，狩猎者有所收获后，携鹰在此休憩，故称"晾鹰台"。

锦鞯欲射波间去，玉辇疑从岛上回——人们纵马奔驰，追逐着禽兽，飞马的影子如射入湖中一般，而皇帝乘坐的辇车又像是刚刚从仙岛返回。锦鞯（jiān）：锦制的坐垫，代指马。玉辇：古代帝王所乘的车子。

自是软红惊十丈，天教到此洗尘埃——最后两句抒发了作者的感慨。南海子春天斑斓的色彩，明媚的春光，让来到这里的人们感到是那样的惊喜，上天让人们在这明丽的春光中洗去尘世的污浊、烦恼。软红：这里指春天的色彩。惊十丈：作者用夸张的手法表现了对南海子春天美景的赞叹。

这首七言律诗描写了作者随从康熙皇帝在初春时节行围的情景。清朝是由满族建立的，他们是马上民族，非常重视骑射，清朝皇帝也大力提倡。行围既是皇帝娱乐的一种方式，也是严格的军事训练，目的是为保持满族传统的骁勇善战本色，抵拒怠惰颓靡骄奢的恶习，意在安不忘危，常备不懈。行围时每天黎明前出营，列队形成一个大包围圈。围猎圈缩小时，皇帝驻马观围，满蒙王公和诸部落的射手大显身手。一日行围结束，根据猎获情况，论功行赏，并举行篝火野餐。纳兰这首诗融写景抒情为一体，描写了南海子春天的胜景，草色波光，如诗如画。人们在这里纵马驰骋，打猎行围，尽情地放松自己，洗去尘埃。作者不仅仅描写了初春时节的绚丽多彩和勃勃生机，还借行围抒发了自己豪迈的情怀。

古北口

古北口：地名。在北京市密云县东北，自古以来为长城的重要关口，地势险峻，是古代的军事要地。康熙二十二年（1683）夏，纳兰性德随扈经过此地，作此诗，描写古北口险峻的形势。

乱山如戟拥孤城,一线人争鸟道行。
地险东西分障塞,云开南北望神京。
新图已入三关志,往事休论十路兵。
都护近来长不调,年年烽火报升平。

乱山如戟拥孤城,一线人争鸟道行——高高低低的山峰如戟一般护卫着一座孤零零的山城。由于道路险阻,人们在山道中,仿佛在和飞鸟争道一样。戟:古代的一种兵器,是矛和戈的合体,兼备直刺、旁击、横钩的作用。

地险东西分障塞,云开南北望神京——依据地势的险峻,把御敌的城堡分置在东西两侧;站在山峦之上,透过云层可以眺望京都。障塞:边塞险要处御敌的城堡。晋·左思《蜀都赋》:"临谷为塞,因山为障。"神京:帝都,首都。这四句作者用夸张的手法写了古北口地势的险要,地理位置的重要。

新图已入三关志,往事休论十路兵——那些险要的关口都已经纳入了国家新的版图,战争的往事也已经没有人在谈论。三关:三个重要关口,史传有多种记载,这里指险要的关隘。

都护近来长不调,年年烽火报升平——近来镇守边关的大将很长时间都无须调动了,因为年年传来的都是边疆太平的好消息。都护:官名。这里指镇守边关的大将。唐置六大都护府,统辖边远诸国。

历朝历代,长城古北口都曾经发挥着重要的防御功能,凭借着险要的地势,阻挡住外族的入侵。今天山依旧是原有的山,关隘依旧险峻,但烽火硝烟已经离它越来越远。由于康熙皇帝采取了一系列好的民族政策,年年传来的都是太平的好消息。这首七言律诗通过写景抒情,表达了纳兰衷心企盼国家安定、太平的美好愿望。

秋意(三首)

这三首诗为五言绝句,抒发了作者在秋天中的一些独特感受。

其 一

苑云衔日去,疏雨欲来时。
忽见小庭中,草花三两枝。

苑云衔日去,疏雨欲来时。忽见小庭中,草花三两枝——前两句写天气的变化。天气阴沉,乌云慢慢遮住了太阳。苑云:浓云。"衔"字用得形象而生动,写出了乌云遮蔽了太阳的动态过程。第二句承上说明一场秋雨就要来临了,猛然间作者的视线落到了庭院中三三两两枝随风摇曳的草花上,不禁从心底产生了一种怜惜之情。俗话说,一场秋雨一场寒,这柔弱的小花将要经受秋雨的侵袭。

这是一首别具一格的生活抒情小诗,无奇特新颖的想象,语言清新朴素,明白如话,内容是单纯的,写眼前的景物,自然流畅,又让人体味不尽。

其 二

凉风昨夜至,枕簟已瑟瑟。
小女笑吹灯,床头捉蟋蟀。

凉风昨夜至,枕簟已瑟瑟。小女笑吹灯,床头捉蟋蟀——先点明时间是"昨夜",气候环境是"凉风至",说明萧瑟的秋天就要来临了,冷到何种程度呢?用"枕簟已瑟瑟"来说明。簟(diàn):竹席。南唐·冯延巳《鹊踏枝》词:"枕簟微凉,展转浑无寐。"言枕席间已传来秋风声。末联作者并没有承接上联抒发悲秋的感伤,而是笔锋一转,写小女孩的天真浪漫:她并没有感受到萧瑟的秋天就要来临了,而是一边欢笑着,一边忙碌地捕捉着来屋内避寒的蟋蟀。

这首诗充满了生活气息,作者抓住了小女孩天真好奇的神态动作,"笑吹灯"、"捉蟋蟀",寥寥几笔,勾画出了人物单纯活泼的性格,细致入微,真实生动。

其 三

雨声池馆秋,漠漠横塘水。

水鸟故窥人,飞入荷花里。

雨声池馆秋,漠漠横塘水。水鸟故窥人,飞入荷花里——第一句交代了季节正值秋天,下着绵绵的秋雨。第二句承接上句,因为正下着雨,池塘水量充溢,"漠漠"一词形容画面开阔而深邃,渲染了朦胧秋雨迷茫的色调。漠漠:广大无际的样子。唐·王维《积雨辋川庄作》:"漠漠水田飞白鹭,阴阴夏木啭黄鹂。"横塘:地名。南京西南和吴县西南都有横塘,此处应指很大的水塘。后两句给秋天的画面添上了活动着的人、水鸟,使整个画面充满了生气,表现了一种自然的美。是水鸟看见了人,还是人惊动了鸟,总之它很快地飞入到了荷花里。

这首小诗,诗意明朗而单纯,抓住了客观景物在特定环境下所显示出的神态,勾画出了一幅秋雨朦胧中真切恬美的意境,表现了作者独特的审美取向。

咏史(选三)

咏史指歌咏史实,以历史事件作为题材。其体例有专咏一人一事,也有泛咏史事的。纳兰所写的这组咏史七言绝句,共二十首,涉及的范围从战国初直到北宋亡,因事立论,体现了他的历史观和价值观,以及他对历史的真知灼见。

其 二

一死难酬国士知,漆身吞炭只增悲。
英雄定有全身策,狙击君看博浪椎。

一死难酬国士知,漆身吞炭只增悲——这两句写春秋时豫让为智伯报仇的事。事见《战国策·赵策》和《史记·刺客列传》。春秋时晋国人豫让,最初侍奉范氏和中行氏,因无所知名,转而去侍奉智伯,后智伯为韩、赵所灭,漆智伯头以为"饮器"(一说为便器)。豫让发誓为智伯报仇。先入厕刺杀赵襄子,未遂;后又以漆涂身,使皮肤肿癞,吞炭伤喉使声音变嘶哑,改变形貌,扮成乞丐,连他的妻子都不识其貌。于是他埋伏在赵襄子将要经过的桥下,襄子至,马惊,搜出豫让,质问他,范氏、中行氏和智伯都曾经是他的主人,为什么不为范氏、中行氏卖命,偏偏要为智伯去送死呢？豫让说："范、中行氏以众人遇我，我故以众人报之；至于智伯，以国士遇我，我故国士报之。"然后求得赵襄子外衣，拔剑刺衣以表示报仇之意后，遂自杀而死。国士：国家中有杰出才干的人。

英雄定有全身策，狙击君看博浪椎——这两句写张良事。《史记·留侯世家》载，秦灭韩，张良散千金家产为韩报仇。当秦始皇东游至阳武博浪沙时，良与力士以百二十斤铁椎击秦始皇，误中随从的车辆。秦始皇大惊，大举搜索了十天，没有抓到。后张良在秦末农民起义时，投靠了刘邦，辅佐刘邦灭秦楚，建立汉朝，定都长安，被封为留侯。他与韩信、彭越等功臣惨遭杀戮的结局不同，张良能够功成身退，保全自己。狙击：埋伏在隐蔽的地方伺机袭击敌人。

这首咏史诗写了两个历史人物，春秋时的刺客豫让和秦末汉初的谋臣张良，两个人在历史上都曾有过惊心动魄的刺杀敌人的举动，但结局却大不相同。豫让为了给"知己者"智伯报仇，不惜毁灭自己，舍弃生的机会，义无反顾地走向死亡。而张良则不然，他在每次行动之前都有"全身策"，最后才能辅佐汉高祖刘邦灭了秦朝，为韩国报了仇。两个人对比，作者认为豫让"漆身吞炭"白白地增加了肉体的痛苦，最后献出了自己的生命，也不足以酬报国士之知。作者对他自杀的结局表示了深深的惋惜之情，对他的鲁莽从事，不择方式，不计后果，持否定态度。认为真正的英雄应像张良那样，不但有胆，而且有识，在功成之际急流勇退，保全自己。实际上豫让在刺杀赵襄子时曾对朋友说："凡吾所为者极难耳，然所以为此者，将以愧天下后世之为人臣而怀二心者也。"从这句话可以看出，豫让知道自己刺杀赵襄子的行为是难以成功的，他就是为了"义"而去，怀着必死的信念，那么他也就不会为自己留一条后路，筹万全之策。他要通过自己的死，给天下以及后世那些心怀二心的人做个榜样。正如汉·司马迁在《报任少卿书》中所说："人固有一死，死有重于泰山，或轻于鸿毛，用之所趋异也。"

其　四

诸葛垂名各古今，三分鼎足势浸淫。
蜀龙吴虎真无愧，谁解公休事魏心？

诸葛垂名各古今，三分鼎足势浸淫——这两句意为诸葛瑾、诸葛亮及其族弟诸葛诞三兄弟都是三国时期博学多才、足智多谋、德性高尚的名士奇才。他们的大名各自流传青史，光耀古今，他们各为其主，分别效忠于当时相互争斗的蜀、吴、魏三国,使得魏、蜀、吴三国的势力由小而大,最后形成了三分天下的格局。诸葛:指三国时的诸葛瑾、诸葛亮及其族弟诸葛诞。浸淫:浸渍,逐步扩大。

蜀龙吴虎真无愧,谁解公休事魏心——三人中,人们认为诸葛亮被称为蜀龙、诸葛瑾被称为吴虎是当之无愧的,但谁又理解诸葛诞事魏之忠心呢?《世说新语·品藻》:"诸葛瑾、弟亮及从弟诞,并有盛名,各在一国。于时以为蜀得其龙,吴得其虎,魏得其狗。"公休:诸葛诞字公休。

在这首诗中,纳兰纠正历史偏见,为诸葛诞恢复名誉。他认为诸葛瑾事吴,诸葛亮事蜀,诸葛诞事魏,兄弟三人各为其主,各有建树,三人都因功绩突出获得高位。诸葛亮位居蜀汉丞相,被封为武乡侯;诸葛瑾官至吴国大将军,被封为宛陵侯;诸葛诞官至魏国镇东大将军,被封为高平侯。而历史上对瑾、亮的评价是恰当的,而对诞却不了解真情。诸葛诞是忠心事魏的,后因反对司马氏篡魏而降吴,被加上了"造构逆乱,迫胁忠义"的罪名,为人所诟病。作者以他进步的历史观,透过历史的迷雾,纠正人们多年来形成的成见,对历史人物给予了恰当的评价,为诸葛诞恢复名誉。

其 八

劳苦西南事可哀,也知刘禅本庸才。
永安遗命分明在,谁禁先生自取来?

劳苦西南事可哀,也知刘禅本庸才——这两句指刘备去世后,17岁的刘禅即位,国政无论大小都由诸葛亮决定,他曾稳固吴蜀联盟,平定南中诸郡,北伐曹魏,可谓是尽心竭力,无奈后主刘禅昏庸无能,蜀政权在诸葛亮去世后最终难逃灭亡的命运,令人哀叹。

永安遗命分明在,谁禁先生自取来——刘备永安的遗嘱分明在,那么又有谁阻止先生你不取而代之呢?永安遗命:《三国志·蜀书·先主传》:(章武)"三年春二月,丞相亮自成都到永安","先帝病笃,托孤于丞相亮"。《三国志·蜀书·诸葛亮传》也记载了刘备托孤的事情,刘备谓亮曰:"君才十倍曹丕,必能安国,终定大事。若嗣子可辅,辅之;如其不才,君可自取。"又诏敕刘禅:"汝与丞相从事,事之如父。"孔明听了涕泣曰:"臣敢竭股肱之力,效忠贞之节,继之以死。"刘备临死之前已经讲得非常清楚,刘禅有作为、有出息就辅佐他,昏庸无能就可以取而代之。

诸葛亮一生功勋卓著,历来的文史论者或赞其赫赫功绩,或赞其耿耿忠心,"鞠躬尽瘁,死而后已"则是他一生的写照,他的名字成为了智慧的化身。纳兰此诗却独辟蹊径,表达了他开明的政治思想,即贤者为君,反对封建愚忠。对忠贞不贰地辅佐庸才刘禅的诸葛亮发出了"谁禁先生自取来"的叹惋之声。既然有刘备的遗诏,又有谁在阻止你呢?实际上这个"谁"正是诸葛亮自己。诸葛亮自幼饱读诗书,胸怀大志,常与好友崔州平、徐元直等人纵论国家大事,自许为春秋时期齐国的大政治家管仲和战国时期燕国的大将乐毅,被人们称之为"卧龙"。刘备慧眼识英才,三顾茅庐,给了诸葛亮施展才华的机会,深受儒家思想影响的诸葛亮知恩图报,把忠君看得高于一切,他痛恨像董卓一样的乱臣贼子,又怎会像他们那样谋权篡位呢?如果我们反过来设想,假如诸葛亮在刘备死后违背当初诺言篡夺了蜀汉政权,后人又将如何评价他呢?还会被后世文史论者所赞颂吗?

记征人语(选二)

　　康熙十七年(1678)八月,清军于湖南衡州击溃吴三桂叛军,进驻岳州。纳兰性德写下了这组七言绝句(共十三首),主要抒发了南征清兵久戍不归的幽怨之情。这里选两首。

其 一

列幕平沙夜寂寥,楚云燕月两迢迢。
征人自是无归梦,却枕兜鍪卧听潮。

　　列幕平沙夜寂寥,楚云燕月两迢迢——这两句写景,描绘了广袤沙原的夜晚是那样的静寂,在清冷的月光下,只见一个个帐篷静静地排列在那里。楚、燕两地一南一北相距遥远。楚云燕月:言楚天的云和燕山的月。楚云、燕月一下子拉开了空间的距离,表面上指南北相距的遥远,实际上暗含着南征将士与家人相距遥远之意。迢迢:遥远的样子。《古诗十九首》:"迢迢牵牛星,皎皎河汉女。""迢迢"二字让我们联想到了天各一方的牛郎和织女。而诗中的征夫和思妇不就是现实生活中的牛郎和织女吗?

　　征人自是无归梦,却枕兜鍪卧听潮——承接上句,正是因为离家遥远,才使南征的清兵有家不能归。他们在这样一个寂静的夜晚,多么希望做一个归乡的美梦,在温馨的梦境中回到阔别已久的家乡,在梦中与父母妻儿相聚;但思念之情又使他们夜不能寐,只能枕着头盔,听潮起潮落。"却"字写出了戍边士兵无可奈何的心情。兜鍪(móu):古代战士的头盔。

古人以战争为题材的诗数量众多,内容异常丰富,其中离别之情是最普遍、最深厚的感情和创作素材。这首离别诗的起首两句,主要通过写景,对征夫怀归之情起到渲染和铺垫的作用;后两句没有像我们想象的那样,在前面蓄势的基础上,淋漓尽致地抒发情感,而是跳出前人窠臼,用平静旷达的语言抒写不平静的情怀。"自是"看似平淡,实为满含酸楚,现实生活中实现不了的希望,往往寄托于梦境之中,如果连梦也没有的话,其悲凉的心情真是难以用言语来表达。征人深夜不寐,倾听着波涛之声,他们的心潮也和波涛一样回旋激荡,他们的思绪神驰万里。

其 八

边月无端照别离,故园何处寄相思?
西风不解征人苦,一夕萧萧满大旗!

边月无端照别离,故园何处寄相思——开篇直抒胸臆,抒发离别之感。边疆的明月无缘由地朗照着离别之人,故乡在何处?如何寄去我的相思之情?无端:无缘无故。唐·杜牧《送故人归山》:"三清洞里无端别,又拂尘衣欲卧云。"在这里诗人运用了拟人的手法,睹月怀人,月光引起了征人不尽的情思,使他浮想联翩。高悬在空中的明月,此时此刻照着边关,不也照着远方的亲人吗?共望明月而无法相见,故乡遥远,无法寄去对家人的思念,作者在这里抒发了对明月的幽怨之情。

西风不解征人苦,一夕萧萧满大旗——西风不能体谅征人的离别之苦,夕阳西下,军旗在西风劲吹下迎风飘扬。

全诗把边疆特有的景物"边月"、"西风"拟人化,前两句写得缠绵,借柔情似水的月光"无端"照着别离之人,抒发了积郁已久的怀人之情。后两句写军旗猎猎,朔风萧萧,景色苍凉壮丽,让我们联想到了唐·岑参的《白雪歌送武判官归京》中的诗句:"纷纷暮雪下辕门,风掣红旗冻不翻。"而本诗的"一夕萧萧满大旗"

同样融情入景，情感的抒发不是低沉哀伤，而是表现出一种豪迈之情。

题　　照

题照：在画像上题诗。为谁题照？画中人是谁？均不详。

　　画出东风别一般，绿窗人静独凭栏。
　　就中真色图难就，最是春山两笔难。

　　画出东风别一般，绿窗人静独凭栏——画中画出的是春光明媚的别致景色，一位窈窕女子沐浴着春光，在窗前凭栏远眺。东风：春光。

　　就中真色图难就，最是春山两笔难——画中画出了人物的性格与情态已非容易，更难能可贵的是画活了人物的双眉。真色：指本人的真实面目，即人的内在性格及精神状态。春山：妇女的双眉。春日远山如黛，故把年轻女子的双眉喻为春山。古时多用盈盈秋水、淡淡春山来形容娇媚女子的目与眉，古人讲"眉目传情"，可见眉与目是并重的。此处的春山，代指眉目。画龙易，点睛难。作者在此赞赏的正是画像的点睛笔触。几笔勾勒，就让人物神采飞扬，内心灵动起来。

　　诗词易写难工，难就难在平中见奇，笔轻旨厚，墨淡趣浓。题跋诗，多一层束缚，写起来也就更难。"画出东风别一般"，笔墨何等轻盈飘逸，韵味何等清醇厚重。东风是好描画的吗？这是一句虚实相生的写法。名曰画东风，实为画春色。"深山藏古寺"，掩藏的只是古寺，仅此而已。"画出东风"给人带来的却是无限遐想，是山清水秀？是花红柳绿？还是草长莺飞？一切当然，似又不尽然。因为这一切都不足以为东风所涵盖。四句评画诗，环境、姿态、风采、神情跃然纸上，其艺术功力之深令人称道。

暮春见红梅作简梁汾

　　作者曾在词中写到："知我者，梁汾耳。"（《金缕曲·简梁汾》）梁汾是纳兰性德的知心朋友，交往甚密。康熙二十年（1681）梁汾因母丧南归，守孝三年。三年中,纳兰多有怀念友人的诗作,此为其一。

　　　　杏花庭院月如弓,又见江梅一瓣红。
　　　　知是东皇深著意,教他终始领春风。

　　杏花庭院月如弓,又见江梅一瓣红——前两句勾勒出一幅清丽的画面,庭院里杏花开了,弯月如弓挂在天空。在院落一角,猛然看见一朵鲜艳欲滴的江梅仍在开放。杏花三月,当值暮春,"我"意外地看到了红梅,一阵心喜,触动了思念之心,远方的朋友你还安好吗?江梅:又名直脚梅,花小色白,但疏瘦有韵,多开在山间水滨、荒寒清绝之地,花开较晚,故有"梅蕊腊前破,梅花年后多"(唐·杜甫《江梅》)之说。

　　知是东皇深著意,教他终始领春风——暮春时节,江梅为何还不凋谢?想必是春神对它格外关照,才使它自始至终在春风里开放,领略着春光的温暖。春神着意于江梅,对于江梅给予一种特殊的眷顾,造物主为什么不光顾远方的朋友呢?让他更多地享受到生活的甜美与温馨。从中不难领会到作者的拳拳之心、眷眷之情。东皇:又曰春皇,指春神。古人认为"东生日,为一日之始;春生木,为一年之始",故称春神为东皇。著意:有意。终始:始终。领:领略,享受。

　　此诗构思新奇,含蓄蕴藉,韵味悠长。前两句写景,景是奇景:杏花、弯月、小院,突见江梅,出人意外。江梅不是一丛,不是一枝,偏是一瓣。"万绿丛中红一点,动人景色不须多",一滴水能映射出太阳的光芒,一瓣红梅尽传春天的消息。这样清丽的构图,这样集中省净的设色,令人称奇。后两句写情,情是奇情。暮春江梅一瓣红,是大自然的杰作——哪一景物不是大自然的造化呢?却不是大自然的刻意之作。诗人把它想象成"东皇深著意",难道不是奇思妙想吗?由花及人,诗人想到千里之外的挚友梁汾,那样一位品格高尚、才华横溢的人,怎能被生活遗忘?怎能不得到命运的青睐?怎能不得到幸福的拥抱?作者以诗为简,表达的是一份问候,一份祝愿,一份期盼。旧时,以梅慰友的诗作有许多。如宋·洪皓《忆江梅》"准拟寒英聊慰远",南朝宋·陆凯《赠范晔》:"折梅逢驿使,寄与陇头人。江南无所有,聊赠一枝春。"与纳兰此诗比较,二人诗句就显得过直过露。纳兰这首赠友诗,通篇无一赠字,却处处皆赠意。所赠何物,无需明说,传达的心意却真真切切,实实在在。正所谓不着一字,占尽风流。好的诗总是能由一己情愁,升华到人类普遍的情感,使之具有一种普遍的意义,让人感觉到一种永久的人文关怀。"知是东皇深著意,教他终始领春风",又何尝不是对人类生活的良好祝愿与期盼?

柳枝词(选十一)

【题解】

《柳枝词》是乐府曲调之一,多以咏柳为主。鲁迅在《门外杂谈》中提到:"唐朝的《竹枝词》和《柳枝词》之类,原都是无名氏的创作,经文人的采录和润色之后,留传下来的。"纳兰所写的这组《柳枝词》共十六首,这里选十一首。

其 一

一枝春色又藏鸦,白石清溪望不赊。
自是多情便多絮,随风直到谢娘家。

一枝春色又藏鸦,白石清溪望不赊——春深了,柳叶长密了,乌鸦已经能够在枝上藏身,浓浓的绿色遮住了白石上的清清溪水,望不到边际。藏鸦:乌鸦藏身。言柳叶长密,春色已深。宋·黄庭坚《采桑子》:"城南城北看桃李,依倚年华,杨柳藏鸦。"望不赊:意为望不尽。赊,远。

自是多情便多絮,随风直到谢娘家——本来就多情的春柳自然也是多愁善感,寄托着思念之情的柳絮随风飞起,一直飘落到东晋才女谢道韫家。多絮:双关语,意为多思绪。絮,柳絮。从《诗经·小雅·采薇》"昔我往矣,杨柳依依。今我来思,雨雪霏霏"起,文人就常把柳作为多情的象征。谢娘:指东晋女诗人谢道韫。谢道韫是位多情的女子,有咏絮之才。一次,谢道韫的叔父谢安召集儿女、子侄讲论文义,时值天降大雪,谢安问道:"白雪纷纷何所似?"谢安的侄子谢朗答道:"撒盐空中差可拟。"谢道韫补道:"未若柳絮因风起。"由此世称其有"咏絮"才。

诗如同一出大戏,不能没有高潮,也不能场场都是高潮。总是要有铺垫,有过场。诗也一样,要朴素,也要灵动。要有诗身,也要有诗眼。处处皆灵,则无灵;处处皆眼,则无眼。"一枝春色又藏鸦,白石清溪望不赊",诗人力求平实、质朴;"自是多情便多絮,随风直到谢娘家"是灵动的诗眼。作者运用双关手法,既实写了柳絮轻舞飞扬的姿态,又暗含着春柳多情多绪,多愁多感。景与情融合得十分自然贴切,巧妙含蓄。由多情柳联想到多情女,由多絮联想到有"咏絮才"的大才女,多么清晰的诗心,多么流畅的诗脉。

其 二

春到江南春草生,乍惊摇曳扑帘旌。
黄鹂无语昏鸦起,深闭重门待月明。

春到江南春草生,乍惊摇曳扑帘旌——春风吹到江南,遍地野草,一片绿色。春风吹进门来,门帘上的饰穗仿佛从睡梦中惊醒一般,随风摇曳着。帘旌:帘端所缀类似缨状装饰。

黄鹂无语昏鸦起,深闭重门待月明——傍晚黄鹂停止了鸣唱,不时有乌鸦在空中掠过,紧闭屋门等待着明月升起。昏鸦:暮鸦。乌鸦多在傍晚活动,故称昏鸦或暮鸦。重门:多层之门。南朝齐·谢朓《观朝雨》:"重门犹未开,耳目暂无扰。"

这首诗写早春的观感,平淡之中,"乍惊摇曳扑帘旌"不失为一亮点。"乍惊"写出意外之感,在不经意中,春风就到来了。春风拂动帘旌,不说拂动,而说是春风"惊"动。莫非是春风有意光顾?不仅唤醒大地,吹绿野草,还唤醒诗人,向诗人报春。本来是毫无生机的帘旌,或是虽有生机却无灵魂的春风野草,一经诗人点染,仿佛注入了生命,立刻鲜活起来。

其 三

七香车过殷轻雷,十里红楼照水开。
遥指玉鞭鞭白马,柳阴阴下是郎来。

七香车过殷轻雷,十里红楼照水开——华丽的七宝香车从路上驶过,发出隆隆的轻雷声响,连绵的朱楼玉宇倒映在水中。七香车:华贵之车,上等香木所造。有人说是用七种香木所制,也有人说是车中置"七香"熏车,使车有香气。二说均无从查考。唐·王维《洛阳女儿行》诗中有句曰:"罗帏送上七香车,宝扇迎归九华帐。"殷轻雷:殷,震动声,此指七宝香车经过时发出的轻雷般的响声。十里红楼:言朱楼连幢。红楼,朱色楼台,古代用以指富贵之家闺秀的居所。照水开:在水中倒映开来。

遥指玉鞭鞭白马,柳阴阴下是郎来——挥鞭策马,从远处而来,原来是心中盼望的情郎在树阴下已露出了身影。玉鞭:雕饰有美玉的马鞭。唐·张籍《白纻歌》有"衣裳著时寒食下,还把玉鞭鞭白马。"鞭白马:策白马。

此诗描写闺中女子盼望情郎到来的情形。通篇景象视野广阔,似闺中女子在楼上所望。"十里红楼照水开"当是高视角下的景象。因为诗的背景不详,诗中脉络有待梳理。"七香车"是谁人之车?"十里红楼"是谁家之楼?"十里红楼"当是诗中女子的居处,"七香车"按理该是情郎所乘之车。"遥指"不应是郎在马上用玉鞭遥指,而是女子在楼上遥指。那由远而近策马急行的人,来到楼前柳阴下,才认得出来,原来是情郎。经过第一、第三句的铺垫,至第四句所盼之人终于出现。不写人物心情,只写场面,而喜悦之情自然而然地映衬出来,手法非常巧妙。

其 四

水亭无事对斜阳,宛地轻阴却过墙。
休折长条惹轻絮,春风何处不回肠。

水亭无事对斜阳,宛地轻阴却过墙——傍晚,闲来无事,伫立在水边凉亭下,远望斜阳。斜阳下的柳阴已经移过墙头。水亭:水上的凉亭。宛地:指北京宛平一带。轻阴:与浓阴相对,应当指柳阴。

休折长条惹轻絮,春风何处不回肠——不要去攀折柳树枝条,免得牵动起悠长的思绪。何处春风不牵人愁肠,惹人思绪呢?长条:长长的柳树枝条。轻絮:双关语。思绪。回肠:柔肠百转。

也许诗人刚从忧思的罗网中挣脱出来,正漫无目的地在亭前散步。夕阳斜照,柳阴无声地爬过墙头,景色是恬淡的,心情也是恬淡的。对于内心炽热、多愁善感的诗人来说,这片刻的安闲多么难得。可是人心无意,柳有意;人欲释怀,柳惹絮。诗人的视线不自觉地触到多情的柳条和惹人的飞絮,他努力想控制自己,不去折枝惹絮,可是纷飞的思绪又怎么能回避得了呢?春风又怎不令人情思百转九回肠?"休折长条惹轻絮,春风何处不回肠",承转得自然、有力,是难得的佳句。

其 五

何处纤腰不可怜,缠头抛与沈郎钱。
女儿睡觉推窗看,忽忆迎欢旧系船。

何处纤腰不可怜,缠头抛与沈郎钱——哪里的卖唱女子不是同样可怜呢?她们逢迎卖唱了半天,得到的只是很少的一点赏钱。纤腰:代指歌舞卖唱女子。缠头:唐代把赏赐给歌舞艺人的小费叫做缠头。唐·白居易《琵琶行》:"五陵年少争缠头,一曲红绡不知数。"沈郎钱:东晋孝元帝时,吴兴沈充铸钱,形小质薄,世称"沈郎钱"。

女儿睡觉推窗看,忽忆迎欢旧系船——歌女从睡梦中醒来,推开窗子瞭望,忽然想起自己到来时,船夫靠岸系船处,自己命运的转折,就是从那时开始的。女儿:指卖唱女子。

这是一首描写歌伎的诗,诗人对卖唱女子受到的不公待遇及悲惨命运寄予深刻同情。歌舞女子抛却自尊,曲意迎人,含悲卖笑,命运已够可怜,得到的却是世人的轻蔑与白眼。"缠头抛与沈郎钱",缠头多少尚且不论,令人不能忍受的是主人的傲慢无理,居高临下,那种不把红颜女子当人看的蛮横态度。"抛与沈郎钱",一个"抛"字,多么的漫不经心,多么的不耐其烦,多么的不屑一顾。主与仆,尊与卑,一目了然,哪里有平等可言。"抛"是一种施舍,一种打发,如饲猫狗一般。诗中对此给予了深刻的谴责,流露出作者强烈的平民思想、平等意识和人道主义精神。

其 六

永丰坊里谢啼鹃,移植红泥曲槛边。
凉月一帘思往事,是他曾与伴无眠。

永丰坊里谢啼鹃,移植红泥曲槛边——永丰坊里的杜鹃花已经凋谢了,红色的花瓣飘落,委地成泥,收拾起零落成泥的残花,把它埋在曲折的墙栏边。永丰坊:街巷名。啼鹃:传说中的杜鹃鸟会啼到口中出血,鸣声甚哀。在此指杜鹃花。啼鹃若释作杜鹃鸟,则与下面的"移植红泥"不能连贯。曲槛:曲栏。

凉月一帘思往事,是他曾与伴无眠——一帘冷月勾起人无限往事,它伴随诗人度过多少个不眠之夜啊。凉月一帘:帘,作窗帘而不作门帘解,更富诗意。冷月扑窗，挂满一帘，颇有意境。

新评

前半首是写悼红惜春，不禁使人想起《红楼梦》中黛玉葬花的情景："花谢花飞飞满天，红消香断有谁怜？……未若锦囊收艳骨，一抔净土掩风流。"诗人的移植红泥与黛玉的收艳骨葬落英是同样的情感，同样的心境。在那种"高标见妒，直烈遭危"、"骅骝跼躅不能食，蹇驴得志鸣春风"的黑白颠倒的险恶世道，多少正义之士，多少青年才俊，仕途坎坷，命运多舛，令人愤愤不平。黛玉葬花更多的是悲己自怜，纳兰公子"移植红泥"更多的是悲天悯人。诗人的朋友大多怀才不遇，甚至蒙冤罹难，吴兆骞下狱流放便是其中一例。类似的事例太多了，都在诗人心中留下深刻的印记。夜深，月色临窗，每每思忆往事，诗人久久不能入睡。

其　七

人去楼空属阿谁，月明惟见影垂垂。
寻常已是堪愁绝，何况春来赠别离。

新解

人去楼空属阿谁，月明惟见影垂垂——友人离去了，整个房子空空如也，本来属于我们二人的共同世界，现在归属于谁呢？只剩下孤零零的楼影兀立在月光下。属：归属。垂垂：孤自兀立的样子。

寻常已是堪愁绝，何况春来赠别离——平常的忧愁已经禁受不住，更何况春日里友人的离别相赠。寻常：平常。堪：不堪，禁受不住。赠别离：离别时以物品和诗文相赠。唐·杜牧《送别》："溪边杨柳色参差，攀折年年赠别离。"

新评

这首诗抒发了诗人与好友离别的惆怅之情。"楼"是友谊的巢穴，是精神的家园和情感的寄托，朋友走了，楼中没有了欢欣，没有了融融的春日气氛，四壁空空，只有往日的魂痕荡漾。"人去楼空属阿谁"，非是楼找不到归属，而是楼的主人找不到归属，不知心安是何处。诗中不直写离别的惆怅，不直写内心茫然的心绪，只写了孤楼空照影，"月明惟见影垂垂"，景象赫然，触目惊心。烘托出诗人内心愁苦之巨和精神压力之重。强化了"堪愁绝"的内在张力，极具艺术感染力。

其　八

何事凭栏怨月明，乍晴楼阁倍晶莹。

相思一夕溪流涨,倒影丝丝拂水平。

何事凭栏怨月明,乍晴楼阁倍晶莹——诗人在夜晚凭栏望月,阴云乍开,整个楼宇在月光的照耀下晶莹如雪。自己的一腔幽怨与明月何关?为什么要迁怒于它呢?何事:为何。凭栏:扶栏。

相思一夕溪流涨,倒影丝丝拂水平——一夜相思不绝,似与溪水共涨。轻柔的柳条丝丝缕缕,倒映在水中,拂动着水面。拂水平:拂水面。

思念是优美的,如同诗中的优雅与月下的清凉。阴云乍开,亭台楼阁洒满月光。琼楼玉宇,晶莹碧透,宛若仙境。溪水潺潺,柳丝倒影。诗人把自己的一怀思绪付与这生动美丽的景色,相思也具有了一种不同的品味与境界。相思的情调不再是沉闷、滞重,不再是胸中郁结的块垒,而是另有一种韵致,像高楼明月一般清朗,像山涧溪水一般缠绵,像水中倒影一样秀丽,也如作者这首小诗一样悠长。这首月夜思,是思亲?思友?思乡?明月何处不相思,何事何人何物不相思?诗人思之,读者如何不思之!

其 九

绿到长干第几桥?晚晴帘幕隔吹箫。
前身自是轻狂甚,嫁得东风带水飘。

绿到长干第几桥?晚晴帘幕隔吹箫——春风吹绿岸上的杨柳,绿到长巷中的第几座桥了?晚霞满天,隔帘传出悠扬的箫声。长干:街巷名。唐·李白《长干行》:"同居长干里,两小无嫌猜。"晚晴:傍晚天晴日丽,也指雨后初晴的霞天。隔吹箫:在此指闻箫声而不见吹箫人。

前身自是轻狂甚,嫁得东风带水飘——柳絮本来就非常轻薄、颠狂,即使融入了东风,在春天温润的空气中依然到处飘荡。嫁得东风:在此当指融入东风。宋·张先《一丛花令》:"沉恨细思,不如桃杏,犹解嫁东风。"此句描写了柳絮,古人有"颠狂柳絮随风舞,轻薄桃花逐水流"的诗句(唐·杜甫《绝句漫兴九首》),柳絮随风飘扬,常被文人视为轻狂之物。

"绿到长干第几桥?"起首用问句,立刻把人引入对春色踪迹的探寻之中。本来是由于视野的局限,两岸春色一眼望不到尽头。诗人却问,绿到第几桥?仿佛春风次第逐层绿起。春风在这里被人性化了。"晚晴帘幕隔吹箫"中的帘幕,不妨理解成密密柳条织成的翠帘,层层的翠幕遮住岸边吹箫人的身影,只听见悠扬的箫声在空中飘荡。"隔吹箫","隔"字用得传神。翠帘隔得断箫声吗?隔而不断,愈隔愈露,箫声更加悠扬和深邃。"前身自是轻狂甚",诗人在此未必有多少贬义,读者也不必刻意寻出更多的意蕴,诗人在此突出描写的是柳絮无拘无束、任性由心的那种轻柔飘逸之态。"嫁得东风",形象地描绘了柳絮与东风相亲相近、密不可分的亲昵状态。原本就轻舞飞扬的柳絮在春风中更增添了几分生机,几分活力。这难道不是诗人心灵的放飞与情绪的舒展吗?

其 十

辛夷开罢絮纷纷,青粉墙头日未曛。
记得个人春病起,是他萦惹绿罗裙。

辛夷开罢絮纷纷,青粉墙头日未曛——木兰花凋谢之时,正值柳枝吐絮之日,纷纷扬扬的柳絮飘满天空,青粉涂刷的墙头上落日的余辉还未暗淡。辛夷:又名木笔,俗称玉兰,春初开花,是一种落叶乔木。纷纷:多且杂。"辛夷开罢絮纷纷",单从此句字面来看,"絮"指辛夷的花絮。联系后面的"萦惹绿罗裙",而且诗为《柳枝词》,解释为柳絮,似乎更妥。

记得个人春病起,是他萦惹绿罗裙——记得那人伤春成病,是柳絮围绕在她的身前身后,沾惹她的绿罗裙,招来她的春思春愁,以致伤怀成疾。个人:在此不指自身,应释作那个人。春病:伤春病,因伤春而引起的抑郁症。唐·王涣《惆怅诗十二首之六》:"夜寒春病不胜怀,玉瘦花啼万事乖。"五代词人孙光宪《生查子》:"春病与春愁,何事年年有。"清·贺双卿《雪压轩词》:"做一春春病,春误双卿。"萦惹:缠绕、招惹。

纳兰的诗,如同他的词,清丽而感伤,自然而蕴藉。每一首诗都有着独特的语境,有着独特的情感表达形式。一种极为寻常、极为普遍的人类情感,或喜、或怒、或哀、或乐、或忧、或思,为什么历代文人抒发不尽,后人百读不厌?其原因在于诗人不断进行着情感形式的创造。以诗人这首伤春小诗为例,就其内容来讲,"伤春"早已是司空见惯的主题,有无数诗人描写过。我们再读纳兰同一内容的这首小诗,仍饶有兴味。究其原因,不是诗人表达了新的思想内容,而是因为诗人用另一种全新的情感形式诠释同一思想内容,进而赋予此诗一种新的情感内容。苏珊·朗格《情感与形式》一书中有这样一个美学命题:在情感层次上,形式就是内容。由于历史的局限,纳兰未必能自觉地领会这一理念,但他却在不自觉地实践着这一美学思想。"惜春常怕花开早,何况落红无数"(宋·辛弃疾《摸鱼儿》)。感春、惜春、伤春,以致成病,对于才华横溢、激情满怀的诗人来说,有此体验,流诸笔端,也不足为奇。奇就奇在,都是柳絮惹的祸。柳絮似有意粘人,如同婴孩恋母,围绕身前身后,直往怀里扑。春愁,不是撞上的、不期而遇的,而是那多情的柳絮一见钟情,锲而不舍直追而来的。这样的情谁人能拒?谁人拒得掉?诗人真的想拒?诗中伤春女子真的想拒?怕也未必。对柳絮,诗人的感情十分复杂,有怨,有嗔,更多的还是爱。试想,若不是诗人青睐它,挂怀它,哪有柳絮亲人?哪有柳絮多情?真正的情总是这样嗔中有爱,爱中有嗔,爱怨交织,丝丝缕缕,难解难分。

其十一

手绾长条倚水楼,困人风日懒梳头。
濛濛一抹催花雨,半系斑骓半系舟。

手绾长条倚水楼,困人风日懒梳头——这二句描写的是闺中女子的悠闲情态。春日天光惹人发困,闺中女子神乏意懒,无心梳理容妆,倚靠在水楼窗前,双手漫无目的地盘结着柳条。绾:系,盘结。风日:天光日色。"手绾长条倚水楼",写女子的闲适;"困人风日懒梳头",写女子的慵懒。

濛濛一抹催花雨,半系斑骓半系舟——这两句写雨中景物,是楼上闺中女子所见。濛濛细雨如一抹晚烟,催促着花苞早放,柳树上一边系着花马,一边系着归舟。濛濛:指雨细而小。一抹:淡笔轻涂为抹。斑骓:杂色花马。

这是一幅闺中女子春懒的图画,格调闲适、恬淡。"春困夏乏",阳光平和宜人。春风似有似无,远处细雨如烟,马不鸣,舟不动,景色静谧。诗人创造了一种似无生机的环境,目的是烘托人物。人物情态如何呢?"绾长条"、"倚水楼"、"懒梳头",百无聊赖,眼前是打发不尽的时光,摆脱不掉的寂寞。"手绾长条倚水楼",有心无心,有意无意的动作,真实具体地再现了人物的闲情与慵态。诗中描写女子的慵懒与悠闲,透出一种淡淡的忧愁。

从军曲(二首)

这两首诗抒发了作者出使塞外的豪情。

其 一

细柳门开部曲闲,元戎亲送六飞还。
预陈辟谷他年志,许赐华阳十里山。

细柳门开部曲闲,元戎亲送六飞还——汉文帝时,周亚夫为将军,曾屯军细柳(在今陕西咸阳市西南),防备匈奴的入侵。汉文帝亲自去慰问军队,至营门,因无军令不得入,就派遣使者持节诏将军,亚夫传令开营门,请以军礼见。既入,按辔徐行,成礼而去,文帝赞叹说:"真将军矣!"部曲:军队。闲:安静貌,这里指军队纪律严明。元戎:主帅。六飞:古代帝王用六匹马驾车。飞,形容奔驰迅速。这两句借用细柳营的典故,抒发了自己的政治理想,即自己要像周亚夫那样安定天下。

预陈辟谷他年志,许赐华阳十里山——这两句借用张良功成身退的典故,说明自己的志向。成功后,不慕荣华富贵,只求赐山归隐。辟谷:古代一种养生之术,不食五谷,专靠服气长生。华阳十里山:华山之南的十里山,此处乃泛指。

典故运用得恰当巧妙,能够引起人们丰富的联想,增加作品的意蕴。相反用得过多、生涩,则会影响诗歌的形象性,使得诗歌晦涩难解。这首小诗运用周亚夫和张良的典故,自然贴切,让我们透过典故的本意而理解了作者运用典故所表达的新的含义,即作者为自己所设计的一条理想的生活道路:年轻时要像西汉名将周亚夫那样刚直不阿,直言持正,有所作为;年老后又能像张良那样全身而退,归隐田园。

其 二

锦衾千里惜馀香,独宿天山五月凉。
梦断荒城天欲晓,李陵祠下月如霜。

锦衾千里惜馀香，独宿天山五月凉——这两句写思乡之情。离家千里，锦衾之馀香使人思恋家乡，自己孤独一人住在天山已经五个月了，天气还很清冷。锦衾：用锦做成的被子，这里借指家人的关心。

梦断荒城天欲晓，李陵祠下月如霜——这两句写感慨。梦中醒来，荒凉的边城天还没有亮，天上地下满是皎洁、凄冷的月色，如秋霜一样笼罩在李陵的祠堂上。李陵（前？—前74）：汉陇西成纪人，字少卿。名将李广之孙。武帝时任骑都尉。天汉二年（前99），率步兵五千人抗击匈奴，被匈奴骑兵八万包围，战败被俘投降。后人对这一代名将的悲剧遭遇深表同情，为他建有祠堂。

前两句直抒思乡之情，离家愈久，思乡之情愈深，更何况孤寂一人呢？"凉"字一字双关，既是写天气的清凉，也在写人心理上的悲凉。现实之中实现不了的事情往往寄托于梦境之中，现实却偏偏又是"梦断荒城"。全诗最后以景结情，"李陵祠下月如霜"，李陵本身就是历史上的悲剧人物，作者点出李陵，使得诗篇更具有了悲凉的味道，再用"月如霜"加以点染，不但为开阔诗的意境添上了精彩一笔，还用满目如霜的月色来烘托四周的沉寂。同时"霜"字与"凉"相呼应，透露出作者的心境，形成了"此时无声胜有声"的艺术境界。

塞垣却寄（四首）

这四首绝句大概是纳兰出使塞外时所作。塞垣却寄：于边塞再寄的意思。

其 一

绝塞山高次第登，阴崖时见隔年冰。
还将妙写簪花手，却向雕鞍试臂鹰。

绝塞山高次第登，阴崖时见隔年冰——这两句写边塞艰苦的环境。边塞山高路险，行军的队伍依次向上艰难登攀，从山上往下俯视，只见背阴的山崖下，去年的冰雪还没有融化。

还将妙写簪花手，却向雕鞍试臂鹰——这两句直抒胸臆，气贯长虹。面对这样艰苦的环境,"我"没有抱怨、退缩,而是生出万丈豪情。曾经也是妙笔生花的文人,今天却要纵马驰骋,一展雄才。簪花手:《宋史·司马光传》:"中进士甲科,年甫冠。性不喜华靡,闻喜宴独不戴花。同列语之曰:'君赐不可违。'乃簪一枝。"诗人也是进士出身,故借此语以自况。雕鞍:代指马。试臂鹰:让鹰站在胳膊上,见到兔子之类的猎物,就放鹰去捕捉。清·徐乾学在《纳兰君神道碑》中说:"君有文武才,每从猎,射鸟兽,必命中。"

诗歌语言的美,往往表现在把很平凡的字用在最确切最关键的地方,"还将"、"却向"使诗意蝉联而下,使角色完成转换,即要由一个文弱的书生,转换为一个驰骋疆场的勇士。盛唐边塞诗派的杰出代表岑参曾有"功名祇向马上取,真是英雄一丈夫"(《送李副使赴碛西官军》)的豪迈诗句,初唐四杰之一的杨炯也抒发了"宁为百夫长,胜作一书生"(《从军行》)的情怀,出使塞外的纳兰面对艰苦的自然条件,毫不畏惧退缩,反而激发了他投笔从戎、弃文从武、投身疆场、为国立功的豪情,全诗洋溢着如盛唐边塞诗般的豪迈气概。

其 二

千重烟水路茫茫,不许征人不望乡。
况是月明无睡夜,尽将前事细思量。

千重烟水路茫茫,不许征人不望乡——边关与家乡隔着千山万水,归途漫漫,远在边关的士兵又哪能不思念自己的家乡和亲人呢?

况是月明无睡夜,尽将前事细思量——何况在这撩人情思的明月朗照的夜晚,征人夜不能寐,往事一件件涌上心头,一幅幅画面浮现在眼前。

首句写戍守边关的征人思乡的典型环境。眺望家乡,看到的只是漫漫长路,一种置身边地之感,怀念家乡之情,涌上了征人的心头。第二句承接上句正面写"思"。"不许征人不望乡","不许"二字语气断然,毫无商量的馀地,这让我们联想到唐代著名诗人李益的诗句"不知何处吹芦管,一夜征人尽望乡"。"望乡"是征人在有家难回的情形下的无可奈何之举。然而作者意犹未尽,又用景物进一步加以烘托,"况是月明无睡夜",在明月朗照、万籁俱寂的夜晚,望不到家乡,夜不能寐,只能靠回忆往事来寄托自己的思乡之情了。这首诗层层推进,步步加深,写出了征人凄凉寂寞的情怀。

其 三

碎虫零叶共秋声,诉出龙沙万里情。
遥想碧窗红烛畔,玉纤时为数归程。

碎虫零叶共秋声,诉出龙沙万里情——秋天万物凋零,细碎的虫鸣,凋零的落叶构成了秋天特有的声息,仿佛诉说着戍边将士绵绵不尽的思乡之情。龙沙:地区名。古时指我国西部、西北部边远山区和沙漠地区,后泛指边塞地区。

遥想碧窗红烛畔,玉纤时为数归程——"遥想"二字将画面拉回到了故乡,碧窗下,一支红烛在默默陪伴着夜不能寐的妻子,孤独的她坐在窗前,计算着亲人的归程。玉纤:形容美女的手洁白如玉,纤细如葱,此处代指女人。

战国末年楚国诗人宋玉在《九辩》中,成功地将肃杀萧瑟的自然秋景与悲凉凄怆的内心情感融为一体,大大开拓了诗歌的意境。后代的人们学习这种寄悲情于秋景的表现手法,在表现人们的寂寞、凄凉、思乡怀人等情感时,也常把人物置身于清秋时节,用秋天的萧瑟、清冷来烘托人物的心境,以哀景衬哀情,从而达到了情景交融的艺术效果。这首诗前两句的表现手法也是如此,征人在秋天的季节里,在落叶萧萧和秋虫悲鸣中,默默思念着远方的亲人。后两句作者没有抒发征人的情感,而是采用"悬想"的方式,写妻子在家中如何惦记、思念远方的亲人,从而构成了"诗从对面飞来"的绝妙虚境。

其 四

枕函斜月不分明,梦欲成时那得成。
一派西风连角起,寒鸡已到第三声。

枕函斜月不分明,梦欲成时那得成——夜渐渐地深了,戍边的士兵默默思念着家乡,辗转反侧,盼望着能做一个归家的好梦,却又夜不成寐。枕函:中间可以放置物件的匣状枕头。

一派西风连角起,寒鸡已到第三声——睡意朦胧中只听得呜呜的号角、报晓的鸡鸣随着西风连绵不断地响在耳际。这两句与宋·范仲淹的词"四面边声连角起,千嶂里,长烟落日孤城闭"(《渔家傲》)一样,描写了边塞特有的景象。角:古代军中的一种乐器,吹奏以节制军队。

俗话说:日有所思,夜有所梦。人们思骨肉,念朋友,怀家乡,忆往事,往往寄托于梦境之中。对于离家千万里,戍守边塞的将士来说,又何尝不是如此呢?在荒凉沉寂的夜晚,希望在梦中回到阔别已久的家乡,见到魂牵梦绕的亲人,借助梦幻聊以自慰。但这样一个小小的愿望却难以实现,夜晚辗转难眠,听到的是边塞特有的号角声,内心的悲凉可想而知。诗没有单纯写主人公的愁怨和哀伤,而是借助边塞的景物斜月、西风、号角、寒鸡组成一幅画面,渲染了苍茫悲凉的气氛,从而加深了诗歌的悲怆色彩。

秣陵怀古

秣陵:古地名。在今江苏江宁县。战国时期楚威王设置金陵邑,秦代改称秣陵,后历史上又称为建业、建康等,明洪武元年(1368)建都于此,称南京。

山色江声共寂寥,十三陵树晚萧萧。
中原事业如江左,芳草何须怨六朝!

山色江声共寂寥,十三陵树晚萧萧——这两句写景。前句写南京的景色,水光山色一片静寂;后句时空转换,笔墨落到北京明代皇帝的陵寝——十三陵,那儿的夜晚风吹树木发出萧萧之声。杜甫曾有"无边落叶萧萧下,不尽长江滚滚来"的诗句,描写秋天萧瑟的景象。"萧萧"摹写落叶窸窣之声,前面加上一个"晚"字渲染,写出了暮色的萧瑟苍茫。十三陵:在北京昌平天寿山南麓,为明代从明成祖到明思宗十三个皇帝的陵墓。

中原事业如江左,芳草何须怨六朝——这两句发表议论。明朝的兴盛与衰败同历史上建都南京的六朝一样,人们又何必抱怨六朝呢?中原事业:指明朝的事业。江左:长江下游以东的地区,即江东或江南。此处专指吴、东晋及南朝宋、齐、梁、陈六朝统治地区而言。六朝:三国吴,东晋,南朝宋、齐、梁、陈都曾建都于建康,史称六朝。

  这首七言绝句触景生情，前两句先从虚处落笔，南京、北京，一南一北，地域空间跨越千里，描写的景色沉寂阔大，意境苍茫遒劲。后两句的议论见解独到，豁达新颖，从明朝一直上溯到六朝，时间跨越上千年，写出了时间的绵长。诗人站在历史的高度，俯仰古今，寓议论于描写之中，把朝代兴亡更替的历史发展规律寄托在山色江声、芳草树木的具体形象之中，极具概括力和形象性。

◎ 词

梦江南

这首小词抒写的是一种惆怅寂寞之感。梦江南：词牌名。本名《谢秋娘》，是唐·李德裕镇守浙江时，为亡妓谢秋娘而作。后来因为唐·白居易用此调作词三首，第一首末句为"能不忆江南"，于是改名为《忆江南》。又名《望江南》、《江南好》、《梦游仙》、《安阳好》等。有单双调之分。单调《梦江南》二十七字，五句，三平韵。

　　昏鸦尽，小立恨因谁？急雪乍翻香阁絮，轻风吹到胆瓶梅，心字已成灰。

这首令词篇幅虽然短小，然词人传达的感慨却很复杂。

昏鸦尽，小立恨因谁——傍晚黄昏时刻，对于多愁善感的人来说，最容易触动情怀，何况连平时聒噪的乌鸦都已归巢！此时悄然独立，内心由此涌动的愁情无从着落。"昏鸦尽"既点明时间，还起到渲染环境的作用。小立：暂立也。恨因谁：是因谁而恨之意。作者并没有明示愁和恨的原因，只写了这种心理状态，这样既给读者留下了丰富的想象空间，同时又为后面的进一步抒写做好了铺垫。

急雪乍翻香阁絮，轻风吹到胆瓶梅——楼阁上雪花就像柳絮一样因风飞舞，花瓶中的梅花也被风片片吹落。据《晋书·列女传》记载，东晋谢安的侄女谢道韫聪慧有辩才，在一次家庭聚会上，突然下起了雪，谢安就让子侄辈来形容雪花。谢朗说"撒盐空中差可拟"，而谢道韫却用"未若柳絮因风起"来形容，因此深得谢安赞赏，道韫之才也被称为"咏絮才"。香阁：闺中女子居住之所。胆瓶：是一种长颈大腹形似悬胆的花瓶。这两句借景抒情，飞舞的雪花和飘落的梅花，为前句的"小恨"作了形象的注解，含蓄而又蕴藉。

心字已成灰——心字：指心字形熏香，今称盘香。心字成灰，既写时间流逝，惆怅罔极，又暗示自己因内心苦苦煎熬，已然心灰意冷，语带双关。

这首词在两个方面值得注意。首先，从词中所写意象的特点来看，作者有可能采用的是词体创作中经常使用的"代言体"，抒情主人公可能是一位贵族家的女子。其次,词中所抒写的"小恨"没有确切地指向某一个对象,而是一个闺阁女子对于青春的感伤。作者用"昏鸦"、"急雪"、吹落的梅花、成灰的心形盘香来渲染烘托,营造出一种迷离怅惘的境界。至于"小恨"的具体内涵,只能留在读者的想象中。如果我们要探究何为"小恨"的话,毋宁说,这首小词所抒写的就是"小恨"本身,是一种惆怅迷惘,也是一种遗恨感伤。

木兰花令
拟古决绝词

古辞《白头吟》:"皑如山上雪,皎若云间月,闻君有两意,故来相决绝。……凄凄复凄凄,嫁娶不须啼。愿得一心人,白头不相离。"是写男子用情不专,女子毅然与之分手,以及女子对不离不弃的男女之情的渴望和追求。决绝:从此分手,永不相见。这首词模仿的就是这首古辞,作者借历史上的悲欢离合的故事来抒写对男女情爱的认识和感慨。清道光年间汪元治刻本词题作"拟古决绝词柬友",友为何人,不详。木兰花令:词牌名。本名《木兰花》,唐教坊曲,后用作词调。又名《玉楼春》、《春晓曲》、《惜花容》等。有五十二字、五十四字、五十五字、五十六字四种体格,北宋以后多用五十六字体。双调,前后片各三仄韵。

　　人生若只如初见,何事秋风悲画扇?等闲变却故人心,却道故人心易变。　　骊山语罢清宵半,泪雨零铃终不怨。何如薄幸锦衣郎,比翼连枝当日愿。

　　人生若只如初见,何事秋风悲画扇——人生一世,男女之间如果永远像当初见面一样两情依依,该多么好啊!那样就不会出现时过境迁而女人被抛弃的悲惨现象了。秋风悲画扇:出自汉·班婕妤《怨歌行》:"新裂齐纨素,鲜洁如霜雪。裁为合欢扇,团团似明月。出入君怀袖,动摇微风发。常恐秋节至,凉飙夺炎热。弃捐箧笥中,恩情中道绝。"班婕妤失宠于汉成帝,被幽囚于长信宫,作《怨歌行》以自况。"人生"句直抒胸臆,以对美好但不可能实现的愿望的渴求,表达了作者对爱情难以永恒的悲慨。"何事"句马上用事实否定。抑扬之间,感情非常强烈。

　　等闲变却故人心,却道故人心易变——自己轻易变了心,不去反省自己的做法,反而指责对方变了心。这两句通过词语的巧妙搭配,使两句中的行为主体发生了变化,讽刺了那种负心薄幸、用情不专的人。自己变却"故人心"是真变,而故人心变却是想当然耳。

骊山语罢清宵半,泪雨零铃终不怨——此处用唐明皇和杨贵妃的故事。据唐·陈鸿《长恨歌传》和宋·乐史《杨太真外传》载,天宝十年(751)七月七日夜半深宵,在骊山华清宫中长生殿上,二人双双盟誓,愿世世为夫妇。天宝十四载(755)冬,安史之乱爆发,明皇携贵妃仓皇西行,至马嵬,六军不发,要求诛杀杨国忠兄妹,明皇只好杀掉国忠,缢死贵妃。入蜀途经栈道,听到车马铃声和霖雨之声隔山相应,明皇思念贵妃,采其声作《雨霖铃》曲。终不怨:《杨太真外传》载贵妃死前言:"妾诚负国恩,死无恨矣。"这两句写作为女人的杨贵妃的痴情,她天真地守望着长生殿上的誓言,却很快在大难来临之际被玄宗抛出,而她还无怨无悔。她所守望的爱情原来如此脆弱,不堪一击。

何如薄幸锦衣郎,比翼连枝当日愿——这两句紧承上两句顺势而出,上两句的重点是杨贵妃,这两句的重点是唐明皇。他赐死杨贵妃,保全自己,是一个负心薄幸之人。对于他来说,"在天愿作比翼鸟,在地愿为连理枝"(唐·白居易《长恨歌》),不过是当时的愿望而已。薄幸:薄情。锦衣郎:指唐明皇。

永恒的爱情是古往今来每个人都向往的,为了得到真正的心心相印的爱情,有的人不惜付出生命的代价去追求。但是,在封建社会,由于男性和女性在政治、经济、文化诸方面的不平等,使得他们不可能拥有平等的爱情。女性往往成为被玩弄、被欺骗与受伤害的一方,即使他们曾经短暂地拥有过爱情,如班婕妤、杨贵妃,还有无数的留下姓名和像落叶一样散落在历史深处的无名女子。而且我们有理由追问,即使是现在和未来,男女之间永恒的爱情就会成为美好的现实吗?当初见的惊喜和甜蜜过去之后,留给我们的会是什么呢?从这点来说,"人生若只如初见",就会像我们所追求的永恒的爱情一样,具有一种永恒的美和撼动人心的力量。

这首词在写法上也很特别,上片情理结合。以抒情为主,情中含理,情理的抒写又以历史事件为出发点;下片情事相依,以记事为经,事中显情,情事的相依又使词人对人生和爱情的感慨更加丰满。

菩萨蛮
寄梁汾苕中

据《通志堂集》卷四《沈进士尔燨归吴兴,诗以送之》:"成名方得意,几日问归舟。独有离居者,萧然感素秋。一笻黄叶寺,孤棹白蘋洲。无限江湖兴,因君寄虎头。"自注:"时梁汾客苕上。"知沈尔燝中进士后回乡时,曾替容若带信给顾贞观,当时顾贞观就住在苕溪。沈尔燝中进士是在康熙二十一年(1682)秋,而词中有"春寒"两字,可认定此词作于康熙二十二年(1683)的春天。苕:苕溪,在浙江湖州市,古称湖州一带为"苕上"或"苕中"。菩萨蛮:词牌名。又名《子夜歌》、《巫山一片云》、《重叠金》等。此调为李白所创,唐玄宗时,崔令钦作《教坊记》也收入此调。双调,四十四字,前后片各两仄韵,两平韵,平仄轮转。

　　知君此际情萧索,黄芦苦竹孤舟泊。烟白酒旗青,水村鱼市晴。　　舵楼今夕梦,脉脉春寒送。直过画眉桥,钱塘江上潮。

　　知君此际情萧索,黄芦苦竹孤舟泊——"黄芦苦竹"出自唐·白居易的《琵琶行》:"住近湓江地低湿,黄芦苦竹绕宅生。"白居易以此来写自己贬谪江州时居住环境的恶劣和生活的不如意。我知道你现在为什么情怀如此萧索落寞,因为你一个人驻留在孤舟中,身边围绕着的都是黄芦苦竹,就像当年白居易被贬江州一样。

　　烟白酒旗青,水村鱼市晴——现在已经是早春,江南的景色想必已经很美了,青青的酒旗丛中有袅袅的白烟升起,晴朗的天空下水村中贩鱼的集市十分热闹,生意兴隆。这两句色彩鲜明,宛如画境,极富江南水乡特色。

　　舵楼今夕梦,脉脉春寒送——遥想朋友今晚在船上的舵楼中,伴着外面淡淡的春寒,一定会做一个好梦。

　　直过画眉桥,钱塘江上潮——梦中会顺流而下,经过画眉桥,看到壮观的钱塘江大潮。画眉桥:据顾贞观在其所作《踏莎美人》词后自注:"桥在平望,俗传画眉鸟过其下即不能巧啭。"平望在今江苏省吴江县南运河边。从地理方位来看,苕溪并不经过平望,和钱塘江也没有交汇沟通之处。作者在这里只是通过诗意的想象,化虚为实,对远方朋友的生活表示关心和祝愿,希望朋友能从此时的寂寞独处中走出来,去享受美好春天带来的一切。

　　顾贞观和纳兰容若不仅是知己朋友,而且是生死之交。此词全用想象之词,遥想远在江南的朋友的生活,从中我们可以体察到容若对朋友深深的关爱之情。这种关爱之情的感人之处在于它不仅是思念,更因为这种思念具体而微,能够设身处地替朋友着想。既关心朋友此时的心情,同时能更进一步为朋友设想摆脱寂寞的种种途径。顾贞观得友如此,夫复何求!

琵琶仙
中秋

此词为中秋节怀念亡妻之作。容若的妻子卢氏病逝于康熙十六年（1677）五月三十日，当时容若仅二十三岁。卢氏的病逝给作者以沉重的打击，并对其后来的情感和生活产生了极为重要的影响。从词中的"碧海年年"、"又几番凉热"等句可以断定，此词的写作年代至少应在卢氏去世一二年后。中秋佳节，面对一轮明月，作者抚今追昔，不禁悲从中来，遂感慨而成此词。琵琶仙：词牌名。仅见于宋·姜夔《白石道人歌曲》，系姜白石自度曲。双调，一百字，押八仄韵。

　　碧海年年，试问取、冰轮为谁圆缺？吹到一片秋香，清辉了如雪。愁中看好天良夜，争知道尽成悲咽。只影而今，那堪重对，旧时明月。　　花径里戏捉迷藏，曾惹下萧萧井梧叶。记否轻纨小扇，又几番凉热。只落得、填膺百感，总茫茫、不关离别。一任紫玉无情，夜寒吹裂。

碧海年年，试问取、冰轮为谁圆缺——作者首先高屋建瓴，从碧海写起，写明月盈亏圆缺这一自然现象。碧海是明月的故乡，年年岁岁，明月都从碧海升起，经过碧海的淘洗，明月才有如冰雪般晶莹的品质，思致极为深远。"为谁"这一诘问，貌似无理，却把月之圆缺这一自然现象和人间的悲欢离合不露痕迹地融会到一起，也为后面作者的睹月伤情打下了极好的基础。冰轮：明月。

吹到一片秋香，清辉了如雪——中秋之夜，桂花飘香，清辉如雪。天地之间在明月的映照下，晶莹澄澈。作者欲抑先扬，以月之皎洁晶莹，反衬自己的行单影只、孤独寂寞。秋香：秋桂之香。唐·李贺《金铜仙人辞汉歌》："画栏桂树悬秋香。"

愁中看好天良夜，争知道尽成悲咽——如此良辰，夫妻本应相聚相守，而今只能愁对明月。"相思不得长相聚，好天良夜，无端惹起千愁万绪"（柳永《女冠子》）。

只影而今，那堪重对，旧时明月——尤其这一轮明月，正是往昔曾见证夫妻甜蜜生活的旧时月，又怎能独自重对？

花径里戏捉迷藏，曾惹下萧萧井梧叶——过片紧承上片结句"旧时明月"，非常自然地引入对往昔甜蜜生活的回忆：花径里捉迷藏，不小心碰落满树的梧桐叶。

记否轻纨小扇，又几番凉热——经过了几度春秋，还记得轻罗小扇后的倩影，而这一切都发生在如水的月光下。在回忆中，作者略去了生活中繁琐平庸的一切，只剩下这些极具美感的细节浮上心头。

只落得、填膺百感，总茫茫、不关离别——时光流逝，几度寒暑，只落得形单影只，此时心中百感交集，已不是离别之情所能涵盖了。

一任紫玉无情，夜寒吹裂——玉笛无情，吹裂寒夜，反衬的却是人之有情。作者最后以月下吹笛这一形象作结，寓不尽的思念于形象之中，悲慨无度，哀怨无端，与南唐中主李璟"小楼吹彻玉笙寒"（《摊破浣溪沙》）庶几相近。紫玉：以紫竹制成的笛。

这首词情感深致缠绵，而写法极为精致。

南宋·胡仔在《苕溪渔隐丛话·后集卷三十九》中评论："中秋词，自东坡《水调歌头》一出，馀词尽废。"的确，东坡中秋词立意高远，情怀洒脱，道尽了古往今来人们思亲友、盼团圆之情，但这并不意味着能统摄此时人类的所有情感。容若情思凄美缠绵，又身遭亡妻之痛，所以他的中秋词带有更加强烈的个人情感和生活的印记，如"戏捉迷藏"、"轻纨小扇"，然而他并没有完全局限在个人情感的小天地里，而是将其置于"碧海年年"、"冰轮为谁圆缺"这一普遍的自然与人世的无常中来观照，将离别之愁升华为人在面对良辰美景、"好天良夜"时的"百感""茫茫"。如此，个人的悲欢就具有了普遍的意义，也才能更深切地打动读者。

菩萨蛮

此词作于康熙十七年（1678），抒写的是伤春伤别之情。

催花未歇花奴鼓，酒醒已见残红舞。不忍覆馀觞，临风泪数行。　粉香看又别，空剩当时月。月也异当时，凄清照鬓丝。

催花未歇花奴鼓，酒醒已见残红舞——为了留住欢乐的时光，酒筵上，不停地击鼓催花，以助酒兴。无奈好景不长，花期苦短，酒醒之后，已见残花飞舞，令人无限伤感。花奴鼓：羯鼓。古代的一种敲击乐器，据说来自匈奴。花奴，唐玄宗时汝南王李琎小字花奴。据唐·南卓《羯鼓录》记载，李琎姿容明秀，善击羯鼓，为唐玄宗所钟爱。《羯鼓录》还记载玄宗击鼓催花的故事。初春时节,内廷景色明丽,柳杏之花将开,唐玄宗兴致颇高,临轩敲击羯鼓,曲名《春光好》,曲终已花开烂漫。残红:残花。

不忍覆馀觞,临风泪数行——离别在即,不忍喝完杯中的剩酒,只能临风洒泪,泣下数行。覆馀觞:喝完杯中的剩酒。覆,翻转。觞,酒杯。鲍照《秋叶二首》其一:"愿君剪众念,且共覆前觞。"

粉香看又别,空剩当时月——遥忆从前,情人远去,就像春花一样,虽然明艳美丽,但很快就会凋零飘落,只剩下一轮孤月相伴。粉香:花香。这里借指钟情的女子。

月也异当时,凄清照鬓丝——此时不仅春花飘零,情人远去,连明月也和当时不同,照在离人的鬓发上,令人倍感凄清。

这首词,将过去的离别和此时的相思交织在一起,虚实结合,真挚感人。上片是虚写,是对旧时离别情景的追忆。在回忆者看来,相聚是如此让人迷醉,美酒佳人,击鼓传花,但好景不长,盛筵难再,相聚的短暂欢乐之后是离别的巨大悲哀。下片写实,写此时的相思。以永恒的明月为媒介,抒写自己独对明月的寂寞惆怅。曾经将清光洒满过去的一轮明月,因为情人的离去,在此时看来也变得那么凄清。作者移情入景,明月的永恒,反衬出的是人间的无常。

另外,这首词抒写的情感已经超越了单纯的相思离别之情,而是将伤别和伤春融在一起。伤春因伤别之情而起,伤别又使伤春之情更加惆怅。两种感情的互相生发,使这首词具有强烈的感人力量。

菩萨蛮

此词写一个贵族女子,在春日黄昏之时,独自站在闺楼之上孤独寂寞、伤离念远的情景。

春云吹散湘帘雨,絮粘蝴蝶飞还住。人在玉楼中,楼高四面风。　　柳烟丝一把,暝色笼鸳瓦。休近小阑干,夕阳无限山。

春云吹散湘帘雨,絮粘蝴蝶飞还住——湘帘:以湘妃竹为原料编制的帘子,此处形容竹帘的精美。春天的傍晚,帘外雨收云散,濛濛的飞絮粘在蝴蝶的翅膀上,使它欲飞还住。

人在玉楼中,楼高四面风——玉楼:古代传说中仙人居住的地方,此处指华美的楼阁。这两句是说独居在高楼之上,无人相伴,只能感受到从四面八方吹来的料峭春风。

柳烟丝一把,暝色笼鸳瓦——楼外柳丝已经凝成轻烟,暮色降临,笼罩在楼顶的鸳鸯瓦上。鸳瓦:即鸳鸯瓦,指成对的瓦。唐·白居易《长恨歌》:"鸳鸯瓦冷霜华重,翡翠衾寒谁与共?"

休近小阑干,夕阳无限山——小阑干:指玉楼上精美的护栏。不要再凭栏远望,夕阳下绵延不尽的远山,只能引起内心的无尽伤悲。

这首词是深闺中的女子伤独念远之作。春雨凄凄,春云流散。絮飞蝶舞,烟柳迷濛。词人用白描的手法写出了春天典型的物候特征,其中又融入了淡淡的感伤之情。而高楼来风对人的压迫和侵袭,进一步写出了主人公内心的孤独和焦虑。下片头两句在写景中点出了时间,暗示主人公伫望之久,思念之深。"鸳瓦"尚能成双成对,人却形单影只,孤独寂寞。最后以极目远望中绵延无尽的远山作结,使词境在凄迷感伤中增加了高远的质素,把读者的思绪引向无尽的远方。

在结构上这首词上下片很相似。都是前两句用白描手法写望中之景,但又融情入景;后两句重点在抒情,然又与特定季节和时间里的景物结合在一起。这样就做到了情景交融,情思无限。

菩萨蛮

此词作于清康熙十六年(1677)秋天,是一首悼念亡妻之作,此时距卢氏之死大约三个月。

晶帘一片伤心白,云鬟香雾成遥隔。无语问添衣,桐阴月已西。　　西风鸣络纬,不许愁人睡。只是去年秋,如何泪欲流。

晶帘一片伤心白,云鬟香雾成遥隔——秋夜的月光照在水晶帘上,呈现的是一种令人伤心的白色。因为曾经共同倚帘望月的妻子已经渺不可及,生死永隔。

虽然她是如此的美丽，有着如云的乌发和如雾一样的体香。晶帘：水晶帘。唐·李白《玉阶怨》："却下水晶帘，玲珑望秋月。"清·宋琬《蝶恋花·旅夜怀人》："月去疏帘才数尺，乌鹊惊飞，一片伤心白。"云鬟香雾：唐·杜甫《月夜》："香雾云鬟湿，清辉玉臂寒。"

无语问添衣，桐阴月已西——天气变冷了，再也没有人来嘘寒问暖，为"我"准备寒衣，只有一轮孤月，已经西斜到梧桐树上。

西风鸣络纬，不许愁人睡——西风中莎鸡不停地鸣叫，好像不让愁苦的人休息一样。络纬：即莎鸡，俗称纺织娘，夏秋夜间振羽作声，声如纺线，故名。唐·李贺《秋来》："桐风惊心壮士苦，衰灯络纬啼寒素。"

只是去年秋，如何泪欲流——还是和去年一样的秋天，为什么"我"却要如此伤心，想要流泪呢？

纳兰性德和他的妻子卢氏伉俪情深，卢氏亡后，纳兰触物伤情，和亡妻共同生活的每一个细节时时浮现在脑海中。这首词上片即从闺中的水晶帘写起，水晶帘在月光下的晶莹澄澈，在词人看来却是惹人伤心的白色，因为曾经陪伴他共同倚帘望月的美丽的妻子已离他远去，再无人关心他的冷暖。词人通过"无语问添衣"这一细节，表达了他对亡妻深挚的思念。下片通过在西风中鸣叫的络纬来烘托渲染凄凉的气氛，此情此景，和去年相似，但是为什么却令人伤心流泪？结尾两句纯用抒情笔法，造语朴素直白，然婉转曲折，沉痛无比。

临江仙

这首词见于《今词初集》，写作时间应在康熙十七年（1678）或更早。是送友人南归之作，所送何人，已难以确考。盛冬铃《纳兰性德词选》认为此词当作于康熙二十三年（1684）九、十月间扈从康熙南巡之时，赵秀亭、冯统一《饮水词笺校》及康奉等主编《纳兰成德集》则系此词于康熙十七年或更早。细味词意，后说似乎更有说服力。临江仙：词牌名。唐教坊曲。又名《庭院深深》、《谢新恩》、《瑞鹤仙令》等。为双调小令，有三种体格。第一种为五十八字，六平韵；第二种也为五十八字，六平韵，区别之处在于第一种前后片首句皆为七字，第四句皆为四字，第二种上下片首句为六字，第四句为五字。第三种为六十字，六平韵，前后片首句为七字，第四句为五字。本词为第三种体格。

长记碧纱窗外语，秋风吹送归鸦。片帆从此寄天涯。一灯新睡觉，思梦月初斜。　　便是欲归归未得，不如燕子还家。春云春水带轻霞。画船人似月，细雨落杨花。

长记碧纱窗外语，秋风吹送归鸦——秋天的傍晚，乌鸦已经在秋风中归巢了，你在此时也要南归，因为当初碧纱窗前妻子盼望你早日归来的叮嘱无法忘怀，总是萦绕在心头。唐·李白《乌夜啼》："机中织锦秦川女，碧纱如烟隔窗语。"

片帆从此寄天涯。一灯新睡觉，思梦月初斜——这两句意谓友人从此片帆孤影，天涯漂泊。一人独对孤灯，难以安眠。当相思梦醒之时，只有孤月斜挂在天边。唐·白居易《凉夜有怀》："灯尽梦初罢，月斜天未明。"

便是欲归归未得，不如燕子还家——你渴望回家却无法回去，还不如堂前的燕子，燕子尚能回到旧巢。唐·刘兼《中春登楼》："归去莲花归未得，白云深处有茅堂。"五代前蜀·顾夐《临江仙》："何事狂夫音信断，不如梁燕犹归。"

春云春水带轻霞。画船人似月，细雨落杨花——江南的景色多么美啊！春云春水，还有轻柔的云霞。霏霏细雨中，伴着轻舞的杨花，面如秋月的江南美女乘坐华丽的游船在湖中荡漾。五代前蜀·韦庄《菩萨蛮》："垆边人似月，皓腕凝霜雪。"宋·晏幾道《临江仙》："落花人独立，微雨燕双飞。"

这是一首送别之作。词中用想象之境来造情，将自己送别之情和友人南归之景结合在一起，虚实相生，疏宕清丽。上片先写友人的思归之情，离别既久，当初离别的情景就愈清晰，对家人的思念也就愈强烈。词人化用李白的诗句将当初友人离家的情景写得如在目前，非常美丽。接着化用白居易的诗句，想象友人孤舟南归时孤独感伤的情形，和宋代词人柳永《雨霖铃》中"今宵酒醒何处，杨柳岸、晓风残月"的写法非常相似。下片开头两句以燕子为喻，燕子尚能回到旧巢，反衬友人想回家却不能回家，对友人表示了深深的同情。后三句也是想象之辞，化用韦庄和晏幾道的词句，遥想江南美丽的风物人情，用白描之笔，细致勾勒，宛如画境。暗含对友人即将回家，可以尽享这美丽的江南风情的赞美和羡慕。

虞美人

此词是悼念亡妻之作。卢氏死于康熙十六年（1677）五月三十日，已过了词中所写梨花零落时期。据此推断,这首词最早应作于康熙十七年(1678)。虞美人:词牌名。唐教坊曲名。又名《一江春水》、《玉壶冰》、《虞美人令》等。此调得名于秦汉间项羽所作《虞兮》之歌,有五十六字、五十八字两种体格。本词为五十六字格,双调,上下片各两仄韵、两平韵,平仄韵轮换。

　　春情只到梨花薄,片片催零落。夕阳何事近黄昏,不道人间犹有未招魂。　　银笺别梦当时句,密绾同心苣。为伊判作梦中人,长向画图清夜唤真真。

　　春情只到梨花薄,片片催零落——美好的春天刚到梨花盛开之际就走到了尽头,无情的时光催逼着梨花片片零落。梨花薄:梨花盛开。薄,指草木丛生之处。《楚辞·九章·思美人》:"揽大薄之芳茝兮,搴长洲之宿莽。"宋·洪祖兴《楚辞补注》:"薄,丛薄也。"《淮南子·俶真训》:"鸟飞千仞之上,兽走丛薄之中。"高诱注:"聚木曰丛,深草曰薄。"

　　夕阳何事近黄昏,不道人间犹有未招魂——为什么夕阳游走得如此迅疾,转瞬就到了黄昏时分,根本不管人间还有亡人没被招魂。唐·李商隐《登乐游原》:"夕阳无限好,只是近黄昏。"不道:不管,不顾。招魂:招回死者的灵魂。屈原《楚辞》中收有《招魂》一篇。杜甫《返照》:"南方实有未招魂。"

　　银笺别梦当时句,密绾同心苣——银色的书笺上还记着当时相亲相爱的誓言,罗带上还留着当时织成的密密相连的同心结,这些象征着两人恩爱欢娱的信物犹在眼前,让人心中无比沉痛。银笺:银白的书笺。绾:将长条形物旋转打结。同心苣:即同心结,上面有相连锁的火炬形图案,象征心心相印的爱情。南朝梁·沈约《少年新婚为之咏》:"锦履并花纹,绣带同心苣。"五代前蜀·牛峤《菩萨蛮》:"窗寒天欲曙,犹结同心苣。"

　　为伊判作梦中人,长向画图清夜唤真真——为了她能够回到身边,自己甘愿做一个痴梦中人,像唐代的进士赵颜那样,日日在清夜向图画中去呼唤那个叫做真真的美丽女子的名字。伊:她。判作:甘愿做。真真:唐传奇小说中的人物,在这里借指亡妻。据唐人杜荀鹤《松窗杂记》载,进士赵颜从画工处得到一面软障,上面画着一个非常美丽的女子。赵颜就对画工表示想娶这个女子为妻。画工告诉他,这个女子名叫真真,只要昼夜不停地呼唤她的名字到一百天,她就会答应,然后用百家彩灰酒灌她,她就会活过来。赵颜按照他的方法去做,一百日后,果然像画工所说的那样,他得到了一个美丽的妻子……宋·范成大《去年多雪苦寒梅花至元夕犹未开》:"花定有情堪索笑,自怜无术唤真真。"则是以女子来比喻梅花。

这首词上片开始托物寓情,以春情来比拟夫妻间缱绻的柔情,以梨花的被风吹落隐喻爱人的死亡,将悼亡之情巧妙地融合在对春光凋零的感伤之中。"夕阳何事"句则以反问来写时间的无情,结句直抒胸臆,抒写对亡妻离去、夫妻再难聚首的无尽悲哀。无论是托物寓情还是直抒胸臆,都能够从大处着手,包含着作者对世事无常、好景难再的深沉感慨。下片以"银笺"和"同心苣"引发对夫妻甜蜜生活的追忆,结尾用唐传奇中"真真化人"之典,说明只要爱人能够回来,自己甘愿在梦中像赵颜一样,日日在清夜呼唤。这两句化实为虚,写梦境中的情形,表现出词人对爱情生死不渝的追求和坚守,感情深挚,韵味悠长。

虞美人

　　这首词是久别重逢之作,对象应不是妻子而是旧日恋人。

　　　曲阑深处重相见,匀泪偎人颤。凄凉别后两应同,最是不胜清怨月明中。　　半生已分孤眠过,山枕檀痕涴。忆来何事最销魂,第一折枝花样画罗裙。

　　曲阑深处重相见,匀泪偎人颤——这两句追忆情人重逢的情景:遥忆曲阑深处,情人依偎在自己的怀中,娇躯微颤,幸福的泪水在脸上轻淌。南唐后主李煜《菩萨蛮》:"画堂南畔见,一晌偎人颤。"匀泪:拭泪。

　　凄凉别后两应同,最是不胜清怨月明中——别后凄凉的情景,你和我的感觉应该都是一样的,最不堪忍受的是夜深人静时,独对明月的凄清幽怨。唐·钱起《归雁》:"二十五弦弹夜月,不胜清怨却飞来。"不胜:不能承受。

　　半生已分孤眠过,山枕檀痕涴——半生的时间料想就在孤眠中度过了,枕上染满了夜夜相思留下的粉红色泪痕。分(fèn):料想。山枕:枕头。古代枕头多以木、瓷制成,两端隆起,形状如山。檀痕:指脂粉痕迹。涴(wò):浸渍、沾染。

　　忆来何事最销魂,第一折枝花样画罗裙——回忆中什么事最令人黯然销魂?就是曾和你一起,用折枝技法在罗裙上画出清幽淡雅的花样。折枝:中国画中花卉画法之一。其特点是不画整株花,只画其中一部分。

此词上片追忆情人重逢时的悲喜交加之情。开头两句从后主词中化出,但后主写得清新香艳,重点在小周后偷会情郎的诱人情态。纳兰则温情脉脉,强调的是重逢后内心感情的激荡,高下自有差别。后两句直抒别后的凄凉之情,突出的依然是情人间的心心相印。下片前两句紧承上片,进一步抒写相思之苦,将人生的短暂和相思的无望结合在一起,缠绵悱恻。结句将满怀深情凝聚在"画罗裙"这一典型的闺房之乐上,表层上可见当初的柔情蜜意、两情缱绻,深层反衬的依然是别后无尽的悲哀。

这首词首尾四句都用白描手法实写,通过外在的情态展示内在的情感,极为传神。中间四句虽重在抒情,但能情景相生,以明月烘托凄清之情,以点点泪痕状孤眠之苦。层次分明,意味隽永。

虞美人

这首词是追忆旧情之作。赵秀亭、冯统一先生据词中"拾得翠翘何恨不能言"和"十年踪迹"句,将此词定为康熙二十二年(1683)伤悼卢氏之作,此时词人距与卢氏结缡恰是十年,而所以不能言者,因有新人在旁之故也。此说不免胶柱鼓瑟,恐非。

银床淅沥青梧老,屧粉秋蛩扫。采香行处蹙连钱,拾得翠翘何恨不能言。　　回廊一寸相思地,落月成孤倚。背灯和月就花阴,已是十年踪迹十年心。

银床淅沥青梧老,屧粉秋蛩扫——井边的梧桐在淅沥的秋风秋雨中渐渐老去,所爱之人的踪迹也在蟋蟀的鸣叫中慢慢消失。这两句感时伤怀,对旧事有着一种深深的感叹。银床:银饰的井栏。一说指辘轳架。淅沥:象声词。形容风雨及落叶之声。屧(xiè)粉:古代女子鞋的木底中装有香料,走起路来,能够足底生香,这里借指人的踪迹。屧,木底的鞋子。秋蛩:蟋蟀。

采香行处蹙连钱,拾得翠翘何恨不能言——所爱之人旧日经行之处,如今已荒无人迹,布满了青苔。此时旧地重游,即便拾得美人遗下的翡翠头饰,也无法对人明言,只能徒自伤感。采香行处:据宋·范成大《吴郡志·古迹》所载,苏州香山小溪旁有一条小路叫"采香径",常有女子泛舟到此采集香草。此处指所爱之人曾经路过之处。蹙:聚拢、密集。连钱:草名。即地钱草,此处指青苔。翠翘:女子的头饰,即翡翠翘头。唐·温庭筠《经旧游》:"坏墙经雨苍苔遍,拾得当时旧翠翘。"

回廊一寸相思地,落月成孤倚——回廊之处曾经留下了多少令人刻骨相思的痕迹,而今旧地重游,相思成灰。独倚回廊,只有天边落月孤独相伴。回廊:曲折的长廊,是词人与所爱之人欢会之处。一寸相思:唐·李商隐《无题》:"春心莫共花争发,一寸相思一寸灰。"落月:唐·杜甫《梦李白二首》其一:"落月满屋梁,犹疑照颜色。"

背灯和月就花阴,已是十年踪迹十年心——吹灭灯火,在月光下走近花阴,寻找过去的踪迹。十年前的踪迹宛然犹在,十年前的那颗心还依然在胸膛跳动。时光流逝,岁月无情,深埋在心里的那份情感历久弥新,难以忘怀。

这首词追忆的是年少时期一段隐秘的情感经历。时间已经过去了十年之久,但这段经历并没有在记忆中消失,当旧地重游之时,往事和今情纷至沓来,使人黯然神伤。全词抒情非常自然,采取的是触景伤情,抚今追昔的抒情方式。上片首先由秋雨梧桐、秋蛩哀鸣引发出对旧情的追怀,进而企图在旧地重游中寻觅芳踪。然而时过境殊,昔时采香之处已经杳非前日,何况情事隐秘,即使拾得旧情人的遗物,也只能徒增遗恨。下片由"回廊"切入。"回廊"在纳兰的词中多次被提到,应和其早年的一段恋情有关。这个地方寄托着往日的甜蜜和此时的哀伤,是触发词人复杂情感的重要媒介。重游回廊,物是人非;相思入骨,心事成灰。结句"已是十年踪迹十年心",和首句"银床淅沥青梧老"在时间上遥相呼应,在直抒胸臆中包含着由于沧海桑田的巨大变化而带来的无尽悲哀。

鬓云松令

这首词见于《今词初集》,应作于康熙十七年(1678)前。鬓云松令:词牌名。本名《苏幕遮》,又作《云雾敛》,原是唐时西域舞曲。双调,六十二字,上下片各四仄韵。

  枕函香,花径漏。依约相逢,絮语黄昏后。时节薄寒人病酒,剗地梨花,彻夜东风瘦。 掩银屏,垂翠袖。何处吹箫,脉脉情微逗。肠断月明红豆蔻。月似当时,人似当时否?

枕函香，花径漏。依约相逢，絮语黄昏后——伊人是那么多情美丽，枕上还留着她睡后的馀香；开满鲜花的小路上光影斑驳，那里有伊人徜徉徘徊的身影。黄昏时，"我"和她相逢在那里，软语温存情意殷殷。枕函：枕头。函，封套，枕套。花径漏：语出唐·温庭筠词《更漏子》："柳丝长，春雨细，花外漏声迢递。"在这里有阳光照进花径，光影斑驳之意。约：约定。

　　时节薄寒人病酒，划地梨花，彻夜东风瘦——在那个薄寒时节，"我"深深沉醉在她的情意中，仿佛病酒一样。而她也像春天的梨花，经历了一夜的狂风，已是黯然凋零，仪容瘦损。病酒：意谓酒醉如病。划(chǎn)地：只是，引申为依旧。

　　掩银屏，垂翠袖。何处吹箫，脉脉情微逗——离别后，伊人已回到深闺之中，银屏深掩，翠袖低垂，默然独处。远处传来的箫声在向她默默倾诉，挑逗着她的情思。掩：关闭。逗：挑逗。

　　肠断月明红豆蔻。月似当时，人似当时否——月光照在红豆蔻上，淡红的花芯中，花瓣并立如相爱的人儿，使人肝肠寸断。而今月色依旧，词人独立花径，伊人却已不见。时光无情，伊人还能像当时一样吗？红豆蔻：多年生常绿草本植物，花朵像桃花杏花一样淡红鲜艳，花芯有两瓣并列。词人常以此喻相爱之意。

　　这首词柔情婉转，风姿无限。细揣词意，抒写的当是婚前的一段旧情。词人神驰过往，往昔的情景在想象中变得异常清晰。所以虽是一首抒情小词，但人物的举止神态栩栩如生，相聚的欢乐，离别的痛苦，别后的思念，一幕幕展现在我们面前，具有相当完整的故事性。上片，伴着晨光，女主人公开始登场。花径上徘徊的身影，在不易觉察中流露出少女的情怀。意中人的终于到来，缱绻的柔情，温柔的絮语，使黄昏也变得如此美丽。相聚的欢乐之后，随之而来的就是离别的痛苦。作者用梨花在东风中的凋零，来比拟离别给女主人公带来的沉重打击，"彻夜东风"，突出了离别在人物内心造成的强烈震撼。下片紧承上片，写别后的思念。词人采用对人物的动作神态进行白描的手法，来展示女主人公的内心情感世界。"掩银屏"，使我们可以清晰地感觉到她为摆脱思念之苦所作的努力，"垂翠袖"，又可以使我们感觉到对内心情感的强自压抑。而这一切，都随着远处传来的箫声而轰然倒塌。月光下，只有红豆蔻初绽嫩蕊，仿佛是这段恋情的见证，令人触景伤情，慨叹命运的不公。最后两句，词人面对还似旧时的一轮明月，思绪由现在回到过去，又由过去来到现在，在反诘中有着一种对命运无常、物是人非的深沉感伤。

　　在结构布局上，这首词颇不依常轨。自"枕函香"到"肠断月明红豆蔻"，全是对过去的回忆,哀感顽艳,忧伤中有甜蜜。最后两句陡然跳出,回到现实,深沉感伤,更可见这段感情的铭心刻骨,难以忘怀。这种不均衡的结构方式,和南宋·辛弃疾《破阵子·为陈同甫赋壮词以寄》非常接近,虽然两词在风格境界上全然不同。

转应曲

这首词是一首怀念旧情之作。转应曲:词牌名。本名《调笑令》,又名《古调笑》、《宫中调笑》、《三台令》等。三十二字,四仄韵,两平韵,两叠韵,平仄韵递转。写作此词有一定难度,《转应曲》之名,由此得之。

  明月,明月。曾照个人离别。玉壶红泪相偎,还似当年夜来。来夜,来夜。肯把清辉重借。

明月,明月。曾照个人离别——天上的那轮明月,就是曾经照着情人离别的明月。这两句即景抒情,自然率真。五代南唐词人冯延巳《三台令》:"明月,明月。照得离人愁绝。"个人:这人或那人,这里指情人。

玉壶红泪相偎,还似当年夜来——她流着泪和"我"相依相偎,就像魏文帝当年宠爱的美人夜来一样娇羞可人。玉壶红泪:晋·王嘉《拾遗记》卷七:"(魏)文帝所爱美人,姓薛名灵芸,常山人也。……灵芸闻别父母,歔欷累日,泪下沾衣。至升车就路之时,以玉唾壶承泪,壶则红色。既发常山,及至京师,壶中泪凝如血。"后因以"红泪"称美人泪。夜来:《拾遗记》卷七记载,灵芸入魏文帝后宫,深得宠爱,魏文帝为她改名"夜来"。

来夜,来夜。肯把清辉重借——意谓希望将来的某个夜晚,明月依然肯借"我"清辉,照着"我"和情人重逢。清辉:指月光。

这首小词清新自然而又深婉多情。词人借助魏文帝曹丕和美人薛灵芸的典故,将过去相聚的欢乐、现在独处的痛苦、对未来重逢的渴望,都包容在有限的篇幅之内,统摄在一轮明月之下,意蕴极其丰富深厚。尤为巧妙的是,"夜来"本是美人之名,在结句却化为词人对未来真挚的企盼,虽是格律的规定,但也能够感受到词人化平凡为神奇的高绝才华。

鹊桥仙
七夕

这是一首悼亡之作。卢氏死于康熙十六年(1677)春天,纳兰在康熙二十四年(1685)七夕前也已经去世,所以此词的写作时间应该是康熙十六年(1677)至康熙二十三年(1684)的某个七夕。七夕:俗称农历七月初七之夜为七夕。民间传说牛郎织女一年只有此夜才能在天河上相会一次。鹊桥仙:词牌名。民间风俗,七月七日,牛郎织女借鹊桥相会,此调得名于此。双调,五十六字,上下片各两仄韵。也有上下片各四仄韵的体格。

　　乞巧楼空,影娥池冷,佳节只供愁叹。丁宁休曝旧罗衣,忆素手为予缝绽。　　莲粉飘红,菱丝翳碧,仰见明星空烂。亲持钿合梦中来,信天上人间非幻。

乞巧楼空,影娥池冷,佳节只供愁叹——望月乞巧的彩楼已经成空,荡舟弄月的水池也变得清冷。又是一年的七夕,但妻子已离"我"而去,此时"我"只能独对佳节,空自愁叹。乞巧:中国古代民间的一种很重要的习俗。在七夕之夜,妇女望月穿针,称为"乞巧"。乞巧楼是为乞巧所搭的彩楼。宋·孟元老《东京梦华录》:"至初六日七日晚,贵家多结彩楼于庭,谓之'乞巧楼'。铺陈磨喝乐、花瓜、酒炙、笔砚、针线。或儿童裁诗,女郎呈巧,焚香列拜,谓之'乞巧'。妇女望月穿针。或以小蜘蛛安合子内,次日看之,若网圆正,谓之'得巧'。"影娥池:汉武帝宫中建有影娥池,宫人于其中乘舟玩月。汉·郭宪《洞冥记》:"帝于望鹄台西起俯月台,台下穿池,广千尺,登台以眺月。影入池中,使宫人乘舟弄月影,因名影娥池。"

丁宁休曝旧罗衣,忆素手为予缝绽——特意叮嘱婢女不要晾晒旧时的罗衣,回想起那些旧衣都是亡妻亲手为"我"缝制过的,"我"怎么忍心再见到它们。丁宁:同叮咛。曝衣:晾晒衣服。古代民俗认为七月七日晾晒衣服,能使衣服不遭虫蠹。《初学记》引崔寔《四民月令》:"七月七日曝经书及衣裳,不蠹。"缝绽:缝合,指缝制衣裳。

莲粉飘红,菱丝翳碧,仰见明星空烂——四周一片凄清之景,水池中莲花凋零,菱蔓遮盖了碧水;抬头仰望,夜空中只有星河空自灿烂。唐·杜甫《秋兴八首》之七:"露冷莲房坠粉红。"菱丝:菱蔓,其长如丝。翳:遮蔽。

亲持钿合梦中来,信天上人间非幻——睡梦中,你亲自拿着我们定情的信物——钿合向"我"倾诉衷肠,让"我"坚信,只要两心如一,不论是天上还是人间,我们一定还会再相见,还会永远在一起。钿合:金饰之盒。古代男女将它作为定情的信物。唐·白居易《长恨歌》:"惟将旧物表深情,钿合金钗寄将去。钗留一股合一扇,钗擘黄金合分钿。但教心似金钿坚,天上人间会相见。"

纳兰的悼亡词继承了古代悼亡诗词的优良传统,善于从琐碎之事写思念之情,情感深挚,哀婉缠绵。这首词紧扣七夕这一特定的日子,将七夕之景和七夕之情结合起来。上片开始三句触景伤情,亡妻曾经乞巧的彩楼犹在,曾经荡舟的水池依然,它们是过去美好生活的见证,而今楼空水冷,物是人非,令人无限伤感。"丁宁休曝旧罗衣,忆素手为予缝绽",以承载着亡妻关爱之情的旧罗衣来抒写词人的思念之情,可以和"衣裳已施行看尽,针线犹存未忍开"(唐·元稹《遣悲怀三首》),"空床卧听南窗雨,谁复挑灯夜补衣"(宋·贺铸《鹧鸪天》)并读。这几篇作品都突出了夫妻生活中的平凡小事,可是夫妻之间有多少大事呢?正是这些琐碎细小的一个个细节构成了夫妻生活的主要内容,对这些小事的追忆更可见夫妻情深,难以忘怀。下片头三句进一步写七夕夜景,营造凄清伤感的氛围,和上片开头遥相呼应,互相烘托。最后有感于亡妻的梦中相会,表达了词人生生死死、来世今生永不相负的坚贞之情。由于有真挚的思念作为基础,这种寄希望于将来的痴想就特别的感人。

鹊桥仙

这是一首追忆旧情之作。从词中的"瘦尽十年花骨"可以推测,此词和《虞美人》(银床淅沥青梧老)当作于同一年,追忆的对象也应该是同一人。

梦来双倚,醒时独拥,窗外一眉新月。寻思常自悔分明,无奈却、照人清切。　　一宵灯下,连朝镜里,瘦尽十年花骨。前期总约上元时,怕难认、飘零人物。

梦来双倚,醒时独拥,窗外一眉新月——梦中和你相依相偎,两情无限,醒来后才知道是孤独一人,拥被而眠,惟有窗外的一弯新月相伴。新月如眉,让人顿起相思之感。唐·牛希济《生查子》:"新月曲如眉,未有团圆意。"

寻思常自悔分明,无奈却、照人清切——自己常常后悔记忆中相伴的情景为什么如此分明,原来是明月照人如此清切,令人无奈。寻思:考虑,心中细想。

一宵灯下,连朝镜里,瘦尽十年花骨——一夜灯下相聚,每日对镜思念;已经过了十年漫长的光景,你那如花的容颜也已经瘦损憔悴了吧。花骨:形容女子体态柔弱美丽,如花之无骨。语出唐·李贺《酒罢张大彻索赠诗》:"天遣裁诗作花骨。"宋·史达祖《鹧鸪天》:"十年花骨东风泪,几点螺香素壁尘。"

前期总约上元时,怕难认、飘零人物——以前我们总是约定在上元之夜相见,而今经过十年的飘零,即使我们再像过去那样相约见面,恐怕你也已经认不出"我"了。这几句似乎化用宋·欧阳修《生查子》词意。欧阳修《生查子》:"去年元夜时,花市灯如昼。月上柳梢头,人约黄昏后。今年元夜时,月与灯依旧。不见去年人,泪湿春衫袖。"前期:以前的约定。上元:农历正月十五为上元节。

这首追忆旧情之作写得很有特色,蕴含着复杂的情感。上片开头直抒胸臆,以"双倚"和"独拥"构成强烈的对比,突出了梦中的甜蜜和醒后的凄凉。而一弯新月承上启下,既烘托了情境,同时借月抒怀,不说自己思念,却说明月照人清切,惹人愁思,这样就使情和景非常自然地融合在一起。

下片开头两句和上片相似,通过"一宵"之短和"连朝"之长,造成时间上的强烈反差,以此来状写相思的绵绵不尽。作者推己及人,由自身的痛苦想到情人的憔悴瘦损,"瘦尽十年花骨",化用李贺和史达祖的诗意,在对情人美丽容颜的遐想中有着椎心的疼痛和无比的怜惜。结句设想将来的相见。世事沧桑,经过十年的飘零,自己已经面目全非,恐怕相逢也难以相认,正和苏轼"料得相逢应不识,尘满面、鬓如霜"(《江城子》)相类似,其中有着作者强烈的身世之感。

纳兰虽出身于权贵之门,他自己也有着令世人艳羡的地位和声望,但他对浮华的尘世生活始终有着清醒的认识,加之他天性真淳,深于用情,因而能够将身世之感寄寓于恋情和悼亡词中,极大地提升了这类词的品质。

青衫湿

悼亡

作者在题目中明示这是一首悼亡之作,细味词意,应作于卢氏夫人亡故后不久。词中的时节景物多出现在春天,所以此词当作于康熙十七年(1678)的春天,此时卢氏的灵柩暂存双林禅院。青衫湿:词牌名。一名《人月圆》。双调,四十八字,上下片各两平韵。

近来无限伤心事,谁与话长更?从教分付,绿窗红泪,早雁初莺。　　当时领略,而今断送,总负多情。忽疑君到,漆灯风飐,痴数春星。

近来无限伤心事,谁与话长更——近来有无限的伤心之事,可是长夜漫漫,孤单寂寞,此情对谁倾诉?词人经历亡妻之痛,内心悲情无限,却无人可以倾诉。长更:长夜。

从教分付,绿窗红泪,早雁初莺——早归的大雁飞过天空,黄莺在满是绿意的窗外鸣啭,这些都令人触物伤情,泫然落泪。从教:听凭,任凭。绿窗红泪:语出唐·李郢《为妻作生日寄意》:"应恨客程归未得,绿窗红泪冷娟娟。"红泪,生离或死别之泪。早雁初莺:春天的大雁和黄莺。《南史·萧子显传》:"风动春朝,月明秋夜,早雁初莺,开花落叶,有来斯应,每不能已也。"意谓自然界的各种变化都会引发人内心的无穷感慨。

当时领略,而今断送,总负多情——沉思过去,词人痛悔交加。当初夫妻恩爱时没有好好体会,而今为时已晚,旧日的恩情已全部断送,总归是辜负了往日的多情。这三句语出明·王次回《予怀》:"也知此后风情减,只悔从前领略疏。"领略:体悟。

忽疑君到,漆灯风飐,痴数春星——"我"好像感觉到灵前长明灯随风摇曳,恍惚中,你又来到了"我"的面前,但这一切不过是一场幻梦,"我"只能痴痴地数着天上的星星,打发这无聊的长夜。漆灯:以漆作为燃料的灯。古人在安葬死者时,在墓中用漆作为燃料点灯,灯火不灭。《史记正义》:"帝王用漆灯冢中,则火不灭。"飐(zhǎn):随风摇曳。

词人和爱妻两情恩爱,原本希望能够相濡以沫、白头偕老,所以,爱妻的死给他的心灵造成了难以抚平的创痛,令他伤心欲绝。词中首先写夫妻情深。在词人看来,妻子是惟一可以和她共度漫漫黑夜,听他倾诉之人。但"谁与"却以反诘的方式将这一切化为乌有。早雁飞过,黄莺鸣啭,春意盎然,美丽的季节因爱妻的离去而变得让人伤心落泪。下片前三句写词人既愧且悔的心情,自己空负多情,爱妻在日却没有仔细体会,而今为时已晚,徒唤奈何,感情极其沉痛。最后三句,词人情深成幻,竟然以为亡妻又回到了他的身边,但幻影难留,清醒后,面对的只是满天闪烁的星星。数星星,无理之极,可笑之极,也只有这样,才能深刻地表达词人痛失爱妻后无聊而又无助的情态。

念奴娇

　　这首词是对旧日恋情的感慨和回忆,对象不详,写作时间也难以确定。念奴娇:词牌名。又名《百字令》、《酹江月》、《大江东去》、《壶中天》、《湘月》等。念奴是唐天宝年间著名的歌女,每当君臣宴乐之时,唐玄宗经常命念奴唱歌压场(见唐·元稹《连昌宫词》自注)。念奴每次执板唱歌,声出朝霞之上,词调即于此得名。有仄韵格、平韵格等多体。自苏轼《念奴娇·赤壁怀古》之后,一般以仄韵格为正体。双调,一百字,上下片各四仄韵。

　　　　人生能几?总不如休惹、情条恨叶。刚是尊前同一笑,又到别离时节。灯烬挑残,炉烟爇尽,无语空凝咽。一天凉露,芳魂此夜偷接。　　怕见人去楼空,柳枝无恙,犹扫窗间月。无分暗香深处住,悔把兰襟亲结。尚暖檀痕,犹寒翠影,触绪添悲切。愁多成病,此愁知向谁说?

　　人生能几?总不如休惹、情条恨叶——人生有限,能有多少时光?不要用情太多,徒增烦恼。情条恨叶:比喻由于多情而带来的烦恼。宋·洪瑹(shū)《水龙吟》:"念平生多少,情条恨叶,镇长使,芳心困。"

　　刚是尊前同一笑,又到别离时节——刚刚还是酒席宴上相聚欢笑,转眼间又到了离别的时候。这两句慨叹人生的变幻无常,难以把握。

　　灯烬挑残,炉烟爇尽,无语空凝咽——长夜过去,灯火将熄,香炉的烟也已经燃尽,此时相对无语,空自凝咽。烬(xiè):灯烛。爇(ruò):焚烧。凝咽:悲痛气塞,说不出话来。宋·柳永《雨霖铃》:"执手相看泪眼,竟无语凝咽。"

　　一天凉露,芳魂此夜偷接——虽然长夜清冷,天空中飘落霜露,但值得欣慰的是此夜能偷偷地和美人相亲相近。芳魂:美人的魂魄。这里指情人。接:见面。

　　怕见人去楼空,柳枝无恙,犹扫窗间月——最怕看见人去楼空的凄凉景象,但好梦不长,情人已经离去,只有窗前的明月还躲藏在轻舞的柳枝后面。

无分暗香深处住,悔把兰襟亲结——自己没有缘分和意中人同居共处,沉迷在她散发出的暗香中,真后悔当初和她情投意合,关系亲密。无分:没有缘分。暗香:女子的体香。兰襟亲结:指与意中人订情相爱。兰襟,女子芬芳的衣襟。宋·晏幾道《采桑子》:"别来长记西楼事,结遍兰襟。"

尚暖檀痕,犹寒翠影,触绪添悲切——一想到情人还带着体温的粉红色的泪痕,已经远去的清寒的背影,心中不禁更加悲伤。檀痕:粉红色的泪痕。翠影:穿着翠绿色衣裙的情人的背影。

愁多成病,此愁知向谁说——和意中人的相爱与别离留下了太多的哀愁,以致愁多成病。但这种悲愁又无人可以诉说,只能独自品尝。宋·柳永《雨霖铃》:"便纵有千种风情,更与何人说?"

上片起首三句是总纲,写人生短暂,自己却深陷情中难以自拔,奠定了这首词悔恨交加的感情基调。接下一转,先追忆当时相聚和别离时的情景。相聚的欢乐一笔带过,重点写离别的悲伤。长夜漫漫,相对无语,空自凝咽。虽然"芳魂此夜偷接"可供回忆,但是相伴随的却是绵绵不尽的哀伤与怅惘。下片主要写别后思念。"怕见"三句,由情到景,同时也非常自然地由过去过渡到现在。柳枝依然,窗前明月依然,不一样的是人已去,楼已空。接下两句写自己的愧悔之情,词人深悔自己用情过深,但过去的一切无法抹去,"檀痕"、"翠影"犹在目前,令人无法自遣。最后以自己终日沉浸在悲愁之中,却又无处诉说的寂寞孤独作结,缠绵悱恻,一往情深。词人深于情且专于情的情感追求,在曲折跌宕的抒写中,表现得摇曳多姿,淋漓尽致。

这首词语言浅豁真率,写景抒情纯用白描,和柳永的情词在风格上比较接近,但情感的复杂深厚又非柳词可比,具有纳兰词一贯的特点。

沁园春

代悼亡

从题目来看,这首词好像是代他人写的一首悼亡词。但这首词感情真挚,如果没有经历过丧妻之痛,恐怕很难有如此之深的体会。所以即便真是"代悼亡",其中也包含着纳兰对亡妻的伤悼之情。沁园春:词牌名。又名《寿星明》、《洞庭春色》、《大圣乐》等。得名于汉明帝时沁水公主刘致的园林。双调,一百一十四字,上片四平韵,下片五平韵。

梦冷蘅芜,却望姗姗,是耶非耶?怅兰膏渍粉,尚留犀合;金泥蹙绣,空掩蝉纱。影弱难持,缘深暂隔,只当离愁滞海涯。归来也,趁星前月底,魂在梨花。　　鸾胶纵续琵琶,问可及当年萼绿华?但无端摧折,恶经风浪;不如零落,判委尘沙。最忆相看,娇讹道字,手剪银灯自泼茶。今已矣,便帐中重见,那似伊家。

梦冷蘅芜,却望姗姗,是耶非耶——梦醒之后,枕边还残留着亡妻留下的蘅芜的香气,眼前依稀还有她姗姗远去的身影,不知这是真事还是幻景。蘅芜:香草名。晋·王嘉《拾遗记·卷五》记载,李夫人死后,汉武帝梦中见她赠他蘅芜之香,醒后香犹在枕,历月不散。姗姗:形容女子走路优雅从容的样子。《汉书·外戚传·孝武李夫人》记载,汉武帝在李夫人死后思念不已,方士少翁说他能招回李夫人的魂魄,于是就在夜里点亮灯烛,拉上帷帐,准备好酒肉,让汉武帝在别的帐子里等候。不久就远远望见一个容貌如李夫人的美丽女子,在帷帐中出现,或坐或行,但是又不能近前观看,这更增加了汉武帝内心的相思悲戚。为此汉武帝作诗曰:"是耶非耶?立而望之,偏何姗姗其来迟。"此处以李夫人喻指其亡妻。

怅兰膏渍粉,尚留犀合;金泥蹙绣,空掩蝉纱——兰膏、渍粉、犀合、金泥、蹙绣、蝉纱,这些都是亡妻生前闺中之物,而今遗物犹在,斯人已杳,睹物思人,使人惆怅难已。兰膏:润发的香油。渍粉:敷面的香粉。犀合:用犀角装饰(或用犀角制成)的妆奁盒。金泥:用金屑和胶调成糊状,涂在织物或器物上做装饰。蹙绣:一种用皱缩线纹使其紧密匀称的方法制成的刺绣。蝉纱:指闺房中悬挂的薄如蝉翼的轻纱。

影弱难持,缘深暂隔,只当离愁滞海涯——既然远去的柔弱的身影难以把持,深厚的情缘也要暂时隔断,那就只把它当成一场天涯海角的别离吧。

归来也,趁星前月底,魂在梨花——等到归来之时,在美丽的夜晚,天空中星月交辉,我会发现,那盛开的梨花原来就是妻子的灵魂。宋·周邦彦《水龙吟·梨花》:"别有风前月底,布繁英、满园歌吹。"

鸾胶纵续琵琶,问可及当年萼绿华——纵然"我"将来续弦,有了新的妻子,但"我"要追问上天,新妻是否及得上原来的结发之人?意谓前妻的地位永远无人替代。鸾胶:据《海内十洲记》记载,西海凤麟洲的仙人将凤喙麟角合煮为胶,能接续弓弩已断之弦,名为鸾胶,也称续弦胶。后多以之喻指续娶后妻。五代·陶毂《风光好》:"琵琶拨尽相思调,知音少。待得鸾胶续断弦,是何年?"萼绿华:传说中的女仙名,此处代指亡妻。唐·李商隐《重过圣女祠》:"萼绿华来无定所,杜兰香去未移时。"

但无端摧折,恶经风浪;不如零落,判委尘沙——与其遭受无尽的摧残折磨,对生活中出现的狂风巨浪感到厌烦,不如就此凋零死去,委身泥沙之中。无端:没有尽头。恶(wù):憎恨,讨厌。判:通"拚"。不顾一切,豁出去。引申为甘愿、甘心。

最忆相看,娇讹道字,手剪银灯自泼茶——最令人追忆的是她读错了字音的娇羞之声,还有剪去灯花,亲自煮茶的娇柔之态。娇讹道字:此句言妻子因读错字音而撒娇。讹,指读错字音。宋·苏轼《浣溪沙》:"道字娇讹苦未成,未应春闺梦多情。"泼茶:煮茶。宋·李清照《金石录后序》曾记载她与丈夫赵明诚的闺房乐事。李清照家中藏书宏富,饭后,经常由李清照指出某事在某书某卷第几页第几行,以此来决定饮茶的先后,胜者往往举杯大笑,以至于将茶倒在怀中,反而无法饮茶。其中可见出两情相洽的夫妻闺房乐趣之浓。

今已矣,便帐中重见,那似伊家——如今这些已全都成为往事,即便如汉武帝帐中重见李夫人那样再见到亡妻,也和旧时的她完全不同了。伊家:和"伊人"相类,指亡妻。家,句尾语助词,无意义。

这首词借汉武帝思念李夫人的故事,来抒写对亡妻的思念之情。汉武帝极爱李夫人,在李夫人死后,对她思念不止,梦中见李夫人赠其蘅芜之香,这种情形和纳兰对其亡妻的思念极为相似,只是当事人的身份地位有所不同。上片发端三句,从表层看是写汉武帝梦李夫人,实际上是写自己梦中的痴情和梦醒后的惆怅。"是耶非耶"一句反问,把人带入一个如梦似幻、迷离惝恍之境。在这里到底是汉武帝梦见李夫人,还是纳兰梦见爱妻,已经无法分辨,也无须分辨,其中深蕴着人对梦境无法把握的哀伤。接下四句一转,由"怅"字引领,抒写词人面对亡妻的遗物所产生的物是人非的惆怅之情。四句两两相对,一反一正,前两句重心在物,后两句重心在人,遗物犹在而佳人已逝,对仗工整,情致深厚。接下三句宕开一层,词人故作旷达之语,既然死别不可避免,那就把它当作一次天涯海角的生离吧。结片顺承前三句,等到归来后,亡妻的灵魂已化作星前月下的那树梨花。虽然美丽,但仔细品味,在表面的潇洒旷达背后有着难以抑制的悲哀。

下片开头以退为进,写自己即使再娶新妻,也无法和前妻相比。这两句化用李商隐诗句,用"萼绿华"比拟亡妻,既浪漫又美丽。接下四句更进一步,因为爱妻的离世,词人对尘世的生活已经厌倦,还不如就此死去,化为尘土,还可以陪伴爱妻左右。这四句决绝之词,其中应该有诗人的身世之感。接下三句又宕开一层,最难以忘怀的是生活中那些平凡普通之事,如读错字音的娇羞的声音,剪灯煮茶的娇羞的神态,活脱脱地刻画出一个聪明活泼、娇羞可人的妻子的形象,使人不禁心驰神往。这三句的细致描绘,在词中也起着使其爱妻形象鲜活、丰满、生动的重要作用。煞拍总结全词,并再次用汉武故事回应开头。亦真亦幻,亦人亦己,感慨无端。

沁园春

这是一首悼亡词。从词前小序可以推定,此词作于康熙十六年(1677)九月初六,距卢氏去世(康熙十六年五月三十日)不足百日。梦中卢氏淡妆素服,前来相见,执手相看,哽咽难言。说的话很多,但都无法记住,只是记住临别对他说的两句诗:"衔恨愿为天上月,年年犹得向郎圆。"这两句诗,执著而又无望,缠绵而又沉痛,应该是出于诗人自己之手。可是,他却说亡妻本来不擅长于写诗,不知为什么能得到这样的句子。这就表明此诗非关才学技巧,而是出自人的心魄灵魂,由此可见夫妻相知相爱之深,卢氏得夫如此,亦是不幸中之万幸。这首词即是词人梦醒后感慨之作。

丁巳重阳前三日,梦亡妇淡装素服,执手哽咽,语多不复能记。但临别有云:"衔恨愿为天上月,年年犹得向郎圆。"妇素未工诗,不知何以得此也,觉后感赋。

瞬息浮生,薄命如斯,低徊怎忘。记绣榻闲时,并吹红雨;雕阑曲处,同倚斜阳。梦好难留,诗残莫续,赢得更深哭一场。遗容在,只灵飙一转,未许端详。　　重寻碧落茫茫。料短发、朝来定有霜。便人间天上,尘缘未断;春花秋叶,触绪还伤。欲结绸缪,翻惊摇落,两处鸳鸯各自凉。真无奈,把声声檐雨,谱出回肠。

瞬息浮生,薄命如斯,低徊怎忘——人生本来就非常短暂,爱人又早逝,自己形单影只,命薄如此,怎不叫人徘徊流连,难以忘怀。瞬息:一眨眼一呼吸,形容极短的时间。低徊:徘徊,流连。

记绣榻闲时,并吹红雨;雕阑曲处,同倚斜阳——记忆中我们有过很多快乐的时光,在绣榻旁边,一起欣赏桃花飘落的景象;于画栏深处,共同倚望斜落的夕阳。榻：长狭而低的坐卧用具。红雨：落花。唐·李贺《将近酒》："况是青春日将暮，桃花乱落如红雨。"风吹桃花飘落，桃花红艳艳，故曰"吹红雨"也。

梦好难留，诗残莫续，赢得更深哭一场——梦再美好，也难以将它留住；诗是残句，又何必将它续完！徒劳的努力，只能使自己更加悲伤，在夜深人静时痛哭一场。

遗容在，只灵飙一转，未许端详——梦中亡妻的面容就在眼前，但灵风一动，即倏然而去，连仔细端详一下都不能做到。灵飙：灵风，阴风。

重寻碧落茫茫。料短发、朝来定有霜——为了重寻爱妻的踪迹，自己上穷碧落下黄泉，但寻而不见，天地间一片苍茫。料想亡妻独自一人，清冷无限，鬓发上已经落满晨霜了吧。唐·白居易《长恨歌》："上穷碧落下黄泉，两处茫茫皆不见。"

便人间天上，尘缘未断；春花秋叶，触绪还伤——虽然已是天上人间，阴阳永隔，但我们的尘缘还未断绝，终有相会之日。可每当看到春花盛开、秋叶凋零，总会使"我"触景伤情。人间天上：这里化用唐·白居易《长恨歌》中"但令心似金钿坚，天上人间会相见"之意。春花秋叶：这里化用南唐后主李煜《虞美人》中"春花秋月何时了，往事知多少"之意。

欲结绸缪，翻惊摇落，两处鸳鸯各自凉——本想和亡妻共结缠绵之情，她却突然离世，只剩下两处鸳鸯各自悲凉。绸缪：缠绵之情。汉·李陵《与苏武诗》："独有盈觞酒，与子结绸缪。"摇落：原指草木零落，此处指消逝。宋·叶梦得《临江仙》："却惊摇落动悲吟。"

真无奈，把声声檐雨，谱出回肠——对此真是无可奈何，那檐间滴落的声声秋雨，好像一个个音符，谱出一曲悲歌，为"我"表达内心不尽的哀情。

这首词由亡妻梦中来见引发。发端三句感慨人生的短暂和自己的薄命，是全词的总纲。接着转入对往昔时光的追忆，词人纯用白描，勾勒出了一个温情旖旎的意境，曾经和妻子并吹红雨，同倚斜阳，这一切都还历历在目。但往昔的时光越让人留恋，现实的孤独也就越难独享。由"梦好难留"再转回现实。现实中，纳兰痛失爱妻，好梦无法留住，残诗无心去续，梦中的一切只给他带来更深的痛苦。这三句语淡情浓，将悲悼之情发挥到极致。结片又回到梦中，写自己连仔细端详妻子的容貌都无法做到，只能任由她随风而去。

上片将过去、现在和梦境交织在一起，迷离惝恍，有着一种对命运无法把握的深重悲哀。过片承上片，词人因好梦难留，于是上穷碧落，追寻爱妻的踪迹。次二句顺承，他设想在这清秋的早晨，妻子独自回到天上，短发上一定落满了清霜。这两句不言自己思念之苦而关心妻子的冷暖，字里行间流露出词人对亡妻的一往情深。再四句一转，虽然阴阳永隔已成必然，但词人痴心不改，坚信尘缘未断,相见有日。无奈春花秋月,令人触景伤情。这四句一方面写出了词人对待爱情的坚贞态度,同时也写出了尘世难捱的寂寞孤独。再三句更进一层,写他对夫妻情爱的期待和事与愿违的悲伤。煞拍结合眼前景,用檐间绵绵不断滴落的秋雨来状写自己的悲伤,生动形象,情景交融,获得了言有尽而意无穷的艺术效果。

这首词在纳兰的悼亡词中占有重要的地位。词人立足当下,追思过去。才在梦中,倏忽天上。感情沉痛缠绵,视角不断变化。完全可以和宋·苏轼的《江城子·记梦》(十年生死两茫茫)相媲美。

南乡子
为亡妇题照

此词是题写在亡妻画像上的一首悼亡之作。写作时间应在康熙十六年(1677)卢氏去世后不久。纳兰擅长丹青,此画像也许就出自词人自己之手。南乡子:词牌名。又名《好离乡》、《蕉叶怨》。有单调双调之体。此为双调,五十六字,上下片各四平声韵。上下片又各有一个二字句。

泪咽却无声,只向从前悔薄情。凭仗丹青重省识,盈盈。一片伤心画不成。　　别语忒分明,午夜鹣鹣梦早醒。卿自早醒侬自梦,更更。泣尽风檐夜雨铃。

泪咽却无声,只向从前悔薄情——面对亡妻画像,不禁悲从中来,从前太薄情了,没有给她多一点体贴和陪伴。此时内心的愧悔之情再也无法向她倾诉,只能哽咽无声,任凭泪水流淌。

凭仗丹青重省识,盈盈。一片伤心画不成——仔细端详亡妻的画像,她那美丽的容颜渐渐地浮现在脑海心间,也勾起了"我"的无限伤怀。"我"知道,画家只能画出人的形象,却无法画出生离死别的悲伤。丹青:指画像。省(xǐng)识:仔细辨认。省,察看,审察。唐·杜甫《咏怀古迹五首》之三:"画图省识春风面,环佩空归月夜魂。"盈盈:一方面指画像中妻子美丽的容颜;同时也指仔细审视妻子的画像,内心充满着无限的感伤之情。"一片伤心画不成",是借用前人的成句。唐·高蟾《金陵晚望》:"世间无数丹青手,一片伤心画不成。"金·元好问《题家山归梦图》:"卷中正有家山在,一片伤心画不成。"纳兰在此将元好问的思乡变为思人,更能引起人们感情上的共鸣。

别语忒分明,午夜鹣鹣梦早醒——午夜时,比翼双飞的鹣鹣的鸣叫声惊醒了好梦,而分别时所说的情话还特别清晰地回响在耳边。忒(tè):太,特。鹣鹣(jiān):比翼鸟。《尔雅·释地》上记载,在南方有一种比翼鸟,不比不飞,名字叫鹣鹣。常用来比喻相爱的男女。

卿自早醒侬自梦,更更。泣尽风檐夜雨铃——你比我更早清醒地认识到世事如梦,因而毅然决然,离开尘世。而我还痴梦未醒,独自苟活在人间,一更又一更,忍受着漫漫长夜的煎熬,在夜雨中伴着屋檐上风铃的声音伤心哭泣。"卿自早醒侬自梦",此句中的"醒"和"梦",指对尘世的醒悟与痴迷。侬:我。更更:一更接一更。夜雨铃:唐·白居易《长恨歌》:"夜雨闻铃肠断声。"唐·郑处诲《明皇杂录》:"明皇既幸蜀,西南行,初入斜谷,霖雨涉旬,于栈道雨中闻铃音,与山相应。上既悼念贵妃,采其声为《雨霖铃曲》以寄恨焉。"

妻子卢氏去世后,词人深悔没有珍惜和其共处的时光。此词上片即抒写面对亡妻画像,不禁悲从中来,内心非常愧悔。画像所引发的不仅是对其美丽容颜的记忆,还有生离死别的无限悲伤,而这些又岂是图画所能画得出来的!"一片伤心画不成"虽是前人成句,词人信手拈来,却与此时情境妙合无间。下片先写午夜梦回,以比翼双飞的鹣鹣反衬自己独卧空床的寂寞凄凉。由此也展开了词人对自身处境、生命意义的思考,"死"对人来说是一种解脱,因为远离了尘世的无味;"生"则是痛苦的,因为要夜夜忍受形单影只的悲哀。这种思考本身并没有超越前人对人生意义和生命价值的认识,但属于特定情境中对人生的感喟,有着词人对生命的真切感受,所以能得到读者的认可和共鸣。

南乡子

捣衣

从本词的题目和内容来看,应是一首妻子独守空房、思念征夫之作。捣衣:古代妇女缝制衣服前,把浆洗过的半湿的新布料放在捶衣石上,用圆形的木棍进行捶打,使之平整熨贴,便于剪裁和穿着。捣衣是对布料进行整理定型的一道工序,不能简单理解成洗衣。每到秋天,妇女们都要为在外的游子征夫赶制过冬的寒衣。所以,古代诗人常常以写捣衣来表现思念之情。如唐·李白《子夜吴歌》:"长安一片月,万户捣衣声。"唐·杜甫《秋兴八首》之一:"寒衣处处催刀尺,白帝城高急暮砧。"

鸳瓦已新霜,欲寄寒衣转自伤。见说征夫容易瘦,端相。梦里回时仔细量。　　支枕怯空房,且拭青砧就月光。已是深秋兼独夜,凄凉。月到西南更断肠。

鸳瓦已新霜,欲寄寒衣转自伤——秋天到了,屋上的鸳鸯瓦已经开始结了一层新霜。屋内,我孤灯独坐,想着该为丈夫寄去冬衣了,不禁暗自心伤。鸳瓦:即鸳鸯瓦,指成对的瓦。可参见《菩萨蛮》(春云吹散湘帘雨)。寒衣:过冬的衣服。元·姚燧《越调·凭阑人·寄征衣》:"欲寄君衣君不还,不寄君衣君又寒。寄与不寄间,妾身千万难。"

见说征夫容易瘦,端相。梦里回时仔细量——听说在外远行征战的人条件艰苦,经历风雨,容貌容易消瘦,可惜我不能到他的身旁仔细端详。如果今夜他能到我的梦中,我一定会前后上下仔细打量。见说:唐代俗语,听说。端相(xiàng):仔细看,审视。量(liáng):丈量,测量。

支枕怯空房,且拭青砧就月光——支起枕来,想让自己早些入眠,可是又害怕一个人独在空房。那就趁着月光擦拭干净青色的捣衣砧,为他捣衣吧。支枕:竖起枕头倚靠。怯:心中害怕。唐·王维《秋夜曲》:"银筝夜久殷勤弄,心怯空房不忍归。"青砧:捣衣石的美称。唐·杜甫《暝》诗:"半扉开烛影,欲掩见清砧。"唐·杜牧《秋梦》:"寒空动高吹,月色满清砧。"

已是深秋兼独夜,凄凉。月到西南更断肠——已是清冷的深秋,又是孤独的长夜,自己月下捣衣,心情何等凄凉。蓦然回首,发现月已西南,只有自己形影相吊,此情此景,更加让人欲断肝肠。

这首词上片主要写思妇对征夫的思念。首句"鸳瓦已新霜"是触发思妇内心情感活动的媒介,鸳鸯瓦上的新霜告诉我们秋天已经到来,又到了为远方的征夫准备冬衣的时节。"鸳瓦"一词意味深长,暗示鸳瓦尚且成双成对,人却独守空房,不能和丈夫团聚。"转自伤"中,有着多少无法言传的伤感。接下来又担心丈夫身体消瘦,怕衣服尺寸不合身,这种细腻的心理活动特别符合思妇的身份。"梦里回时仔细量",突发奇想,设想梦中相见的情景,而思妇的温柔善良、刻骨思念以及对丈夫的殷勤周到,也由此表现得特别鲜明突出。

如果说上片主要从"静"的角度描写思妇的心理活动,那么,下片就主要从动的角度来刻画思妇的形象。过片"怯"字极妙,写思妇的独居心理,惟妙惟肖。思妇不堪忍受独守空房的寂寞,于是在月光下为征夫捣衣,"且拭青砧就月光"极其清丽,思妇孤独柔弱的倩影跃然纸上,惹人怜惜。最后以深秋长夜,月到西南,思妇仍在忙碌的身影作结,情景交融,进一步抒写思妇绵绵不断的思念之情。

"长安一片月,万户捣衣声。秋风吹不尽,总是玉关情"(唐·李白《子夜吴歌》)。历史上,曾经有过多少这样令我们感到悲伤的场景。这首词通过这一传统题材寄寓相思之情,虽不像悼亡词那样幽咽悲凄,伤心欲绝;但其孤独凄清、无法排遣的相思之苦依然动人心魄,从中可以感受到纳兰对夫妻之情细腻深刻的体察。

踏莎行

【题解】

这首词写一个独居深闺的女子,面对春天的到来,却心情烦闷,昏昏欲睡,原来她在思念过去的情人。踏莎行:词牌名。又名《柳长春》、《江南曲》、《芳心苦》等。双调,五十八字,上下片各三仄韵,起首的两个四言句一般要求用对偶句。

春水鸭头,春山鹦嘴。烟丝无力风斜倚。百花时节好逢迎,可怜人掩屏山睡。　　密语移灯,闲情枕臂。从教酝酿孤眠味。春鸿不解讳相思,映窗书破人人字。

春水鸭头,春山鹦嘴。烟丝无力风斜倚——春江上春水泛绿,好像鸭头一样;春山上春花绽放,宛如鹦鹉娇艳的红嘴。柳丝如烟,在和煦的春风中轻轻飘拂。鸭头:指绿色,也称鸭头绿。唐·李白《襄阳歌》:"遥看汉水鸭头绿,恰似蒲萄初发醅。"宋·苏轼《送别》:"鸭头春水浓如染,水面桃花弄春脸。"鹦嘴:鹦鹉的嘴是红色的,这里指红色的春花。

百花时节好逢迎,可怜人掩屏山睡——又到了好好迎接和欣赏百花的季节,可怜她却掩起屏风,独自昏睡。屏山:屏风上画有山的图案,所以叫"屏山"。

密语移灯,闲情枕臂。从教酝酿孤眠味——想起过去的浓情蜜意,在灯烛前,我们喁喁私语,枕着你的臂膀,享受轻松的心情。这些美好的回忆,让"我"今天更加孤枕难眠。密语:情人之间私密的话语。从教:听任,任凭。

春鸿不解讳相思,映窗书破人人字——春天的飞鸿不知道避讳此时的相思,偏偏从窗前飞过,却飞不出人字的队形,来聊慰窗内人的相思之情。鸿:大雁。书破:本指文字书写得十分零乱。这里指群雁乱飞,投映在窗户上的雁影杂乱。

此词写闺中相思的烦恼。开头三句描写美丽的春景,春水嫩绿,春花红艳,柳丝飘舞。笔调细腻,明丽自然。接下两句一转,如此美丽的春天应该让人心旷神怡,流连忘返,但是主人公却将自己关在房内睡觉,对春天没有一点兴趣。春景的美丽和人的抑郁构成了强烈的反差,让人忍不住探询,到底女主人公为什么会这样呢?过片紧承上片结句,引出对旧情的回忆。原来往日的欢聚,才是人此时孤枕难眠的根源。结尾宕开一层,不再具体写人如何烦恼孤独,而是将思绪转到窗外的飞鸿身上,怪罪飞鸿不解相思,以此来烘托人的相思之苦,婉转曲折,含蓄不尽。

鹊桥仙

　　这首词有的学者认为是为沈宛而作。沈宛于康熙二十三年(1684)九月随顾贞观来京,纳兰于年末纳沈宛为妾,康熙二十四年(1685)五月末纳兰去世。据此推断,此词当作于康熙二十三年(1684)秋,当时词人正扈从康熙南巡。

　　月华如水,波纹似练,几簇淡烟衰柳。塞鸿一夜尽南飞,谁与问、倚楼人瘦。　　韵拈风絮,录成金石,不是舞裙歌袖。从前负尽扫眉才,又担阁、镜奁重绣。

　　月华如水,波纹似练,几簇淡烟衰柳——月光如水,波纹似练,一簇簇衰残的柳树上笼罩着淡淡的轻烟。宋·范仲淹《御街行》:"年年此夜,月华如练,长是人千里。"南朝齐·谢朓《晚登三山还望京邑》:"馀霞散成绮,澄江静如练。"这几句总写秋夜之景,宁静凄清,景中含情。

　　塞鸿一夜尽南飞,谁与问、倚楼人瘦——秋天到了,北方的大雁此夜都在南飞,你远离家乡,来到北方,此时一定也正倚楼南望。你逐渐消瘦的容颜,不知有谁去探问。

　　韵拈风絮,录成金石,不是舞裙歌袖——你有谢道韫以絮咏雪的才情,你有李清照表奏《金石录》的才识,岂是靠歌舞取悦他人?韵拈风絮:南朝著名才女谢道韫曾以飞絮咏雪,详见《望江南》(昏鸦尽)"急雪乍翻香阁絮"新解。录成金石:宋·李清照和其丈夫赵明诚感情深笃,赵明诚编撰《金石录》三十卷,李清照为之表奏朝廷。舞裙歌袖：指以歌舞取悦他人。宋·罗椿《酹江月》："不用翠倚红围，舞裙歌袖，共理称觞曲。"

从前负尽扫眉才，又担阁、镜囊重绣——从前就曾辜负了扫眉才女的深情，现在"我"又不能及早还京，耽搁了你对"我"的盼归之情。扫眉才：指有文才的女子。唐·胡曾《赠薛涛》："扫眉才子知多少，管领春风总不如。"担阁：耽搁，耽误。镜囊重绣：古代习俗，女子盼望丈夫归来，对镜许愿，如丈夫按时归来，即重绣镜囊表示谢意。

纳兰对亡妻卢氏的感情天下知闻，但是并不能就以此排斥、反感纳兰和其他女子的关系，关键要看在这种关系中的价值取向。沈宛是浙江乌程才女，不幸流落倡家，经友人介绍，纳兰得以和沈宛相识。这首词抒写了纳兰对沈宛的思念和关爱之情。开头三句点染秋景，营造气氛。"谁与问、倚楼人瘦"，虚处着笔，既塑造了沈宛楚楚动人的形象，展示了她内心世界的丰富和细腻，同时词人的关爱之情也深蕴其中。

对于词人来说，女子的美丽绝不仅是外在的美貌，还有与此相匹配的才情学识。过片突出了沈宛可比谢道韫、李清照的诗情才学，并不是靠歌舞取悦男人。结句结合旧恨写新情，深恐自己辜负对方的殷殷盼归之情，更可见词人对"情"的一以贯之的态度。

好事近

此词的写作时间，一般都定为康熙十五年（1676）秋十月。据《清实录》载，这一年十月，康熙曾到昌平亲祭明十三陵。当时纳兰扈驾同往，作此词。然此说似是而非，纳兰于康熙十五年（1676）中进士第，十六年（1677）秋冬间始任乾清门三等侍卫，扈驾前往之说难以成立。其实纳兰多次和好友到明十三陵游览，所以对其写作时间不必过于拘泥。好事近：词牌名。又名《钓船笛》、《倚秋千》、《翠圆枝》等。双调，四十五字，上下片各两仄韵，以入声韵最为切合音律。上下片的结句多用上一下四句法。

马首望青山，零落繁华如此。再向断烟衰草，认藓碑题字。
休寻折戟话当年，只洒悲秋泪。斜日十三陵下，过新丰猎骑。

马首望青山,零落繁华如此。再向断烟衰草,认藓碑题字——骑在马上,望着前面的一脉青山,那里就是明十三陵的所在地。昔时的繁华早已零落,只能向烟霭迷蒙的衰草之下,辨认长满苔藓的石碑上的题字。零落繁华句:魏末晋初人阮籍《咏怀》之三:"繁华有憔悴,堂上生荆杞。"此处用其诗意。断烟:孤烟。藓碑题字:清·顾贞观《忆秦娥》:"双崖碧,古今多少,藓碑题字。"

休寻折戟话当年,只洒悲秋泪。斜日十三陵下,过新丰猎骑——莫再像杜牧当年赤壁磨洗折断的战戟那样去追寻前朝的踪迹,洒落的眼泪只为这无边的秋色悲伤。夕阳西下,只有刚刚打猎归来的新朝的骑兵,从萧瑟荒凉的十三陵下驰过。折戟句:唐·杜牧《赤壁》:"折戟沉沙铁未销,自将磨洗认前朝。"此用其诗意。新丰句:唐·王维《观猎》:"忽过新丰市,还归细柳营。"新丰:汉县名,在今陕西临潼境内。

这是一首凭吊前朝遗迹的小词。康熙朝之时,满人虽入关未久,但明皇陵已失去了往日的肃穆庄严,呈现出荒凉凋敝之象。词人面对衰飒秋景下的明十三陵,还有耀武扬威,在陵地内纵横驰骋的新朝骑兵,不禁感慨万千,泪为之下。但词人既不是为逝去的王朝而悲伤,也不是要从中总结历史上成败兴亡的教训,而是从盛与衰的变化中,从现在和过去的对比中,深切感受到自然、社会和人世的无常,繁华和零落的难以把握。所以,词人的悲伤,指向了天地间的大变化——悲秋,在这种荣枯变化之中,一切显得那么微不足道,毫无意义。

这首词上片主要写景,景中寓情;下篇主要抒情,情中有景。在情与景的交融中,寄寓着词人的无限悲伤和怅惘。

长相思

康熙二十一年(1682)春,纳兰随驾扈从康熙东巡,出山海关,至永陵、福陵、昭陵告祭祖先。这首词即作于前往山海关途中。长相思:词牌名。原为唐教坊曲名。又名《双红豆》、《吴山青》、《忆多娇》等。双调小令,三十六字,上下片各三平韵,一叠韵。

山一程,水一程,身向榆关那畔行,夜深千帐灯。　　风一更,雪一更,聒碎乡心梦不成,故园无此声。

山一程,水一程,身向榆关那畔行,夜深千帐灯——走了一程山,又过了一程水,山与水交错呈现,人也在不断地向山海关那边前行。深夜的大地上,只能看见千万的营帐中通明的灯火。程:里程,路程。榆关:即山海关。夜深千帐灯:清·高士奇《东巡日录》:"二月丙申(十八日),驻跸丰润县城西。是夜云黑无月,周庐幕火,望若繁星也。"

风一更,雪一更,聒碎乡心梦不成,故园无此声——刮了一更风,又下了一更雪,风雪声此起彼伏,搅醒了思乡的美梦。此时宁静的故园哪里有这样嘈杂的声音。更:古代夜间的计时单位。一夜分为五更,每更约两小时。聒(guō):吵扰。下片所写并非想象之词,据清·高士奇《东巡日录》记载:"二月丁未(二十九日)东风作寒,急雨催暮,夜更便雪。驻跸广宁县羊肠河东。"

王国维在《人间词话》中,对这首词的境界之美给予极高的评价:"'明月照积雪','大江流日夜','中天悬明月','长河落日圆',此种境界,可谓千古壮观。求之于词,惟纳兰容若塞上之作,如《长相思》之'夜深千帐灯',《如梦令》之'万帐穹庐人醉,星影摇摇欲坠'差近之。"认为这两句的壮观之美可和诗中同类的千古名句相媲美,此为不刊之论。但是这两句是这两首词的有机组成部分,和词境是和谐统一、水乳交融的。如果将其独立于词境之外,单纯关注其壮大崇高之美,就不能深入理解这两首词的妙处。

此词主要写塞外行军宿营的感受和其对故园的思念之情。上片的景物描写主要突出了塞外广阔无边的空间,在"山一程,水一程"的交错呈现中,空间感不断增大,这种不断增大的空间在词人和故乡之间构成了严重的阻隔,故乡越来越远,思乡的情绪也就越来越浓,广阔无边的空间和对故园的思念构成了一种绝大的张力。至"夜深千帐灯",景色虽然非常壮观,其中却渗透着孤苦无奈之情。因思乡而深夜无眠,因无眠而见千帐灯火,哀惋之情和壮观之景之间同样存在着巨大的张力。下片主要写在塞外的深夜中对时间的感受,"风一更,雪一更",在风雪交加的过程中时间不断推移,而不断推移的时间和对故乡的思念又构成了巨大的张力,所以风雪声才会"聒碎乡心",使思乡的好梦难成。"故园无此声",直写在家和出塞听觉感受的不同,将好梦难成的原因归之于客观因素,在貌似平淡的闲笔中蕴含着对塞外羁旅行役生活的深深厌倦之情,引人遐思。

这首词从艺术的角度来说也有鲜明的特点,雄健自然的语言,壮美的意象,构成自然雄阔的意境,情感基调却是深沉哀伤、孤苦烦怨,二者相反相成,使词境具有刚柔相济的特点。另外,重叠复沓手法的成功运用,"一"和"千"的强烈对比和反差,对营造意境、烘托情感都起到了很好的作用。

如梦令

纳兰此词作于康熙二十一年(1682)春扈驾东巡之时,和《长相思》(山一程)作于同一旅途中。如梦令:词牌名。原名《忆仙姿》,由五代后唐庄宗李存勖所创,因词中有叠句"如梦,如梦"之句,所以苏轼将此调改名为《如梦令》,又名《宴桃源》等。三十三字,五仄韵,一叠韵。

万帐穹庐人醉,星影摇摇欲坠。归梦隔狼河,又被河声搅碎。还睡。还睡。解道醒来无味。

万帐穹庐人醉,星影摇摇欲坠——宿营地上,千万座圆顶毡帐相连,一望无际。人在帐中,寂寞独处,不停地饮酒,竟至沉醉,颓卧帐中。仰望星空,只见满天星影摇摆不定,好像就要从天飞坠而下一样扑面而来。穹庐:毡子制成的圆顶帐篷,俗称蒙古包。语出《汉书·匈奴传下》:"匈奴父子同穹庐卧。"颜师古注:"穹庐,毡帐也。其形穹隆,故曰穹庐。"

归梦隔狼河,又被河声搅碎——不仅梦中回乡的路被白浪河阻隔,即使是梦,也被哗哗不停流动的河水声惊醒。狼河:古称白狼河,即今大凌河,位于辽宁朝阳市南,流入渤海湾。据清·高士奇《东巡日录》记载:"乙巳(二月二十七日),清明,暮渡大凌河,驻跸东岸。"又:"壬寅(四月二十五日),路出十三山下,驻跸大凌河西。"

还睡。还睡。解道醒来无味——还是再睡一会儿吧,还是再睡一会儿吧。因为我知道清醒时思乡的痛苦更加难以忍受。解道:知道。

纳兰随康熙出关东巡,旅途中,雄奇苍凉的景色,整肃威武的军队,都给词人带来了新鲜的审美感受,激发了词人的豪情。但词人并不习惯和喜欢这种生活,对故乡的思念之情一直萦绕盘旋在他的心头。这首词和《长相思》(山一程)一样,所写之景,所抒之情,正是这两种情感纠缠交织在一起的产物。开头两句展现的是雄奇阔大的意象:绵延无际的万帐穹庐,漫天的星影,都给人一种壮大崇高的审美感受。诚如王国维先生在《人间词话》中所言,是"千古壮观"(参见《长相思》"山一程"新评)。但是,意象的雄奇阔大引发的并不是慷慨豪迈之感,而是缠绵悲伤的思乡之情。"万帐穹庐"给个体生命即"人"带来的是强大的压迫感,漫天星影在人的醉眼朦胧中也随时会从天而坠,将人击碎压扁。所以,这两句在雄奇阔大中又使人感到恐惧无助,这种恐惧孤独可以说正是人存在的窘境,由此又非常自然地引出思乡之情。司马迁说"人穷则反本"(《史记·屈原贾生列传》),此词中,"本"就是我们的故乡,既是现实中的,同时也是精神上的。"归梦隔狼河"句以下,抒写对故乡的思念之情,简短精练而又一波三折。梦中归乡,却无路可去;沉迷梦中,又被河水惊醒;清醒时无尽的痛苦,昏睡中得片时解脱。情感的深沉,抒写的缠绵,令人欲罢不能。

如梦令

这首令词写暮春时节偶然发生的一段情事。一个美丽多情的女子和他擦肩而过,令他日思夜想。

正是辘轳金井。满砌落花红冷。蓦地一相逢,心事眼波难定。谁省。谁省。从此簟纹灯影。

正是辘轳金井。满砌落花红冷——天亮了,井台上响起了辘轳声。一夜风雨,满阶落花,凋零中透出一丝冷意。辘轳:从井里向上汲水的起重工具,摇动有声。汲水多在清晨,所以在诗词中多用辘轳声暗示清晨。宋·周邦彦《蝶恋花》:"更漏将阑,辘轳牵金井。"金井:指装饰有精美雕栏的水井,一般出现在宫廷或富贵之家。唐·王昌龄《长信秋词五首》之一:"金井梧桐秋叶黄,珠帘不卷夜来霜。"砌:台阶。

蓦地一相逢,心事眼波难定——在这样一个清晨,"我"和她蓦然相逢。"我"对她一见钟情,却难以明了她迷离的眼波背后暗藏的心事。蓦地:忽然。唐·韩偓《偶见背面是夕兼梦》:"眼波向我无端艳,心火因君特地燃。"明·王次回《戏和子荆春闺》:"懒得闲行懒得眠,眼波心事暗相牵。"

谁省。谁省。从此簟纹灯影——谁能明白?谁能明白呢?从此以后,无论是在簟席上辗转反侧、孤枕难眠之时,还是独对孤灯、辗转徘徊之际,我都会想念她。省(xǐng):明白。簟纹:竹席上的纵横纹路。宋·苏轼《南堂五首》之五:"扫地焚香闭阁眠,簟纹如水帐如烟。"灯影:唐·杜甫《大云寺赞公房四首》之三:"灯影照无眠,心清闻妙香。"

在人的生命中,总有一些美丽的场景令人终生无法忘怀,作为多情公子的纳兰性德,这种场景更会令他刻骨铭心。这首小词通篇都是回忆,在一个落花满阶的清晨,词人和一个美丽的女子在庭院中蓦然相逢,相对无语,只有眉目传情,从此便魂牵梦绕,难以释怀。略带清冷感伤的场景,使相逢这一瞬间的过程变得无比美丽。"心事眼波难定",极为传神,微妙含蓄,意味深长。结句不言别后相思,而用"簟纹灯影"传情,含蓄不尽,并且又和起句首尾呼应,全词的色调非常和谐,构成了完美的意境。

如梦令

这首令词描写深秋时节对旧时恋人的相思之情,黄叶、青苔、秋雨,构成了感伤凄凉的情境。

　　黄叶青苔归路,屐粉衣香何处。消息竟沉沉,今夜相思几许。秋雨。秋雨。一半因风吹去。

黄叶青苔归路,屐粉衣香何处——归路上落满了黄叶,长满了青苔,"我"所爱恋的人在哪里呢?屐粉:在鞋的木底中衬入沉香屑等香料,这里和衣香都代指所爱之人。屐,木底的鞋子。纳兰性德《虞美人》(银床淅沥青梧老):"屐粉秋蛩扫。"

消息竟沉沉,今夜相思几许——她离去后竟然音信皆无,让"我"今夜的相思之情何处寄托?沉沉:指音讯杳绝。唐·韩偓《长信宫》:"天上梦魂何杳杳,宫中消息太沉沉。"

秋雨。秋雨。一半因风吹去——漫天的秋雨,无边的秋雨,已有一半被秋风吹去。清·朱彝尊《转应曲》:"秋雨。秋雨。一半回风吹去。"此处用朱彝尊成句,略加改动。

这首小词以景取胜,而把相思之情融汇在秋景之中。起句以黄叶青苔渲染归路的凄凉,引发对旧时情人的思念之情。屐粉衣香,不仅代指情人,而且具有传神写照的作用,能让人联想情人高雅美丽的情态。中间两句直接抒情,情人的踪迹渺茫使他辗转相思,彻夜难眠。叠句"秋雨"的运用,使情境更加凄凉难耐。结句虽写一半的秋雨被风吹去,仿佛相思之情有所缓解,实际上更加曲折地传递了内心相思无着的悲苦之感,达到了语浅而情深的艺术效果。这两句借用他人成句而如同己出,和词境的结合非常和谐完美。清代著名词学家陈廷焯评此词曰:"容若词深得五代之妙,如此阕及下《酒泉子》一阕,尤为神似。"

南歌子

这首词写一个病中女子的相思和伤春之情。南歌子:词牌名。又名《南柯子》、《十爱词》、《水晶帘》、《望秦川》、《风蝶令》等。是唐人酒筵间行酒令的箸词,用来配合短歌小舞。此调有单双调和平韵仄韵各种体格,宋以后多用双调。五十二字,上下片各三平韵,首句一般对仗。

　　翠袖凝寒薄,帘衣入夜空。病容扶起月明中。惹得一丝残篆,旧薰笼。　　暗觉欢期过,遥知别恨同。疏花已是不禁风。那更夜深清露,湿愁红。

翠袖凝寒薄,帘衣入夜空。病容扶起月明中。惹得一丝残篆,旧薰笼——在寒冷的夜晚,她穿着单薄的翠罗衣衫,独居在深闺中。明月高悬,她强扶病体,透过帘幕向窗外望去,只见帘外一片澄澈空明,宁静寂寥。只有尚未燃尽的盘香,还在旧薰笼中散发出若有若无的一丝轻烟。翠袖句:暗示这位女子是一位绝代佳人。唐·杜甫《佳人》:"天寒翠袖薄,日暮倚修竹。"帘衣:即帘幕。空:这里指月光澄澈空明。残篆:尚未燃尽的篆字形盘香。薰笼:燃烧薰香或取暖用之炉,用笼覆盖,称为薰笼。

　　暗觉欢期过,遥知别恨同。疏花已是不禁风。那更夜深清露,湿愁红——心知过去的欢爱之情已经一去不返,也知道彼此即使远隔天涯也是一样的离情。稀疏的残花已是弱不禁风,又那堪深夜里清露的侵凌。那更:何况。愁红:凋谢的花。

这首词上片以景衬情,一个病中女子,身着单薄的翠罗衣裳,独对一轮明月,愁苦难耐。词人并没有明言什么,只是通过结句的"旧薰笼",让我们隐约地感知到了主人公的内心活动,特别含蓄深婉。过片直写主人公内心的情感,原来让她为之痛苦的是已经失去的旧日欢情。最后三句借景抒情,通过痛惜不堪深夜风露而凋零的愁红,将惜花与自伤非常自然地融到一起。"已是"、"那更",转折层深,将主人公内心强烈的悲苦哀伤之情表现得沉着含蓄而又淋漓尽致。

纳兰品尝过失恋的痛苦悲伤,这首词虽然写的是一个病中女子的相思之情,但从中不难看到沉淀于其中的纳兰自己的情感。

金缕曲
亡妇忌日有感

从词题来看,这首词是一首作于纳兰亡妇卢氏忌日的悼亡词。卢氏病逝于康熙十六年(1677)五月三十日,观词中有"三载悠悠魂梦杳"句,知此词应作于康熙十九年(1680)五月三十日,卢氏故去三周年之时。金缕曲:词牌名。又名《贺新郎》、《贺新凉》、《乳燕飞》、《风敲竹》、《貂裘换酒》等。双调,一百一十六字,上下片各六仄韵。一般来说,用入声韵者风格较激昂壮烈,用上、去声韵者风格较凄凉。

　　此恨何时已。滴空阶、寒更雨歇,葬花天气。三载悠悠魂梦杳,是梦久应醒矣。料也觉、人间无味。不及夜台尘土隔,冷清清、一片埋愁地。钗钿约,竟抛弃。　　重泉若有双鱼寄。好知他、年来苦乐,与谁相倚。我自终宵成转侧,忍听湘弦重理。待结个、他生知己。还怕两人俱薄命,再缘悭、剩月零风里。清泪尽,纸灰起。

此恨何时已。滴空阶、寒更雨歇,葬花天气——痛失爱妻的愁恨何时才能终了?淅沥的夜雨滴落在空阶上,直到深更才渐渐止歇,此时已是葬花时节了。此恨句:宋·李之仪《卜算子》:"此水几时休,此恨何时已。"此处借用其成句。滴空阶:南朝梁·何逊《临行与故游夜别》:"夜雨滴空阶,晓灯暗离室。"葬花天气:此处语意双关,既是实写眼前景色,五月下旬,正是落花时节,同时以葬花暗喻卢氏之死。

　　三载悠悠魂梦杳,是梦久应醒矣。料也觉、人间无味——悠悠三载,魂梦也随亡妻远去,这个梦早该醒了吧。梦醒之后,只能发觉人间的索然无味。这几句写词人在爱妻死后,一直不能从痛苦中解脱出来,以至于感觉人生已经了无趣味。

不及夜台尘土隔,冷清清、一片埋愁地。钗钿约,竟抛弃——幽冥永隔,无法和你相聚,那孤独冷清的坟地,埋葬着"我"的哀愁。生死相伴的盟约,你竟然忍心将它抛弃。夜台:即坟墓。钗钿约:指夫妻生死相许的盟约。唐·白居易《长恨歌》:"惟将旧物表深情,钿合金钗寄将去。钗留一股合一扇,钗擘黄金合分钿。但教心似金钿坚,天上人间会相见。"

重泉若有双鱼寄。好知他、年来苦乐,与谁相倚——九泉之下倘有书信寄来,也好让"我"知她几年来的痛苦与欢乐,是谁和她相依相伴。重泉:九泉,阴间。双鱼:指书信。古乐府《饮马长城窟行》:"客从远方来,遗我双鲤鱼。呼儿烹鲤鱼,中有尺素书。"

我自终宵成转侧,忍听湘弦重理。待结个、他生知己——"我"辗转反侧,整夜难眠。怎忍听重奏湘弦的声音。想和她来生重续前缘,再结知己。湘弦:指湘瑟之弦。古人称夫妻恩爱为琴瑟相谐,妻亡为断弦,再娶为续弦。此时可能家庭已经开始谋划为纳兰续弦之事。

还怕两人俱薄命,再缘悭、剩月零风里。清泪尽,纸灰起——可是还怕两人都是薄命之人,缺少缘分,不能来世长相聚守。残月冷风中,"我"清泪流尽,只有为她烧过的满地纸灰被风吹起。悭:欠缺,少。

卢氏病逝已经三年,纳兰对她的思念和伤悼之情并没有随时间的流逝而减弱,反而增添了许多新的内涵。首句以一个充满强烈感情色彩的反问句,抒写丧妻之恨从未止歇的悲哀之情。接下三句以眼前凄凉之景,补足首句之恨,同时触景伤情,引起下文。词人仿佛面对着亡妻的精灵,将自己的痴情和幽怨一一道来。这里既有自己自爱妻离去后生活的索然无味,无法抛舍夫妻之情的痛苦悲哀,还有对亡妻一人独处九泉之下,冷清寂寞的担心和惦念,甚至产生了是否有人陪伴爱妻分享痛苦与欢乐的痴想。他还把内心的矛盾和不安毫无保留地告诉妻子,他生重结知己之情恐属渺茫,续弦之事已经摆在面前。最后融情于景,以"清泪尽,纸灰起"作结,更可见词人此时肝肠欲断之情。

纳兰的好友顾贞观认为:"容若词一种凄惋处,令人不忍卒读。"严迪昌《清词史》:"此词纯是一段痴情裹缠、血泪交溢的超越时空的内心独白语。时隔三载,存亡各方,但纳兰痛苦难泯,结篇处尤为惊心动魄,为'结个他生知己'的愿望也难有可能而惊悚。"此词洗尽铅华,真情流溢,夫妻缠绵恩爱之情和知己息息相通之义,在这里得到了完美的体现。

蝶恋花

题解

这首词是纳兰性德悼念亡妻之作。性德妻卢氏卒于康熙十六年(1677)春,葬于康熙十七年(1678)夏。细味词意,此词似作于康熙十七年(1678)秋。蝶恋花:词牌名。又名《鹊踏枝》、《凤栖梧》、《鱼水同欢》、《明月生南浦》等。双调,六十字,上下片各四仄韵。

辛苦最怜天上月。一昔如环,夕夕都成玦。若似月轮终皎洁,不辞冰雪为卿热。　　无那尘缘容易绝。燕子依然,软踏帘钩说。唱罢秋坟愁未歇,春丛认取双栖蝶。

辛苦最怜天上月。一昔如环,夕夕都成玦——天上的月儿辛辛苦苦最令人怜惜了,一夜满月如环,其馀夜夜都月缺如玦。昔:同"夕"。环:圆形玉璧,此处指满月。玦:一种圆形而有缺口的佩玉,此处指月缺。

若似月轮终皎洁,不辞冰雪为卿热——如果我们的爱情能始终像月轮那样皎洁圆满,哪怕是在冰雪严寒中,"我"也会为你送去温暖。但是,月真能长圆吗?这两句词在深情的执著外,还有令人心痛的永远的哀伤。冰雪:意谓月轮中很冷。《世说新语·惑溺》记载,三国时荀粲和他的妻子感情非常好,冬天他的妻子发烧,荀粲就到庭院中去受冻,然后用自己的身子为妻子降温。这两句反用其意。宋·苏轼《水调歌头·中秋》:"只恐琼楼玉宇,高处不胜寒。"明·王彦泓《和孝仪看灯》:"可怜心似清霄月,皎洁随郎处处游。"

无那尘缘容易绝。燕子依然,软踏帘钩说——无奈尘世的情缘是那样容易断绝,只有双燕还像过去一样,站在帘钩上轻语呢喃。无那:无奈。"燕子"句:唐·李贺《贾公间贵婿曲》:"燕语踏帘钩,日虹屏中碧。"

唱罢秋坟愁未歇,春丛认取双栖蝶——即使"我"此时写下了悼念你的词句,但"我"内心的哀愁却永远无法消歇。不久"我"就会随你而去,那时,人们会从春天里那双宿双栖的蝴蝶身上,看到我们相亲相爱的影子。"唱罢"句:唐·李贺《秋来》"秋坟鬼唱鲍家诗,恨血千年土中碧。"双栖蝶:传说梁山伯与祝英台生前不能相爱,死后化蝶相聚。唐·李商隐《偶题二首》之二:"春丛定是双栖夜,饮罢莫持红烛行。"

纳兰性德和妻子卢氏相亲相爱,伉俪情深,但卢氏在他二十三岁时就因病而去,这使性德陷入了无尽的悲伤中,也让他留下了很多悼念其亡妻的作品,这首词就是其中的名篇之一。

作者在《沁园春》一词的小序中曾写道:"丁巳(1677)重阳前三日,梦亡妇淡妆素服,执手哽咽,语多不复能记。但临别有云:'衔恨愿为天上月,年年犹得向郎圆。'"此词上片即先从"天上月"写起,兴中有比,通过圆少缺多的明月,抒写爱情难以久长的悲哀。"若似玉轮"突发奇想,以皎洁的明月比喻纯洁的爱情,表达了对亡妻的真挚爱恋。下片以双燕的帘间呢喃,反衬自己的孤单忧愁,并化用梁祝故事,抒写他对亡妻生死不渝的爱情。这首词不矫饰,不做作,尽情表露作者对亡妻的悲悼之情,缠绵凄切,感人至深。唐圭璋先生在《纳兰容若评传》中评曰:"'若似'两句,极写浓情,与柳词'衣带渐宽'同合风骚之旨。'一昔'句可见尘缘之短,怀感之深。末二句生死不渝,情尤真挚。"

蝶恋花

这首词写一个闺中女子,在情郎远去后的依依不舍之情,但情郎对此仿佛毫无领会,这使她内心充满了韶光易逝、相思难绝的痛苦与悲伤。

眼底风光留不住。和暖和香,又上雕鞍去。欲倩烟丝遮别路,垂杨那是相思树。　　惆怅玉颜成间阻。何事东风,不作繁华主。断带依然留乞句,斑骓一系无寻处。

眼底风光留不住。和暖和香,又上雕鞍去——眼前美好的风光也无法留住他远去的身影,带着闺中的温暖馨香,他又跨上雕鞍奔向远方。宋·辛弃疾《蝶恋花·戏范南伯知县归京口》:"眼底风光留不住,烟波万顷春江橹。"明·王次回《骊歌二叠送韬仲春往秣陵》:"怜君辜负小衾寒,和暖和香上马鞍。"

欲倩烟丝遮别路,垂杨那是相思树——想要让烟柳遮住他的去路,可是那飘拂的垂柳并不是高大的相思树,无法遮挡得住行人远去的脚步。烟丝:烟雾迷蒙的柳丝。相思树:相传为战国宋康王的舍人韩凭和他的妻子何氏所化生。据晋·干宝《搜神记》卷十一记载,宋康王舍人韩凭妻何氏貌美,康王夺之。凭自杀,何氏投台而死,遗书愿合葬。康王怒,使里人分埋之,两坟相望。不久二冢之端各生大梓木,屈体相就,根交于下,枝错于上。又有鸳鸯,雌雄各一,常栖树上,交颈悲鸣。宋人哀之,遂号其木曰"相思树"。

惆怅玉颜成间阻。何事东风,不作繁华主——令人惆怅的是美丽的容颜已经关山阻隔,无法相见。东风为什么不做繁花的主人,让春天永远地留驻人间呢?间(jiàn):间隔,阻隔。

断带依然留乞句,斑骓一系无寻处——割断的衣带上还留有他写下的诗句,那是分别时"我"最后的乞求。现在树上系马的痕迹犹在,可人早已远去,再也找寻不到他的踪迹。断带句:唐·李商隐在《柳枝五首序》中提到,他的堂兄李让山曾在洛阳少女柳枝面前吟诵他的《燕台诗》,得到柳枝的赞叹,并对他产生爱慕之情。柳枝手断长带,托李让山转交李商隐求题诗句。斑骓:杂色的马。乐府《神弦歌·明下童曲》:"陆郎乘斑骓……望门不欲归。"唐·李商隐《无题》:"斑骓只系垂杨岸,何处西南待好风。"

从五代晚唐以来,伤春伤别一直是词这种诗歌形式所抒写的最重要的内容,词人往往有意或者无意地通过这种内容,以小见大,寄托着非常深厚的人生情感。这首词从表面上来看,写的是一个闺中女子伤春伤别的情怀,但深层的体认却不仅如此,其中包含着所有处在爱情中的人所共同感到的一种悲哀,是一种虽然处在痛苦隔绝中仍然坚持不变、相思不已的美好情感。它所唤起的是对人生美好情感和愿望的珍视和守望。在这里,甚至两情相悦都不是最终目的,而是在痛苦和执著中对人的生命价值的再发现。从这点来说,这类词所体现出来的这种情感特质具有永恒的意义,它能够超越时空的界限,在人的内心中引发强烈的共鸣。

蝶恋花

此词多数学者认为是康熙二十一年(1682)秋词人往觇梭龙途中所作。康熙二十一年(1682)春,词人曾扈跸康熙皇帝东巡,出山海关到盛京。此次往觇梭龙,仍然走的是出山海关的老路,可谓故地重游。

又到绿杨曾折处。不语垂鞭,踏遍清秋路。衰草连天无意绪,雁声远向萧关去。　　不恨天涯行役苦。只恨西风,吹梦成今古。明日客程还几许,沾衣况是新寒雨。

又到绿杨曾折处。不语垂鞭,踏遍清秋路——又来到了曾经折柳赠别的地方,"我"默然无语,马鞭低垂,任马儿在清秋的道路上四处徘徊游荡。绿杨曾折处:指离别之所。古人有折柳赠别的传统。不语垂鞭:语出唐·温庭筠《赠知音》:"景阳宫里钟初动,不语垂鞭上柳堤。"

衰草连天无意绪,雁声远向萧关去——枯萎的秋草伸向天边,一望无际,令人情绪低落,无限伤感。只有鸿雁哀鸣着离开边塞,飞向渺远的南方。衰草句:宋·秦观《满庭芳》:"山抹微云,天粘衰草,画角声断谯门。"萧关:古代边关名,在今宁夏固原一带,这里泛指边关。

不恨天涯行役苦。只恨西风,吹梦成今古——不恨天涯行役,辛苦劳顿。只怨这无情的西风,将如梦的往事吹得无影无踪,犹如古今相隔,难以跨越。

明日客程还几许,沾衣况是新寒雨——前途渺茫,明日不知还有多少行程在等待着鞍马劳顿的旅人,更何况塞外新寒,阴冷的秋雨沾湿了征衣。

这首词抒写的是一个远离家乡和城市的旅人,孤独地行进在旅途中的内心体验。他像一个天地间的过客一样,和他产生关联的只有两个方面,一方面是自然,一方面是历史。词的上片所写的就是对自然的穿越。词人旧地重游,触景伤情,衰草、雁声、萧关,构成了一个苍茫辽阔的自然之境。词的下片写的是对历史的穿越。过片极妙,既是对一般人所感受到的天涯行役之苦的否定,同时又宕出新境,极自然地将人们的视线转移到对历史的感知上来。和永恒的自然相比,自古至今,人类的历史不过是梦幻一场。在这里,词人以如椽之笔,举重若轻,不露痕迹地通过西风这一眼前实有的自然现象,将自然和历史交融到一起。结尾两句耐人寻味,在漫漫旅程中引入新寒秋雨,情思绵绵,意蕴不尽。

蝶恋花

这首词通过惜花伤悼亡妻,应作于康熙十六年(1677)或更晚的夏秋之时。

萧瑟兰成看老去。为怕多情,不作怜花句。阁泪倚花愁不语,暗香飘尽知何处。　　重到旧时明月路。袖口香寒,心比秋莲苦。休说生生花里住,惜花人去花无主。

萧瑟兰成看老去。为怕多情,不作怜花句——"我"就像庾兰成,平生萧瑟,即将老去。因为怕自己还多愁善感,索性连怜惜花儿的诗句也不再写了。兰成:南北朝时北周诗人庾信小字。唐·陆龟蒙《小名录》:"庾信幼而俊迈,聪敏绝伦,有天竺僧呼信为'兰成',因以为小字。"唐·杜甫《咏怀古迹五首》之一:"庾信生平最萧瑟,暮年诗赋动江关。"又《戏为六绝句》之一:"庾信文章老更成,凌云健笔意纵横。"这里作者以庾信自比。看:估计,料想。

阁泪倚花愁不语,暗香飘尽知何处——含泪倚花,默默无语,内心的哀愁无法表达;暗香飘尽,花朵凋零,却不知落到了何处。阁泪:含泪。宋·夏竦《鹧鸪天》:"尊前只恐伤郎意,阁泪汪汪不敢垂。"以上两句隐含着对爱妻不幸亡故的伤悼之感。

重到旧时明月路。袖口香寒,心比秋莲苦——重新来到旧时我们在月光下共同走过的小路上,你留在"我"袖口的香味早已散尽,"我"的心比秋天的莲子还要苦。袖口句:古人用香熏衣,所以说袖口留香。宋·晏几道《西江月》:"醉帽檐头风细,征衫袖口香寒。"心比句:宋·高观国《喜迁莺》:"香锁雾肩,心似秋莲苦。"

休说生生花里住,惜花人去花无主——不要再说世世代代都要居住在花丛中,如今惜花的人已经离去,百花早已无主。生生:一生,世代。惜花句:宋·辛弃疾《定风波》:"毕竟花开谁作主,记取,大都花属惜花人。"

这首词抚今追昔,抒写爱妻离去后自己内心的悲苦之情。上片词人以平生萧瑟的庾信自喻,面对春花凋零,暗香飘尽,虽然内心极为伤痛,却怕牵动愁怀,于是强作无情,但最终却不能漠然视之,还要含泪倚花,伴花走过美丽而短暂的时光。如此曲折婉转地抒写惜花之情,是因为在花中寄托着作者的全部情感,有他对亡妻的全部爱恋。下片从追寻旧时踪迹起笔,依然是一轮明月卜的旧时小路,但已物是人非,连袖口馀香也已荡然无存。"心比秋莲苦",直抒胸臆,有着强烈的情感力量,蕴含着内心深深的伤痛。结句写惜花人已然离去,百花无主,暗示和爱妻终生厮守的愿望成空。纳兰的这几首《蝶恋花》词,继承了南唐词人冯延巳和北宋词人欧阳修的词风,在伤春伤别中纵情抒写人生感受和生命体验,具有深情执著,哀感缠绵的鲜明特色。所不同的是,纳兰又将丧妻之痛融入其中,因而更加深挚感人。清·谭献《箧中词》评曰:"势纵语咽,凄淡无聊,延巳、六一(欧阳修晚号六一居士)而后,仅见湘真(明末词人陈子龙有词集名《湘真词》)。"

秋千索

这是一首春日思念旧时情人之作。有的刻本标有词题《渌水亭春望》,并有说明:"按此调谱律不载,或亦自度曲,一本作《拨香灰》。"渌水亭:纳兰性德的别业,其所在地点说法不一,有京城内什刹海畔、西郊玉泉山下和皂甲屯玉河之滨等观点。秋千索:词牌名。又作《拨香灰》。未载于谱律之书,可能是作者自创词调。双调,五十字,上下片一四句押仄声韵。

　　药阑携手销魂侣,争不记看承人处。除向东风诉此情,奈竟日春无语。　　悠扬扑尽风前絮,又百五韶光难住。满地梨花似去年,却多了帘纤雨。

药阑携手销魂侣,争不记看承人处——曾经和情人在花丛中携手漫步,两情殷殷,令人销魂。怎能不记得当时你对"我"特别关爱和照顾的情景呢?药:指芍药花,或泛指春花。阑:通"栏",护栏。宋·赵长卿《长相思》:"药阑东,药阑西,记得当时素手携。"争不:怎不。看承:特别看待。

除向东风诉此情,奈竟日春无语——而今情人远去,只能向东风诉说相思之情,奈何春天如此无情,对"我"的情怀整日默然无语。宋·辛弃疾《摸鱼儿》:"怨春不语,算只有殷勤、画檐蛛网,尽日惹飞絮。"

悠扬扑尽风前絮,又百五韶光难住——即使扑尽了随风悠扬飞舞的柳絮,但岁月匆匆,又怎么能留住清明前后那美好的时光呢?百五:指清明节。从冬至日到清明节,共一百零五天。清·彭孙遹《鹊桥仙·清明》:"韶光百五禁烟时,又过了、几番花后。"

满地梨花似去年,却多了帘纤雨——满地飘落的梨花,还似去年携手之时,已然令人触景伤情。如今又多了濛濛细雨,更使人不胜凄惘。帘纤雨:濛濛细雨。帘纤,雨细的样子。宋·陈师道《马上口占呈立之》:"帘纤小雨湿黄昏,十里尘泥不受辛。"

春天到了,词人触景伤情,追忆去年春天和情人携手同游的情景,内心充满了寂寞惆怅。去年的此时,两情依依,共赏春花,何等甜蜜幸福。而今斯人已去,满怀相思之情无处诉说。过片宕开一层,在怀人之中融入了对韶光流逝的感叹,思致更见深厚。最后借景抒情,婉转曲折,和去年一样的满地梨花,和去年相异的廉纤细雨,使人不胜感慨,大有人非物也非之叹。

这首词语言通俗、自然,词意明白显豁,有很强的口语化色彩。

山花子

此词是一首悼亡之作。纳兰之妻卢氏于康熙十六年(1677)五月三十日病故,十七年(1678)七月下葬。细味词意,此词似作于卢氏下葬之后。山花子:词牌名。又名《摊破浣溪沙》、《添字浣溪沙》、《感恩多令》等。双调,四十八字,上片三平韵,下片两平韵,过片两句多用对偶。

　　林下荒苔道韫家,生怜玉骨委尘沙。愁向风前无处说,数归鸦。　　半世浮萍随逝水,一宵冷雨葬名花。魂似柳绵吹欲碎,绕天涯。

林下荒苔道韫家,生怜玉骨委尘沙。愁向风前无处说,数归鸦——树林间荒草苔藓丛生之处,就是她的阴宅了。玉骨从此委弃在沉沙之中,令人非常痛惜。黄昏风起,心中的哀愁无处诉说,只能借数归鸦聊以排遣。道韫:谢道韫,谢安的侄女,王凝之之妻。她是东晋才女,以"咏絮才"留名于世。这里代指亡妻。生:甚,很。玉骨:美人的尸骨。宋·陆游《十二月二日夜,梦游沈氏园亭二首》其二:"玉骨久成泉下土,墨痕犹锁壁间尘。"数归鸦:宋·辛弃疾《玉蝴蝶》:"暮云多,佳人何处?数尽归鸦。"

半世浮萍随逝水,一宵冷雨葬名花。魂似柳绵吹欲碎,绕天涯——半世生涯像浮萍随流水而去,一夜凄冷的雨葬送了名花。魂魄从此就像要被风吹散的柳絮,绕着天涯漂泊。一宵句:唐·韩偓《哭花》:"若是有情争不哭,夜来风雨葬西施。"名花:兼指如花一样的美人。魂似句:五代·顾夐《虞美人》:"教人魂梦逐杨花,绕天涯。"

纳兰和妻子卢氏的感情非常深厚,对妻子的不幸早逝非常痛惜。亡妻下葬后,他更是悲痛欲绝,一腔幽怨无处诉说,发而为词,可以说是凄厉哀伤,血泪交迸。在词中,他将亡妻和才女谢道韫相比,用"玉骨"、"名花"这些极易触发人哀感的意象喻指亡妻,哀艳缠绵之至。死者长已矣,生者又如何呢?面对从此阴阳两隔的亡妻,"半世浮萍随逝水",他的生命仿佛都被带走了,生活已经没有意义。或愁数归鸦,或魂绕天涯,他以自己人生精神状态的改变,来证明爱妻在他生命中的重要,真乃情痴也!令人唏嘘不已。

这首词以极缠绵轻灵之笔写极沉痛抑郁之情,正是纳兰此类词特色之所在。

山花子

这首词也是一首悼念亡妻之作,其写作时间难以确定,有的学者认为当作于卢氏忌辰。

欲话心情梦已阑,镜中依约见春山。方悔从前真草草,等闲看。　环佩只应归月下,钿钗何意寄人间。多少滴残红蜡泪,几时干。

欲话心情梦已阑,镜中依约见春山。方悔从前真草草,等闲看——想要向你表达"我"的思念之情,无奈梦已阑珊。在镜中,"我"仿佛又见到了你如春山一般美丽的容颜。"我"这才后悔从前真是马虎大意,没有仔细端详。梦已阑:宋·辛弃疾《南乡子》:"别后两眉尖,欲说还休梦已阑。"依约:隐约。春山:东晋·葛洪《西京杂记》:"(卓文君)眉色如望远山。"后来就以远山、春山形容女子的眉毛之美,也用来代指美人。

环佩只应归月下,钿钗何意寄人间。多少滴残红蜡泪,几时干——妻子环佩叮当,芳魂应已回到了月夜之中,她的遗物为什么还寄存在人间,让人伤感?那流着泪的红烛,何时才能燃尽呢。环佩句:唐·杜甫《咏怀古迹五首》之三:"画图省识春风面,环佩空归月夜魂。"环佩:女子所戴的饰物,代指女子。钿钗句:唐·白居易《长恨歌》:"惟将旧物表深情,钿合金钗寄将去。"钿钗:女子头上的金银或玉的饰物,这里代指亡妻的遗物。红蜡泪:唐·李商隐《无题》:"春蚕到死丝方尽,蜡炬成灰泪始干。"唐·温庭筠《更漏子》:"玉炉香,红蜡泪,偏照画堂秋思。"

词人梦中见到了亡妻,然而好梦难留,无法向她表白心迹,醒来后痛苦万分,深悔没有珍惜从前和爱妻在一起时的美好时光。这是词之上片主要抒写的内容。下片连用历史上两位著名的女子——王昭君和杨玉环的充满诗意的故事,层层推进,对妻子的逝去作了诗意的描述和解释,赋予它以极强的美感。结句更以红蜡自比,极写自己只要生命尚在,就不会停止对爱妻的思念之情,含蓄感人。

　　这首词抒情写景,都使用白描之法纵笔写去,尽情挥洒,而又能纡曲婉转,缠绵悱恻。究其原因,实是因为词人心中有一种特别丰沛而敏感的真情在焉。

山花子

　　此词描写一个女子伤春怀人、孤独寂寞的情态。有学者认为可能作于康熙二十三年(1684)秋扈从康熙南巡路过扬州之时。但是词中所写节令和实际不符,词的写作时间依然难以确考。

　　　　小立红桥柳半垂,越罗裙飑缕金衣。采得石榴双叶子,欲贻谁。　　便是有情当落日,只应无伴送斜晖。寄语东风休著力,不禁吹。

　　小立红桥柳半垂,越罗裙飑缕金衣。采得石榴双叶子,欲贻谁——那女子悄立在红桥之上,周围杨柳半垂,她的华丽的衣裙在风中飞扬,手里拿着刚采的石榴双叶子,她要把它送给谁呢? 红桥:有红色栏杆的桥。这里是泛指,并不是扬州的赤栏桥。越罗:浙东一带所出产的丝罗,是著名的丝织品。飑:飞扬。石榴双叶子:象征成双成对。宋·陈师道《西江月·咏石榴》:"凭将双叶寄相思。"明·王彦泓《无绪》:"空寄石榴双叶子,隔帘消息正沈沈。"贻:赠送。

　　便是有情当落日,只应无伴送斜晖。寄语东风休著力,不禁吹——纵然是有足够的情怀面对落日,只是夕阳西下时却无人相伴,令人悲伤。传个话儿给东风,不要太猛烈了,那个娇弱的女子哪里经得起狂风的吹动呢。著力:用力,使劲。禁(jīn):禁受,禁得起。

　　这首词上片主要摹形。一个女子衣着华丽,独立小桥之上,手里拿着象征相思爱恋的石榴叶子,显得楚楚可怜;周围杨柳飘拂,春日正浓。"欲贻谁"一句,透露了女子的心事,原来她内心思念着远方的恋人。下片主要抒情。词人以其善感之心和满怀怜爱之情,深入到女子的内心世界。"便是"、"只应"二句,结合眼前之景,写女子内心微妙的心理活动,婉转真切地表达了女子相思的孤独苦闷。此情此景,词人无力相助,只能传语东风,希望东风也能体会女子的柔弱孤独,不要用狂风伤害她。构思特别奇巧,出人意表而又在情理之中。

采桑子

这首词写一种百无聊赖的心情。采桑子:词牌名。又名《丑奴儿》、《丑奴儿令》、《罗敷媚》等。双调,四十四字,押六平韵。

谁翻乐府凄凉曲?风也萧萧,雨也萧萧,瘦尽灯花又一宵。
不知何事萦怀抱。醒也无聊,醉也无聊,梦也何曾到谢桥。

谁翻乐府凄凉曲?风也萧萧,雨也萧萧,瘦尽灯花又一宵——在这风雨潇潇的夜晚,是谁把乐府曲声演奏得那样凄凉?长夜难捱,灯花燃尽,孤独无眠又是一宵。翻:演唱、演奏。乐府:汉代出现的一种诗歌类型,后世也将其作为词曲的别名。瘦尽:燃尽。

不知何事萦怀抱。醒也无聊,醉也无聊,梦也何曾到谢桥——到底是什么事萦绕在怀抱中,让"我"无论沉醉还是清醒,都感到百无聊赖呢?就连梦魂也不曾到谢桥,去体验片时的欢乐了。谢桥:指东晋才女谢道韫或唐代名妓谢秋娘家附近的桥。古代诗词中常以"谢娘"指代美人或恋人,将其所居之所称为"谢桥"、"谢娘桥"或"谢家"。宋·晏幾道《鹧鸪天》:"梦魂惯得无拘检,又踏杨花过谢桥。"

这首词的基调凄凉感伤,通体散发出一种浓重的莫名的哀愁。词的上片以问句起首,营造了一个哀音似诉、风雨飘摇、残灯明灭的氛围,就在这样的环境中,词人度过了一个又一个不眠之夜。下片在上片的基础上进一步抒发其悲苦难耐之情。词人首先自我反省,是什么萦绕于心,让我无论醒醉都是百无聊赖,不能获得片刻的安宁呢?在这里,醉和醒实际上代表着两种不同的人生态度,可以说是生命的全部内容。那么,使人的生命处在如此无聊状态的就不可能是某些具体的情事,而是生命自身,是生命存在本真意义上的孤独和烦恼。这种烦恼和孤独,即使爱情的强大力量也不能将它化解,或者说,它让我们对生命中最美好的爱情都产生了厌倦的心理。结句正是用反问的句式——"梦也何曾到谢桥",表明作者已清醒地意识到了这一点。

到这里,我们才明白,不是自然的因素,虽然自然界风雨飘摇、动荡不安;也不是人世的因素,虽然我们可能会丧失生命中最美好的爱情;它与生俱来,如蛆附骨,如影随形,至死方休。这种意识和感觉,只有通过反省才能得到,绝不是庸碌无为或者贪欲膨胀的人所能感觉和理解的。这首词足可以证明,纳兰是一个感觉敏锐、思想深刻的人。正是这种感觉,使纳兰能够以三十一岁的短暂生命,成为超越同侪的杰出词人。

采桑子

这首词抒写由于欢会难期所带来的懊悔而痛苦的心情。

> 而今才道当时错,心绪凄迷。红泪偷垂,满眼春风百事非。
> 情知此后来无计,强说欢期。一别如斯,落尽梨花月又西。

而今才道当时错,心绪凄迷。红泪偷垂,满眼春风百事非——而今才知道当时的相遇是个错误,"我"的心情凄伤迷离。只能自己偷偷地流泪,眼前仍是春风拂动,但已百事成非,和当时的情况完全不同。而今句:宋·刘克庄《忆秦娥》:"古来成败难描模,而今却悔当时错。"红泪:晋·王嘉《拾遗记》记载,魏文帝宠爱的美人薛灵芸告别父母离家时,非常悲伤,一路上用玉唾壶盛泪,壶都变成了红色,到京城壶中眼泪凝结如血。后用"红泪"指美人泪。详见《转应曲·明月》新解。满眼句:宋·赵彦端《减字木兰花》:"满眼春风,不觉黄梅细雨中。"

情知此后来无计,强说欢期。一别如斯,落尽梨花月又西——当时就知道此后没有办法相会,却偏偏说欢会有期。从分手后到现在已经如此,如今梨花已落尽,月亮又已西沉,却不见情人到来。梨花句:唐·郑谷《下第退居二首》之一:"落尽梨花春又了,破篱残雨晚莺啼。"

梨花这一意象,多次出现在纳兰的情词之中,与梨花有关的对象有时是亡妻,如《虞美人·春情只到梨花薄》,有时又难以确定对象,估计应和婚前一段隐秘的情事有关,这首词即是如此。梁启超评此词曰:"哀乐无常,情感热烈到十二分,刻画到十二分。"信然。作者面对飘落的梨花,往昔的欢乐化成今天的痛苦,让他独自咀嚼。上片起首自怨自艾,深悔自己当初的行为错误,影响了今天的心情。而今春天到来,想到旧时春日发生的一切都已不再,不禁触景伤情。下片起首转入回忆,其实当初已经知道此后无法相见,却极力回避,偏要约定重聚之期。结句将痛苦无望的心情融入到残春、残夜之景中,凄苦感伤,含蓄隽永。

采桑子

这首词是为友人而作。他思念远在南方的友人,希望友人能够早日回到京城和他相聚。一说是抒写男女相思之情,也可通。

白衣裳凭朱阑立,凉月趖西。点鬓霜微,岁晏知君归不归。
残更目断传书雁,尺素还稀。一味相思,准拟相看似旧时。

白衣裳凭朱阑立,凉月趖西。点鬓霜微,岁晏知君归不归——"我"身着一身白色衣裳,凭倚朱红的护栏伫立远望,此时冰凉的月亮开始向西沉落。由于思念,"我"的鬓边露出点点微霜。已经是岁末之时了,不知你是否能够回来。明·王次回《寒词》:"况复此宵兼雪月,白衣裳凭赤栏干。"朱阑:即赤栏,朱红色的护栏。阑,通"栏"。趖(suō):原意为走,后多指日月星辰偏西下移。岁晏:岁末。

残更目断传书雁,尺素还稀。一味相思,准拟相看似旧时——天将亮,"我"极目远望,看着传书的大雁向南方飞去,虽然书信上没有更多的话语;我们只在心里堆积思念,期待重逢的那一天,这种思念和期待依然还像过去一样没有改变。残更:意谓天将明。传书雁:汉代苏武曾将书信系在雁足上向汉朝传递消息。后世诗文中常将大雁看作信使。尺素:书信。古人常将书信写在一尺见方的素绢上。因称书信为"尺素"。准拟句:宋·晏幾道《采桑子》:"坐想行思,怎得相看似旧时。"准拟:期望,料想。

此词上片写自己在月夜凭栏远望,思念友人,希望友人早日归来。在思念中微蕴年华凋零的身世之感。白衣朱栏,色彩明艳,形象鲜明。下片就眼前景抒情,拂晓大雁南飞,正好借大雁传递思念之情,"尺素还稀"一挫,突出了"一味相思"

的深挚情感。最后以满怀希望收束,既有对友情的珍视,还暗含着对远方友人的祝福,情感的表达极其自然。

采桑子

这首词是一首悼亡之作。卢氏于康熙十三年(1674)嫁与纳兰为妻,根据词中"十一年前梦一场"之句,此词应作于康熙二十三年(1684)。有的学者认为这是一首生离之词,是纳兰为一位早年曾有婚约的绝色女子所作。

谢家庭院残更立,燕宿雕梁。月度银墙,不辨花丛那辨香。
此情已自成追忆,零落鸳鸯。雨歇微凉,十一年前梦一场。

谢家庭院残更立,燕宿雕梁。月度银墙,不辨花丛那辨香——残更时分,独立谢家庭院,此时燕子早已在雕花的屋梁上眠宿。清冷的月光,照在银白色的墙壁上,朦胧迷离中,连花丛在哪里都辨不清,更分辨不清花香来自何方。谢家庭院:一般指所爱女子的居所。详见《采桑子·谁翻乐府凄凉曲》新解。但"谢家"还有他意。如唐·元稹《遣悲怀三首》是悼念亡妻韦氏之作,第一首有句云:"谢公最小偏怜女,自嫁黔娄百事乖。""谢公"代指岳丈,则"谢家"也有岳丈家之意。此处则代指岳丈家。银墙:银白色的墙。不辨句:元稹《杂忆》:"寒轻夜浅绕回廊,不辨花丛暗辨香。"

此情已自成追忆,零落鸳鸯。雨歇微凉,十一年前梦一场——夫妻相爱之情已经在追忆中才能出现,本应成双成对的鸳鸯形单影只。夜雨已停,天气微凉,十一年前的恩爱就像一场幻梦一样。此情句:唐·李商隐《锦瑟》:"此情可待成追忆,只是当时已惘然。"

这首词情思低回要眇,哀感缠绵。上片抒写旧地重游的感慨。主要通过景物环境的描写,营造出一个朦胧迷离的意境,寄寓他对早逝爱妻的思念之情。情景相生,景中含情。下片主要抒写词人凄凉落寞的情怀。夫妻欢爱之情本来已成为记忆,藏在生命的深处,而今触景伤情,想到旧事如同一场幻梦,不禁感慨万千。

采桑子

康熙十一年（1672）秋，严绳孙从其故乡无锡进京，进京途中和进京后皆有思乡之作。十二年（1673）春，纳兰和严绳孙相识订交。此词是纳兰为严绳孙所作，用来安慰严的思乡之情。此词见于康熙十七年（1678）纳兰和顾贞观编辑完成的《今词初集》，其写作时间应在康熙十七年（1678）前。

冷香萦遍红桥梦，梦觉城笳。月上桃花，雨歇春寒燕子家。
箜篌别后谁能鼓，肠断天涯。暗损韶华，一缕茶烟透碧纱。

冷香萦遍红桥梦，梦觉城笳。月上桃花，雨歇春寒燕子家——冷香弥漫，梦中来到红桥，梦醒后听到城头传来的胡笳声。月光照在盛开的桃花上，春雨已停，料峭春寒，燕子正忙着筑巢。冷香：春寒时节花木的香气。宋·苏舜卿《师黯以彭甘五子为寄，因怀四明园中此果甚多偶成长句》："枕畔冷香通醉梦，齿边馀味涤吟魂。"红桥：清·严绳孙《减字木兰花》："试问梅花，春在红桥第几家。"

箜篌别后谁能鼓，肠断天涯。暗损韶华，一缕茶烟透碧纱——自从分别之后，谁能再弹奏哀伤的箜篌？如今天涯漂泊，美好的青春年华暗暗耗损。生活百无聊赖，只能对着茶杯中一缕热气黯然神伤。箜篌：一种弹拨乐器。分竖箜篌和卧箜篌两种。鼓：弹奏。严绳孙《风入松》："别事不敢分明语，蹙春山，暗损韶华。"碧纱：指碧纱窗。

此词因为是安慰独居京师的严绳孙，所以较多化用严绳孙词意之处。上片写江南早春之景。由梦游严绳孙笔下的红桥开始，虚实结合，在清新自然的描写中有一种淡淡的哀愁。下片言漂泊天涯之情，仍是用严绳孙词意。最后又以景结，委婉含蓄，关爱之意，见于言外。

采桑子

此词为悼亡之作。纳兰妻卢氏病逝于康熙十六年（1677）五月三十日，从"但值良宵总泪零"句来看,应作于卢氏亡后数年,和《琵琶仙·中秋》可能是同时之作。

海天谁放冰轮满。惆怅离情,莫说离情,但值凉宵总泪零。
只应碧落重相见。那是今生,可奈今生,刚作愁时又忆卿。

海天谁放冰轮满。惆怅离情,莫说离情,但值凉宵总泪零——是谁将一轮冰雪般皎洁的满月升起在碧海青天之中,勾起了"我"的满怀惆怅离情?自与亡妻永别后,"我"不敢再说离情,因为每当如此凉夜都会令"我"抚今追昔,泪流满面。冰轮:明月。但:只。值:遇到。

只应碧落重相见。那是今生,可奈今生,刚作愁时又忆卿——"我"只盼望着能够和你在天上重逢,但那已是来生的事了,今生怎么可能实现。那么今生又怎么办呢?想到这些,心中顿时充满忧愁。又想起你独自在天上,更难以承受离别的痛苦寂寞。碧落:天空、天上。那是:岂是,哪里是。可奈:怎奈。

纳兰爱妻卢氏的去世,在纳兰心中留下了难以磨灭的伤痕。令他内心充满了忧伤。尤其到良辰佳节之时,这种由思念而致的忧伤就更加深重。中秋佳节是团圆之节。唐·张九龄《望月怀远》有句曰:"海上生明月,天涯共此时。"道出了普天之下人们的共同愿望。此时词人独对一轮满月,可以说不胜凄凉哀伤之至了。词的上片,起句以极为悲怆之情诘问无情的造化:"海天谁放冰轮满?"接着以顿挫之笔,抒写自己因被离情所苦而不愿说离情的痛苦,最后以每逢此良宵佳节就会黯然流泪收束上片。此夜对他人来说是良宵,而对孤独徘徊月下的词人来说,此夜却是冰凉之宵。词的下片,起句将夫妻之情化入痴想之中,盼望能和亡妻在天上重逢。但马上就转入清醒语,知道那不过是深情之人的一厢情愿,自己必须还要在现实中痛苦煎熬。结句又想到亡妻在另一个世界里,更难承受死别的孤单寂寞。纳兰对亡妻的深挚之情,由此可见一斑。

采桑子

这首词以一种貌似旷达之态抒写情人离去后自己内心的痛苦之情,也可能寓有悼亡之意。张秉成《纳兰性德词新释辑评》认为此词是怀友之作,恐非。

明月多情应笑我。笑我如今，辜负春心，独自闲行独自吟。
近来怕说当时事。结遍兰襟，月浅灯深，梦里云归何处寻。

明月多情应笑我。笑我如今，辜负春心，独自闲行独自吟——天上那一轮多情的明月，应该嘲笑"我"的无情，嘲笑"我"辜负了她对我的柔情痴心。如今她已离"我"远去，"我"只能独自一人漫无目的地前行，独自一人悲伤地吟唱。宋·苏轼《念奴娇·赤壁怀古》："故国神游，多情应笑我，早生华发。"宋·晏幾道《采桑子》："莺花见尽当时事，应笑如今，一寸愁心。"春心：指男女之间相思爱慕的情怀。

近来怕说当时事。结遍兰襟，月浅灯深，梦里云归何处寻——近来不敢提起当初的事情，那时"我"和她情投意合、相亲相爱。而今在惨淡的月光下，在暗淡的灯影里，远去的情人就如梦里悠悠飘去的那一朵白云，无处追寻。兰襟：女子芬芳的衣襟。这里喻指两人情谊非常深挚。宋·晏幾道《清平乐》："梦云归处难寻，微凉暗入香襟。犹恨那回庭院，依前月浅灯深。"

此词上片，起句以嘲笑的口吻直抒自己如今辜负情人深恩，表面上看来风流自赏，实则愧悔交加，痛惜自己从前没有好好珍惜幸福的时光。而今情人离去，只能独自承受离别的痛苦。下片进一步抒写悲悔之情。前两句以怕说当时之事反衬当时相聚的美好与快乐，后两句回到现实，叹息情人就像梦里云归，自己想要补赎从前的缺憾都不可能。在这首词中，作者并没有写到她和情人间的具体情事，只是以抒情之笔，倾诉他此时的愧悔之情。这种愧悔交加的复杂情感，是每一个经历过爱情的男女都能感受和体验到的，因此能引起读者的强烈共鸣。此词结构严谨，以明月起，以云归结，首尾相应，将情感附着在人们熟悉的自然物象上，意象本身就具有极强的感发力量。

采桑子

塞上咏雪花

这首词是一首咏物词，所咏对象为塞外雪花，同时又有托物寓怀之意。作于康熙二十一年（1682）秋九月至十二月词人奉命赴黑龙江觇梭龙的途中。塞上：这里泛指北方边塞。

非关癖爱轻模样,冷处偏佳。别有根芽。不是人间富贵花。谢娘别后谁能惜?飘泊天涯。寒月悲笳。万里西风瀚海沙。

非关癖爱轻模样,冷处偏佳。别有根芽。不是人间富贵花——"我"喜爱雪花,不在于它飞舞时的轻盈姿态,而在于它愈是寒冷愈是美丽的高洁品格。它有自己的根与芽,不是人间的牡丹、海棠等富贵之花所能比拟的。癖爱:偏爱。癖,嗜好,癖好。轻模样:形容雪花飞舞的轻盈之态。宋·孙道绚《清平乐·雪》:"悠悠飏飏,做尽轻模样。"富贵花:牡丹花。宋·周敦颐《爱莲说》:"牡丹,花之富贵者也。"又指海棠花。宋·陆游《留樊亭三日,王觉民检详日携酒来饮海棠下,比去,花亦衰矣》:"何妨海内功名士,共赏人间富贵花。"

谢娘别后谁能惜?飘泊天涯。寒月悲笳。万里西风瀚海沙——自从爱雪赏雪的才女谢道韫离去之后,还有谁能怜惜它呢?只落得天涯漂泊的命运。在寒冷的月光下,在胡笳的悲鸣中,任万里西风,把它吹向无边无际的瀚海沙漠。谢娘:指东晋才女谢道韫。详见《梦江南》(昏鸦尽)新解。笳:汉代流行于塞北和西域的一种类似笛子的管乐器,其声悲凉。瀚海:指沙漠,这里泛指塞外荒寒之地。

咏物词的优秀之作应该是既写出物的外在形象,也能写出物的内在品质,同时又能将写作者的情怀和品格融入其中。以此言之,纳兰的这首以雪花为吟咏对象的词作,是完全可以列入优秀乃至杰出的咏物词之列的。词的上片就写出塞外雪花的特点。它体态轻盈,越是在寒冷的地方越能显出它的美丽,它有属于自己的根和芽,不是人间的所谓富贵之花所能比拟的。这里面,前两句写雪花的物性,后两句写雪花所表现出来的异于他花的内在品质之美,这种美是作者发现并表现出来的,上面有着作者自己的情感和思想的印痕,和作者自己无意于人间富贵的情怀是相同的。下片结合雪花的物性抒写自己的情怀。自从东晋才女谢道韫之后,无人再去真心怜惜雪花,它也无力主宰自己的命运,只能漂泊天涯,任西风把它吹到无边的大漠。这里既有对雪花命运的同情,同时也寄寓着作者对自己此时也正如雪花一样天涯漂泊的悲伤。

纳兰厌倦仕途生活,对功名事业也产生了深深的怀疑,当他看到塞外冰冷的天地里翻飞的雪花时,内心不禁为之震动,产生了共鸣。通过这首小词,可以让后来者对纳兰的内心世界有一个基本的了解。

落花时

这首小词描写黄昏时和恋人相遇的场景。落花时：词牌名。许增光绪六年(1880)《纳兰词》刻本，有注云："按此调谱律不载，疑亦自度曲。一本作《好花时》。"双调，四十八字，上片三平韵，下片两平韵。

  夕阳谁唤下楼梯，一握香荑。回头忍笑阶前立，总无语、也依依。　　笺书直恁无凭据，休说相思。劝伊好向红窗醉，须莫及、落花时。

夕阳谁唤下楼梯，一握香荑。回头忍笑阶前立，总无语、也依依——不知是谁的呼唤，正是夕阳西下的时候，她走下楼梯，"我"不禁上前，握了一下她香柔的小手。她羞涩地跑回去，到阶前停下，回头含笑看着"我"，虽然一句话也不说，但却露出依依不舍的神态。香荑：指女子的手清香柔嫩。荑，原为茅草的嫩芽，后用来形容女子的手柔嫩纤细。《诗经·卫风·硕人》："手如柔荑，肤如凝脂。"忍笑句：唐·韩偓《忍笑》："水晶鹦鹉钗头颤，举袂佯羞忍笑时。"总：纵使，虽然。

笺书直恁无凭据，休说相思。劝伊好向红窗醉，须莫及、落花时——你信上所说的竟然如此不足凭信，不要还在这里对"我"诉说你的相思之情了。"我"劝你还是好好地向红窗前一醉吧，不要等到花落时节空自后悔。这两句是女子的怨恨之语。笺书：书信。直恁：竟然如此。无凭据：无凭信，不足为凭。须莫及句：唐·无名氏《金缕衣》："劝君莫惜金缕衣，劝君惜取少年时。花开堪折直须折，莫待无花空折枝。"

俗语曰：少女情怀总是诗。这首小词塑造了一个惹人怜爱、羞涩调皮而又娇憨的少女形象。词的上片，少女出场了，她伴着美丽的夕阳出现在我们面前，被恋人握了一下小手就羞涩地跑开，但是却不甘心如此走掉，还要回头含笑看人，只是心中羞涩，不敢说话，眉眼之间有依依不舍之情。词的上片就这样活脱脱地描画出了一个少女的形象，有背景，有动作，有神态，有心理，明艳、娇憨、羞涩，栩栩如生。下片主要通过语言描写刻画少女的形象，少女对情郎横加指责，埋怨他只是用甜言蜜语哄骗自己，不把自己放在心上，最后假意安慰，与其这样，还不如找他人共度青春，不要等将来后悔。这些言语似怨实嗔，完全是恋爱中的少女口吻，实际上内心对情郎有一种深深的爱恋之情，也使得少女的形象更加丰满生动。

这首小词多用口语描形传情，语言轻快活泼，在纳兰的情词中别具一格。

眼儿媚

纳兰此词写和爱妻在夜晚重逢后两情相悦的情景。也有学者认为写的是与情人夜晚重相见的情事，也可通。眼儿媚：词牌名。又名《秋波媚》、《东风寒》等。双调，四十八字，押五平声韵。

　　重见星娥碧海槎，忍笑却盘鸦。寻常多少，月明风细，今夜偏佳。　　休笼彩笔闲书字，街鼓已三挝。烟丝欲袅，露光微泫，春在桃花。

重见星娥碧海槎，忍笑却盘鸦。寻常多少，月明风细，今夜偏佳——"我"像海客乘着木筏渡过碧海和美丽的织女相见一样终于和你重相见了，你忍住欢笑，解开了头上的发髻。平时有多少月明风清的夜晚，偏偏今夜最为美好。星娥：织女。代指美丽的妻子。唐·李商隐《海客》："海客乘槎上紫氛，星娥罢织一相闻。"碧海：《海内十洲记》："扶桑在东海之东岸，岸直，陆行登岸一万里，东复有碧海，海广狭浩污，与东海等。水既不咸苦，正作碧色，甘香味美。"槎：原本作"查"，后刻本多用"槎"。槎，木筏。晋·张华《博物志》载："旧说云天河与海通，近世有人居海渚者，年年八月有浮槎去来。"盘鸦：女子梳头。唐·李贺《美人梳头歌》："纤手却盘老鸦色，翠滑宝钗簪不得。"又指女子发髻的形状。唐·白行简《三梦记》："唐末宫髻，号闹扫妆，形如焱风散发，盖盘鸦、堕马之类。"唐·孟迟《莲塘》："脉脉低回殷袖遮，脸横秋水鬓盘鸦。"却：除去，一说再。

　　休笼彩笔闲书字，街鼓已三挝。烟丝欲袅，露光微泫，春在桃花——不要没什么事拿笔写字了，街鼓都敲了三通，夜已经深了。屋中炉香缭绕，你的面容如此美丽，像露珠一样澄澈晶莹，又像春天的桃花一样红润灿烂。休笼句：唐·赵光远《咏手二首》其二："慢笼彩笔闲书字，斜指瑶阶笑打钱。"笼笔即握笔。笼，通"拢"。街鼓：城中警夜之鼓，多设在谯楼。挝(zhuā)：敲打。袅：缭绕。露光句：宋·周邦彦《荔枝香》："夜来寒浸酒席，露微泫，乌履初会，香泽方熏。"泫(xuàn)：露珠晶莹的样子。春在句：周邦彦《少年游》："而今丽日明金屋，春色在桃枝。"

这首词自首至尾都洋溢着一种喜悦欢乐之情。上片主要写夫妻重逢的喜悦。首句以海客自喻,将妻子比做天上的织女,以海客见织女之不易,极写自己重见爱妻的欣喜之情。次句写爱妻美丽动人的神态,她含笑散开发髻,把自己最动人的一面展现在久别重逢的丈夫面前。这两句一写丈夫,一写妻子,写丈夫则直接倾诉,写妻子则以神态动作来暗示,直白与含蓄相辅相成。接着从环境描写入手,以今夜的非同寻常进一步渲染重逢的喜悦之情。下片起首二句写妻子的娇嗔,他让丈夫别再闲着没事写字了,夜已深,该休息了,言外之意不言自现,古人有诗云"春宵一刻值千金"(宋·苏轼《春夜》),俗语又说小别胜新婚。第三句写卧房内香烟缭绕,温馨旖旎,正应该是夫妻两情相悦之时。最后两句从丈夫的角度,以春景之美状写爱妻容颜,如露珠之晶莹,似桃花之艳美,清新自然,惹人遐思,其中渗透着丈夫对妻子深深的爱赏之情,让人想见夫妻两情相悦之美。

河 传

此词写闺中女子伤春怀人的凄伤情怀。收入《今词初集》中,应是康熙十七年(1678)前的作品。河传:词牌名。又名《河转》、《月照梨花》、《哀王孙》等,据说是隋炀帝将幸江都时所制,词调则为唐·温庭筠所创。此调有很多体格,字数、押韵、句读各不相同,但都是双调。此词所依之格调是其中一体。

春残,红怨,掩双环,微雨花间昼闲。无言暗将红泪弹,阑珊,香销轻梦还。 斜倚画屏思往事,皆不是,空作相思字。记当时,垂柳丝,花枝,满庭胡蝶儿。

春残,红怨,掩双环,微雨花间昼闲——春天将尽,落红哀怨,大门紧关,洒落花间的细雨在白天也停了下来。红怨:意谓连落花都带着哀怨之情。双环:门环。大门一般为两扇,每扇都有门环。

无言暗将红泪弹,阑珊,香销轻梦还——默然无语,暗暗地抹去脸上伤心的泪水;睡醒之后,梦中的情景不复存在,眼前的一切都已衰残。红泪:哀伤的眼泪。详见《转应曲》(明月)新解。阑珊:衰残,将尽。南唐·李煜《浪淘沙》:"帘外雨潺潺,春意阑珊。"香销句:宋·李清照《凤凰台上忆吹箫》:"被冷香销新梦觉,不许愁人不起。"轻梦:浅梦,睡得不深沉。

　　斜倚画屏思往事,皆不是,空作相思字——斜倚着画屏,想起悠悠往事,眼前的一切都不是"我"所想要的,此时内心空有"相思"二字。画屏:绘有彩画的屏风。古代富贵人家将精美的屏风放在床头前,用以遮光挡风。相思字:唐·韦应物《效何水部二首》其二:"反复相思字,中有故人心。"

　　记当时,垂柳丝,花枝,满庭胡蝶儿——"我"一直记着当时相聚的情景:一切是那样美妙,柳丝垂拂,枝上花开,满院翻飞的蝴蝶儿。

　　这首小词代闺中女子抒写伤春怀人的幽怨情怀,情景交融,哀怨缠绵。上片主要写伤春之情。前四句就像电影蒙太奇一样,将一个个精致而且典型的画面排列组接到一起,这里既有自然之景,也有人物活动。有动有静,动静结合,展现出零落凄迷的暮春景色。接着主人公出场,面对残春之景,她脉脉无语,红泪偷弹,内心的幽怨之情和眼前的凄迷之景水乳交融。"香销轻梦还",直写主人公梦境的邈不可及,点出主人公的伤感是别有怀抱,同时在上下片之间起到了非常自然的过渡作用。下片抒写怀人之情。前三句紧承上片,写主人公内心的痛苦,"空作相思字"暴露了主人公内心的隐秘。后四句写景,和上片一样,同样以简洁精致之笔将几幅画面展现在我们面前,这些画面是回忆中的想象之景,虽然美好却更加令人悲伤,因为里面包含着主人公对往事深深的思念,它不过是主人公为抵御此时的孤独寂寞而作出的徒劳的挣扎而已。

减字木兰花

　　这首小词描写一个陷入爱情中的少女可爱而娇羞的神态。赵秀亭、冯统一《纳兰词笺校》根据《精选国朝诗馀》载此词结句异文"选梦凭他到镜台",认为此词是为纳兰妾沈宛所作。沈宛号选梦,所著词集名《选梦词》。据此说,此词当作于康熙二十三年末至康熙二十四年初(1684—1685)期间。减字木兰花:词牌名。又名《减兰》、《天下乐令》、《木兰香》等。较《木兰花》减少十二字,共四十四字。双调,上下片各四句,先仄后平,每两句一转韵,计四仄韵、四平韵。

　　相逢不语,一朵芙蓉著秋雨。小晕红潮,斜溜鬟心只凤翘。
　　待将低唤,直为凝情恐人见。欲诉幽怀。转过回阑叩玉钗。

相逢不语,一朵芙蓉著秋雨。小晕红潮,斜溜鬟心只凤翘——我们在回廊上见了面,她却不说话,那娇羞的样子,宛如一朵还沾着秋雨的芙蓉花。她的脸上微微泛起了红晕,垂下了头,"我"能看见她头顶的凤翘在鬟形发心间斜斜地滑动。溜:滑动。南唐·李煜《浣溪沙》:"佳人舞点金钗溜。"鬟:古代妇女的环形发髻。凤翘:凤形头饰。宋·周邦彦《南乡子》:"不道有人潜看着,从教掉下鬟心与凤翘。"

待将低唤,直为凝情恐人见。欲诉幽怀,转过回阑叩玉钗——"我"想要轻轻地呼唤她的名字,却怕"我"的多情被别人发现。她好像要向"我"倾诉她的情怀,却又转过身去,在曲折的栏杆上轻轻地敲击着玉钗。直:只是。凝情:深情。回阑:曲折的栏杆。

人们常说,处在爱情中的少女是最美丽的。这首小词可以验证这一点。此词上片写少女乍逢情郎,内心情思荡漾,却含羞垂头不语,脸上泛起红晕。词人用芙蓉秋雨状写少女羞涩的神态,风致嫣然,极为传神。下片写少女想向情郎表白心事,又担心被人撞见,只好在回栏上轻叩玉钗,不知所措。在这里,词人捕捉了轻叩玉钗的动作,将初恋少女在这一特定情境中的微妙心理表现得生动细腻,令人不禁生出怜爱之情。盛冬铃在《纳兰性德词选》中这样评价:"这是作者亲身经历的情事,他记下了这动人的一幕,心中充满柔情。"盛评是非常中肯的,如果没有亲身的经历,内心没充满柔情蜜意的话,很难有如此细腻的体会和再现。

减字木兰花

这首词不见于康熙三十年(1691)徐乾学所刻《通志堂集》,直到道光十二年(1832)才被汪元治收入结铁网斋刻本《纳兰词》中。有论者认为此词太过悲愤,矛头直指君王,所以在当时被徐乾学有意遗漏。若此说成立,说明传言所谓的纳兰早年与一绝色女子相恋,并有婚姻之约,后此女被选入宫,纳兰伤心欲绝,并非完全是小说家言。

花丛冷眼,自惜寻春来较晚。知道今生,知道今生那见卿。
天然绝代,不信相思浑不解。若解相思,定与韩凭共一枝。

花丛冷眼,自惜寻春来较晚。知道今生,知道今生那见卿——走过花丛,冷眼相看,自叹已经错过花期,自己属意的已经名花有主。知道今生再也无缘和你相见。花丛:喻指成群的美女。冷眼:既指目光冷漠,也暗示心情凄苦。自惜句:此句用唐·杜牧旧事。据唐·于邺《扬州梦记》:"太和末,牧自御史出佐宣州幕,虽所至辄游,终无属意。因游湖州,得鸦头女子十余岁,惊为国色。因语其母,将接至舟中,母女皆惧。牧曰:'且不即纳,当为后期,吾不十年,必守此郡。不来,乃从尔所适。'母许诺,为盟而别。故牧归,颇以湖州为念。……大中三年,始授湖州刺史,则已十四年矣。所约者已从人三载,而生二子。牧乃为诗曰:'自是寻春去较迟,不须惆怅怨芳时。狂风落尽深红色,绿叶成荫子满枝。'"

天然绝代,不信相思浑不解。若解相思,定与韩凭共一枝——你的美貌自然天成,你有绝代的风华。不相信你全然不解相思之情。如果你还懂得相思之情的话,虽然我们此生无法相守,那就让我们像古代的韩凭夫妇那样,在死后相拥相爱。浑不解:全不解。韩凭:也写作韩冯或韩朋。据晋·干宝《搜神记》卷十一载:"宋康王舍人韩凭,娶妻何氏,美,康王夺之。凭怨,王囚之,沦为城旦。……俄而凭乃自杀。其妻乃阴腐其衣。王与之登台,妻遂自投台下,左右揽之,衣不中手而死。遗书于带曰:'王利其生,妾利其死,愿以尸骨赐凭合葬。'王怒,弗听,使里人埋之,冢相望也。王曰:'尔夫妇相爱不已,若能使冢合,则吾弗阻也。'宿昔之间,便有大梓木生于二冢之端,旬日而大盈抱,屈体相就,根交于下,枝错于上。又有鸳鸯,雌雄各一,恒栖树上,晨夕不去,交颈悲鸣,音声感人。宋人哀之,遂号其木曰'相思树'。"相思之名,起于此也。此处作者以韩凭自喻,谓生不能相守,死后也要相聚。

纳兰这首词为早年一段刻骨铭心的爱情所作。上片以极为悲怆之语,诉说自己的苦痛心情。词人为什么现在经过花丛而不屑一顾,冷眼相向?因为词人曾经和自己所深爱之人擦肩而过,不能成为眷属,以致对所有的女子失去了兴趣。两句"知道今生"叠用,将词人内心的绝望悔恨之情表现得淋漓尽致。下片以心心相印之情,寄希望于所恋之人,盼望能和她死后相守。结句以韩凭自喻,既抒写了词人对爱情死生不渝的忠贞之情,同时隐晦曲折地表达了对阻止他们相爱的外部力量的强烈愤慨。全词自始至终笼罩着一种悲愤莫名的气氛。

浣溪沙

此词抒写一种孤独寂寞的情怀。"浣溪沙":词牌名。本是唐玄宗时教坊曲名,后用为词调。又名《减字浣溪沙》、《浣沙溪》、《玩溪纱》、《小庭花》、《试香罗》、《广寒枝》、《怨啼鹃》等。双调,四十二字,上片三句全用韵,下片末二句用韵,有平仄两体。

残雪凝辉冷画屏,落梅横笛已三更。更无人处月胧明。
我是人间惆怅客,知君何事泪纵横。断肠声里忆平生。

残雪凝辉冷画屏,落梅横笛已三更。更无人处月胧明——残雪的清辉映照着冰冷的画屏,已经是三更天了,《梅花落》的笛声仍在空际盘旋缭绕。此时,只有我一个人,在朦胧的月光下徘徊。画屏:绘有彩画的屏风。唐·杜牧《七夕》:"银烛秋光冷画屏。"落梅:即《落梅花》,古代羌族乐曲,又名《梅花落》,以羌笛演奏。横笛:即羌笛。唐·高适《塞上听吹笛》:"雪净胡天牧马还,月明羌笛戍楼间。借问梅花何处落,风吹一夜满关山。"唐·李白《与史郎中钦听黄鹤楼上吹笛》:"黄鹤楼中吹玉笛,江城五月落梅花。"胧明:微明,朦胧不清。上片所写之情境,可参见宋·岳飞《小重山令》:"昨夜寒蛩不住鸣。惊回千里梦,已三更。起来独自绕阶行。人悄悄,帘外月胧明。"

我是人间惆怅客,知君何事泪纵横。断肠声里忆平生——我是人世间一个伤心的过客,所以我知道为什么在此时你泪流满面。在那凄恻令人肠断的笛声中,追忆那不堪回首的一生。唐·杜甫《吹笛》:"吹笛秋山风月清,谁家巧做断肠声。"

这首词上片写景,营造出一个孤独凄凉的情境。深更半夜,残雪凝辉,笛吹落梅,月色朦胧,和岳飞《小重山令》所写的情境非常相似。岳飞的那首词,蕴涵着壮志难酬、英雄寂寞的悲慨,可以作为我们理解此词的一个突破口。纳兰志向远大,虽贵为皇帝侍卫,随扈左右,但和其才情抱负相去甚远,所以这种孤独苦闷之感才会时时流溢于词中。下片直抒己怀。词人并未具体写其悲慨,而是以"人间惆怅客"概括自己。这一概括意蕴非常丰富,它不仅有岳飞"白首为功名"而功业未建的苦闷,而且还包含作者以敏锐的心灵在人世间感受到的种种痛苦与惆怅,惟有与词人心灵相通的知己朋友才能感受到这一点,才能"知君何事泪纵横"。落句仍归结到上片的笛声,首尾相应,将其悲慨进一步扩大到人生的感怀上,沉挚感人,令人唏嘘不已。此词上片所写之景和下片所抒之情水乳交融,篇幅虽小,但内涵丰富,有尺幅千里之势。

浣溪沙

此词写闺中少妇独居家中,盼望丈夫早日归来的孤独寂寞的情状。

睡起惺忪强自支,绿倾蝉鬓下帘时。夜来愁损小腰肢。
远信不归空伫望,幽期细数却参差。更兼何事耐寻思。

睡起惺忪强自支,绿倾蝉鬓下帘时。夜来愁损小腰肢——一夜没有睡好,起床时睡眼惺忪,勉强支撑,直到傍晚放下窗帘时还披散着头发,没有梳妆。从早到晚,内心绵绵不断的忧愁使她原本纤细的腰肢变得更加瘦弱。惺忪(xīngsōng):睡意迷离。绿倾蝉鬓:指乌黑蓬松的秀发一直垂到鬓角。绿,乌亮,乌黑色。蝉鬓,古代妇女的一种发式,如蝉身一样黑而光润。愁损:因忧愁而使身体受损。

远信不归空伫望,幽期细数却参差。更兼何事耐寻思——远方始终没有音信,徒劳长久地凝望。相约见面的时间却越算越模糊。岁月已逝,年华将老,还有什么事能够经得起如此寻思呢?伫望:凝望,期待。幽期:男女私下约定的见面时间。参差:差不多,相似。引申为不确定、不分明之意。寻思:考虑,思索。

纳兰有幽微善感的心灵,他对女性有一种发自天性的爱赏之情,能够深入到女性的内心世界中,感受她们的欢乐幸福与寂寞忧伤。这首令词就是抒写闺中少妇不堪寂寞之苦的情状。上片三句描摹少妇的形貌。从早晨的"睡起惺忪",到黄昏的"绿倾蝉鬓",再到深夜的"愁损小腰肢"。在漫长的一天里,词中的少妇始终处在一种无聊痛苦的状态中,不由得让人产生为何如此的疑问。下片替少妇言情。词人感同身受,对闺中少妇念归盼归的幽怨心理体会得深透细腻,同时也含蓄地回答了人们的疑问。"远信不归"和"绿倾蝉鬓"之间,"幽期细数"和"睡眼惺忪"之间,构成了因果关系,使上下片之间的发展获得了一种内在的逻辑关联。结句以反问的句式,将少妇的全部情感都凝聚到对远人的思念上,缠绵婉转,对她的苦闷孤独给予极大的同情。

浣溪沙

这首词写男子和情人分离之后,对情人绵绵不尽的思念,对情人忍着内心的痛苦操持家务寄予深切的同情。

　　记绾长条欲别难,盈盈自此隔银湾。便无风雪也摧残。
　　青雀几时裁锦字,玉虫连夜剪春幡。不禁辛苦况相关。

　　记绾长条欲别难,盈盈自此隔银湾。便无风雪也摧残——记得当初牵绾着长长的柳条和情人离别是多么的艰难,从此就像牛郎织女一样,只能隔着银河相望。即使没有寒风冰雪,这悲伤的离别也能将人摧残。绾(wǎn):系结。长条:柳条。古代有折柳赠别的风俗。唐·张乔《寄维扬故人》:"离别河边绾柳条,千山万水玉人遥。"盈盈句:出自《古诗十九首》之十:"迢迢牵牛星,皎皎河汉女。纤纤擢素手,札札弄机杼。终日不成章,泣涕零如雨。河汉清且浅,相去复几许?盈盈一水间,脉脉不得语。"盈盈,清澈的样子。银湾:银河。清·朱彝尊《风入松》:"穿针纵有他生约,怅迢迢路断银湾。"

　　青雀几时裁锦字,玉虫连夜剪春幡。不禁辛苦况相关——什么时候青鸟才能为"我"传来她的书信,快到立春之日了,她一定连夜在灯下剪着春幡,思念的痛苦她怎能承受得住,何况此事正与"我"相关。青雀:汉·班固《汉武故事》:"七月七日,上于承华殿斋。日正中,忽见有青鸟从西方来,集殿前。上问东方朔,朔对曰:'西王母暮必降尊像,上宜洒扫以待之。'……有顷,王母至……有二青鸟如鸾,夹侍王母旁。"后世即以青鸟、青雀指信使。如唐·李商隐《无题》:"蓬山此去无多路,青鸟殷勤为探看。"锦字:指情书。据《晋书》记载,前秦秦州刺史窦滔因事被徙流沙,他的妻子苏氏曾织锦为回文《璇玑图诗》寄给他,表达思念之情。后世因此称女子寄给丈夫或情人的情书为锦字。玉虫:指灯花。宋·杨万里《和范致能参政寄二绝句》:"锦字展来看未足,玉虫挑尽不成眠。"春幡:古代习俗,立春日,须做小旗挂在花枝之下,或者戴在家人的头上,表示对春天到来的欢迎。幡,长而窄的旗子。况:正的意思。

此词上片写当年离别的情景,有情之人从此天各一方,不得相见。"记绾长条"这一动作的描写,含蓄地传达了离别之人内心的难舍难分之情。结句融悲惋于率直之中,颇有"人生自是有情痴,此恨不关风与月"(宋·欧阳修《玉楼春》)之意。下片写别后思念。起句以盼望音信进一步抒写自己的焦急和等待,末二句用想象之辞,化虚为实,从对方落笔,把情人内心的相思之苦,借助生动的画面真切细腻地展现在读者面前,其中有着自己深深的关爱之情。词的篇幅虽然短小,但能巧妙用典,因而扩大了词的容量。

浣溪沙

　　此词是一首念远怀人之作,抒写闺中女子对在外奔波的情郎的思念,还有她寂寞无聊的情怀。

　　　肠断斑骓去未还,绣屏深锁凤箫寒。一春幽梦有无间。
　　　逗雨疏花浓淡改,关心芳草浅深难。不成风月转摧残。

　　肠断斑骓去未还,绣屏深锁凤箫寒。一春幽梦有无间——情人骑马远去,至今未还,思来令人肝肠寸断。闺中绣屏紧锁,凤箫声凄凉呜咽。整个春天,人好像都在若有若无的幽梦中。斑骓:身上有杂色斑点的马。唐·李商隐《对雪二首》其二:"关河冻合东西路,肠断斑骓送陆郎。"绣屏:华丽的屏风。凤箫:排箫。形状参差不齐,像凤的翅膀。寒:形容凤箫声呜咽悲凉。宋·辛弃疾《江神子》:"绣阁香浓,深锁凤箫声。"

　　逗雨疏花浓淡改,关心芳草浅深难。不成风月转摧残——招引春雨的疏花经雨之后,改变了浓淡不同的颜色。烦心的春草或深或浅,让人难辨。难道男女间美好的爱情,反而要被无端地摧残?逗雨:唐·李贺《李凭箜篌引》:"女娲炼石补天处,石破天惊逗秋雨。"逗,招引,逗引。芳草句:《楚辞·招隐士》:"王孙游兮不归,春草生兮萋萋。"不成:难道。风月:喻指男女情爱。转:反而。

　　这首词在结构上很有特点,上片起句和下片结句直接抒情,而且在这两句中隐含着某种因果关联,一去不返的情人,是导致她对男女情爱产生迷惘和怀疑之情的原因。中间四句主要写景,这四句景色描写或融情于景,或借景抒情,自然含蓄地显示出从头到尾的情感变化历程,也使得整首词所传达的情感既显豁明白,又委曲缠绵。

浣溪沙

此词应是为沈宛而作。沈宛本是浙江乌程才女,著有《选梦词》,后不幸沦落倡家,经顾贞观介绍,于康熙二十三年(1684)岁暮嫁与纳兰为妾,词即作于此时。

十八年来堕世间,吹花嚼蕊弄冰弦。多情情寄阿谁边。
紫玉钗斜灯影背,红绵粉冷枕函偏。相看好处却无言。

十八年来堕世间,吹花嚼蕊弄冰弦。多情情寄阿谁边——你像仙子一样流落世间十八年,你吹花嚼蕊,多才多艺,品性高洁,尤其擅长弹奏琵琶,寄托冰清玉洁的情怀。现在你把多情的心灵托付给了"我"。十八年句:据《仙吏传·东方朔传》记载,东方朔字曼倩,本是天上的岁星转世,在汉武帝身边十八年。他死后,汉武帝才知道此事,于是仰天叹曰:"东方朔生在朕旁十八年,而不知是岁星哉。"于是惨然不乐。唐·李商隐《曼倩辞》:"十八年来堕世间,瑶池归梦碧桃闲。"此处系用李商隐成句。吹花嚼蕊:意谓吹奏花叶成乐曲,咀嚼花蕊使口气清香。引申为吹奏弹唱,品性高洁。唐·李商隐《柳枝》诗序:"柳枝,洛中里娘也。……生十七年,涂妆绾髻未尝竟。已复起去,吹叶嚼蕊,调丝擫管,作天海风涛之曲,幽忆怨断之音。"纳兰此句是用李商隐笔下的柳枝喻指词中所咏的女子,而柳枝是洛阳城中一个十七岁的歌妓。所以此词所咏的对象不应是纳兰的妻子卢氏或婚前恋人,只能是和柳枝有过相似经历的沈宛。弄冰弦:指弹奏琵琶。弄,弹奏乐器。冰弦,用冰蚕丝做的弦。据《太真外传》记载,唐时已有用冰蚕丝做弦的琵琶。阿谁:指词人自己。阿,句首语气词,无意义。

紫玉钗斜灯影背,红绵粉冷枕函偏。相看好处却无言——在朦胧迷离的灯影里,你头上玉钗斜横,娇美的面庞上轻施淡妆,斜倚在枕函边上。"我"只能脉脉地欣赏着你的美丽,却无法用语言来表达。紫玉钗:紫玉制成的名贵头饰。唐·蒋防《霍小玉传》中的女主人公霍小玉有紫玉钗。红绵句:宋·周邦彦《蝶恋花》:"唤起两眸清炯炯,泪花落枕红绵冷。"红绵,女子化妆用的红色丝绵粉扑。枕函,中空可放置物品的匣状枕头。相看句:明·汤显祖《牡丹亭·惊梦》:"是那处曾相见,相看俨然,早难道这好处相逢无一言?"

康熙十六年(1677)春,纳兰妻卢氏病故,后纳兰虽然又续弦官氏,但从其所留存诗词来看,他对官氏好像并无特别深厚的情感,这也是他在词中不断悼念前妻和思念早年恋人的一个重要原因。康熙二十三年(1684)岁末,在纳兰生命的最后半年多的时间里,他终于纳乌程才女沈宛为妾,重新品尝到了男女情爱的欢乐。此词即写新婚之夜他的喜悦幸福之感,同时流露出对沈宛的深深爱赏之情。而"十八年来堕世间"的沈宛,也可以说是上天送给纳兰性德最后也是最好的礼物,她好像是专为纳兰而生,好像她的多情与娇美,就是为了让纳兰享受到人间最后的欢乐一样。惟此,纳兰只有"相看好处却无言",沉醉在深深的幸福与喜悦之中了。

浣溪沙

这首词的抒情主人公是一个男人,他独倚残阳,内心充满哀愁,一个淡妆美人,突然骑马从楼前盈盈而过,引起了他的注意。

一半残阳下小楼,朱帘斜控软金钩。倚阑无绪不能愁。
有个盈盈骑马过,薄妆浅黛亦风流。见人羞涩却回头。

一半残阳下小楼,朱帘斜控软金钩。倚阑无绪不能愁——残阳西沉,一半已没入了小楼的后面,朱红色的窗帘斜挂在金色的窗钩上。"我"斜倚栏杆,百无聊赖,内心充满了无处不在的哀愁。控:牵掣。金钩:金色的窗钩。

有个盈盈骑马过,薄妆浅黛亦风流。见人羞涩却回头——有个姿态优美的女子骑马从楼前经过,虽然只是粉黛略施,却潇洒风流。见到有人注视,便羞涩地回眸。盈盈:喻指风姿姣好的女子。出自《古诗十九首》其二:"盈盈楼上女,皎皎当窗牖。"浅黛:指女子轻画的眉毛。

这首词用工笔描绘了两幅图画。上片是静景,残阳小楼,朱帘金钩,还有倚栏而立内心充满哀愁之人。下片是动景,骑马而过的盈盈少女,含羞回眸,娇柔妩媚。两个画面的转换自然和谐,人物微妙的心理变化全由画面呈现,细腻生动,可谓诗中有画,画中有诗。

浣溪沙

此词是一首悼亡之作。词人独立斜阳,沉思往事,内心有无限的痛苦哀伤。

谁念西风独自凉?萧萧黄叶闭疏窗,沈思往事立残阳。被酒莫惊春睡重,赌书消得泼茶香。当时只道是寻常。

谁念西风独自凉?萧萧黄叶闭疏窗,沈思往事立残阳——还有谁会想起"我",独自一人在西风中悲伤凄凉。落叶随风飞舞,在紧闭的窗外沙沙作响。西风、黄叶之中,我沉思往事,独立斜阳。宋·秦观《减字木兰花》:"天涯旧恨,独自凄凉人不问。"疏窗:窗户。沈思:沉思。沈,通"沉"。

被酒莫惊春睡重,赌书消得泼茶香。当时只道是寻常——春天里,她从不怨"我"醉酒睡得时间太长;在晚上,我们也曾享受赌书以致茶洒怀中的乐趣。当时还以为这不过是一些平常小事,没有用心去珍惜。被酒:醉酒。赌书、泼茶:宋·李清照在《金石录后序》中记载其婚后的甜蜜生活:"余性偶强记,每饭罢,坐归来堂烹茶,指堆积书史,言某事在某书某卷第几叶第几行,以中否角胜负,为饮茶先后。中即举杯大笑,至茶倾覆怀中,反不得饮而起。甘心老是乡矣!"

宋玉悲秋,是慨叹"贫士失职而志不平"(《九辩》);杜甫悲秋,是痛感"艰难苦恨繁霜鬓"(《登高》);纳兰在西风拂体,黄叶萧萧时,触景伤情,同样悲从中来,引发他对往事的沉思。过片紧承上片,将其所沉思之事娓娓道来,原来他在回忆夫妻相守的甜蜜时光。从境界之小大来看,此情无法和宋玉相比,更和杜甫沉重的家国之思毫不相干,但它触及的是人类内心深处最为隐秘幽微的夫妻之情,男女之爱,因而也就更加缠绵深婉。在回忆之中,一一浮现在心头的都是一些琐碎的生活小事,也恰恰是这些琐细之事,能够看出夫妻之间相互关爱和心灵默契的程度,构成了夫妻生活的重要内容。值得注意的是,纳兰用中国历史上一对琴瑟相谐的著名夫妻——李清照和赵明诚高雅甜蜜的夫妻生活,来比拟他们的夫妻恩爱,意在表明卢氏在他的生活中不仅是夫妻,而且还有共同的生活情趣和审美追求。令纳兰倍感伤心的是,当时这些寻常情景,并没有引起他的特别注意,但在卢氏去世后,这些情景却成了他心中最美好的回忆,它们在他的生活中所具有的意义才全部凸显出来,然而,"当时只道是寻常"。可以说,这七个字虽然朴素无华,却真情内蕴,血泪交迸。它不仅包含了纳兰对生活的体验,更是人类对自己生活的一种共同感受。那就是当我们拥有美好的事物时,我们并不懂得珍惜,而当我们知道珍惜时,这美好的事物已经从我们的身边溜走,再也难以把握,留给我们的只是深深的痛悔和不尽的哀伤。

相见欢

这是一首写闺中女子感时伤春、念远怀人的小词。相见欢:词牌名。又名《乌夜啼》、《上西楼》、《秋夜月》、《忆真妃》等。双调,三十六字,上片三平韵,下片两仄韵、两平韵、全词五平韵,用同一韵部。

落花如梦凄迷,麝烟微。又是夕阳潜下小楼西。　　愁无限,消瘦尽,有谁知。闲教玉笼鹦鹉念郎诗。

落花如梦凄迷,麝烟微。又是夕阳潜下小楼西——飘飞的落花如梦境般凄清迷离,点燃的麝香散发着微微的香气。夕阳默默无语,又悄悄地向小楼西沉落。落花句:宋·秦观《浣溪沙》:"自在飞花轻似梦,无边丝雨细如愁。"麝烟:燃烧麝香散发出的香气。

愁无限,消瘦尽,有谁知。闲教玉笼鹦鹉念郎诗——无尽的忧愁,消损了身体,有谁知道其中的滋味。主人公穷极无聊,只有一遍遍地教玉笼中的鹦鹉念情郎为自己写的诗篇。宋·柳永《甘草子》:"奈此个单栖情绪,却傍金笼共鹦鹉,念粉郎言语。"

此词上片写景,词人选择一些精微优美的意象,如落花、麝烟、夕阳、小楼等,赋予它们以细腻的感受,创造出迷离凄婉的意境。下片起首三句,直接抒写一个闺中女子内心无限的哀愁,在平淡的语言中蕴含着强烈的悲悯之情。结句别开生面,以白描之语,描绘一个动人的生活场景:教鹦鹉念郎诗。此句之妙在于不直写女子思念情郎,而是通过教鹦鹉念诗来表现,含蓄婉曲地将她内心的所思所想表达出来,韵味无穷,使全词臻于妙境。

虞美人
为梁汾赋

此词作于康熙十七年(1678)春。康熙十五年(1676),纳兰初识顾贞观,两人共编《今词初集》。十七年(1678)春,顾贞观与吴绮又为纳兰编刊词集《饮水词》,纳兰于是作此词向好友表明自己的情操与心迹。

凭君料理花间课,莫负当初我。眼看鸡犬上天梯,黄九自招秦七共泥犁。　　瘦狂那似痴肥好,判任痴肥笑。笑他多病与长贫,不及诸公衮衮向风尘。

凭君料理花间课,莫负当初我——任凭你处置"我"的习作,不要辜负了当初你"我"相知相交的情意。料理:照顾,安置,此处引申为整理、编辑。花间课:指自己的词作。《花间集》,五代后蜀赵崇祚所编,收录晚唐五代词人的作品,是我国现存最早的一部词的总集。词人将自己的作品自谦为学习《花间集》的功课。

眼看鸡犬上天梯,黄九自招秦七共泥犁——冷眼看他一人得道,鸡犬升天,"我"只愿和好友沉迷于词的创作中,像秦七和黄九那样,即使堕入地狱也不后悔。鸡犬上天梯:即俗语所说的"一人得道,鸡犬升天"之意。晋·葛洪《神仙传·淮南王》:"八公乃取鼎煮药,使王服之。骨肉近三百人,同日升天。鸡犬舐药器者,亦同飞去。"天梯:登天的阶梯。黄九:北宋文学家黄庭坚,排行第九,时人称他为黄九。秦七:北宋词人秦观,排行第七,时人称他为秦七。秦七黄九齐名于北宋词坛,这里以秦七黄九代指作者与顾贞观。泥犁:佛家语,地狱之意。《苕溪渔隐丛话》引《冷斋夜话》记载,黄庭坚作艳词,僧人法秀批评他"恐生泥犁耳"。

瘦狂那似痴肥好,判任痴肥笑——仕途失意的瘦狂之人哪里比得上春风得意的痴肥之人呢?让我们一任那些痴肥的人来嘲笑吧。《南史·沈庆之传》:"尝醉,……逢王景文子约,张目视之曰:'汝是王约耶?何乃肥而痴。'约曰:'汝沈昭略耶?何乃瘦而狂。'昭略抚掌大笑曰:'瘦已胜肥,狂又胜痴。'"这里以痴肥比喻那些攀附富贵而鸡犬升天的世俗之人,以瘦狂比喻像词人和顾贞观这样超迈拔俗而仕途失意的人。判:通"拚"。不顾一切,豁出去。

笑他多病与长贫,不及诸公衮衮向风尘——嘲笑我们一个多病,一个长贫,不如他们那些人,一个连着一个,在官场上志得意满,显赫当朝。多病:指词人自己。长贫:指顾贞观。衮衮:连续不断的样子。风尘:指官场一类的世俗社会。唐·杜甫《醉时歌》:"诸公衮衮登台省,广文先生官独冷。"

  纳兰虽出身于权贵之门,但无意于仕进,而性喜作词。顾贞观和他志趣相投,交谊极深。纳兰对他也最为信任,引为平生知己。康熙十七年(1678),朝廷下诏开博学鸿词科,有人想要举荐顾贞观,顾力辞不就,此种胸襟尤为纳兰所激赏。这首词上片从正面书写,在慷慨磊落之中抒写了对好友的殷殷情意,以及自己欲和好友不顾世俗非议,坚持词的创作的无怨无悔的决心。"凭君料理"四字,肝胆相照,令人动容。"黄九秦七",以苏门两弟子相比,何等亲昵!"共泥犁"者,虽同下地狱亦无怨无悔矣。下片以反语讥讽,对那些蝇营狗苟之辈报以极大的轻蔑,包含着强烈的愤世嫉俗之慨。

  这首词全篇都使用了对比手法,而且运用非常巧妙。上片是曲比、暗比,上天梯的鸡犬和共泥犁的秦七黄九喻示两种不同的人生追求,构成对比和反差;下片是直比、明比,痴肥和瘦狂,多病长贫之人和衮衮诸公,代表了两种不同的生活状态,同样构成了强烈的对比和反差。在这种对比中,作者的爱憎之情和人生态度得以异常鲜明地体现出来。

金缕曲

赠梁汾

  此词作于康熙十五年(1676),乃容若初识顾梁汾时题赠之作。纳兰性德去世后,顾贞观在《金缕曲·酬容若见赠次原韵》一词后曾作自注记载此事:"岁丙辰,容若年二十二,乃一见即恨识余之晚。阅数日,填此词为余题照,极感其意。而私讶他生再结,殊不祥,何意为乙丑五月之谶也,伤哉!"丙辰年即康熙十五年(1676),乙丑年即康熙二十四年(1685),纳兰所题顾贞观像为《侧帽投壶图》。这首词可以说是纳兰性德的成名作,当时京城竞相传写,称之为"侧帽词"。后来,纳兰刊刻自己的第一部词集,就取名《侧帽词》,可见这首词在纳兰创作中的地位。顾贞观为人重道义,笃友情,其为人最可称道之处就是一生为营救无端遭祸、流配黑龙江宁古塔的挚友吴兆骞而奔走呼号以及和纳兰性德的知己之情。

德也狂生耳。偶然间、缁尘京国,乌衣门第。有酒惟浇赵州土,谁会成生此意。不信道、遂成知己。青眼高歌俱未老,向樽前、拭尽英雄泪。君不见,月如水。　共君此夜须沉醉,且由他、蛾眉谣诼,古今同忌。身世悠悠何足问,冷笑置之而已。寻思起、从头翻悔。一日心期千劫在,后身缘、恐结他生里。然诺重,君须记。

德也狂生耳。偶然间、缁尘京国,乌衣门第——"我"本是一个狂放不羁的人。不过是偶然间,生长在豪门望族之家,沦落在京城的俗世污浊中而已。德:作者自指。缁尘:灰尘,风尘。缁,黑色。京国:京城。六朝齐·谢朓《酬王晋安》:"谁能久京洛,缁尘染素衣。"乌衣门第:指贵族门第。东晋时谢安、王导等豪门望族居住在乌衣巷(今南京市内)。

有酒惟浇赵州土,谁会成生此意。不信道、遂成知己——"我"真心仰慕平原君的人品和胸襟,有酒就想浇在他生活过的赵国的土地上,可谁能理解"我"这样的心意?不敢相信的是,"我"和你竟然成了知己。"有酒"句:唐·李贺《浩歌》:"买丝绣作平原君,有酒惟浇赵州土。"平原君赵胜是赵国人,战国四公子之一,礼贤下士,喜好交游,有门客数千。此处用李贺诗句表达对平原君人品胸襟的倾慕以及对自己的期许。会:理解,明白。成生:作者自指。纳兰初名成德,成生是自谦的说法。

青眼高歌俱未老,向樽前、拭尽英雄泪。君不见,月如水——我们彼此青眼相对,结为知己,所幸年华未老(此时纳兰年方二十二岁,顾贞观四十岁),尚有可为。让我们借着杯酒,抹去英雄伤悲的泪水。你难道不见,此时月色正美妙如水。青眼:晋阮籍善为青白眼,见礼俗之士,以白眼对之;见良朋高士,则用青眼相看。《晋书》本传和《世说新语》皆有记载。唐·杜甫《短歌行赠王郎司直》:"王郎酒酣拔剑斫地歌莫哀,我能拔尔抑塞磊落之奇才。……青眼高歌望吾子,眼中之人吾老矣。"月如水:三国魏·曹操《短歌行》:"明明如月,何时可掇?"作者在此化用曹操诗意来比喻知己相遇。

共君此夜须沉醉,且由他、蛾眉谣诼,古今同忌——我和你此夜要纵情豪饮,大醉一场,姑且任那些卑鄙小人造谣诽谤吧,因为贤人君子遭到忌恨是自古以来就存在的现象。蛾眉谣诼:屈原《离骚》:"众女嫉余之蛾眉兮,谣诼谓余以善淫。"屈原这两句诗以美女遭妒来比拟贤人君子因其高洁的品性而遭受小人造谣诽谤。蛾眉:女子长而美的眉毛,这里代指美女。谣诼:造谣诽谤。忌:忌恨。

身世悠悠何足问,冷笑置之而已。寻思起、从头翻悔——面对此种情形,何须再来追问生命的意义,冷笑一声,把它从心中放下,不过如此而已。回想起来,过去的一切都令人追悔莫及。唐·李商隐《夕阳楼》:"欲问归鸿向何处,不知身世自悠悠。"

一日心期千劫在,后身缘、恐结他生里。然诺重,君须记——一日肝胆相照,以心相许,即使历经千劫,情意也永不改变。今生未了的缘分,恐怕要等来生继续了。这个深重的诺言,你一定要记住。心期:彼此的深切了解,以心相许。千劫:极长的时间,和永恒之意相近。佛教以天地一成一毁为一劫。后身缘:来世的缘分。

　　这首题赠之作直抒胸臆,不假雕饰,将一腔肺腑之情化作真挚感人的词句,酣畅淋漓而又深沉婉曲,令人一读之下,为之动容。上片发语突兀,如黄钟大吕破空而来。词人本是一介狂生,并不以出生豪门和功名富贵为意,而愿向平原君那样广交天下贤士,但芸芸众生却无人能理解他内心的痛苦。这种对自己身世性格的反思表明纳兰作为一个贵族公子清醒的人生态度,也为他能和顾梁汾成为知己作了思想和性格的铺垫。接着以反诘写二人的知己之情,这里既有知己相逢的狂喜,又有英雄惺惺相惜的豪情。结句一转,以景作结,以澄澈的月光营造高洁而凄清的氛围,同时使渐次高亢的情绪获得了绵绵不尽的情味。过片因上片结句的"月如水"非常自然地引出"此夜",而"沉醉"又和"樽前"遥相呼应,结构非常严谨。词人将顾贞观的沦落不偶和自己以及古往今来无数的贤人君子遭到忌妒中伤的普遍遭遇结合起来,在劝慰知己的同时抒写了更加深广的忧愤。词人渴求知己,因为在这个毫无意义的世界里,只有知己之间的情谊,才会来世今生历千万劫而不变,才是最值得珍惜的。结句更是再三叮咛,殷殷劝嘱,表达了愿和梁汾世世相知的强烈愿望,语言沉厚有力,感人至深。

　　古今抒写知己之情的诗词很多,但写得如此豪放深情者并不多见。清·谢章铤在《赌棋山庄词话》中说:"纳兰容若深于情者也,……其中赠梁汾《贺新凉》、《大酺》诸阕,念念以来生订交,情至此,非金石所能比坚。嗟乎!若容若者,所谓翩翩浊世佳公子矣。"

金缕曲
简梁汾

　　这是一首写给顾贞观的以词代书信之作。纳兰为顾贞观营救受江南科考案牵连而被流放宁古塔多年的好友吴兆骞的深情所感动,于是挺身相助。此词当作于接受顾贞观的重托之后,时间应在康熙十五年(1676)冬。简:书简,书信。

洒尽无端泪。莫因他、琼楼寂寞,误来人世。信道痴儿多厚福,谁遣偏生明慧。莫更著、浮名相累。仕宦何妨如断梗,只那将、声影供群吠。天欲问,且休矣。　情深我自判愁悴。转丁宁、香怜易爇,玉怜轻碎。羡杀软红尘里客,一味醉生梦死。歌与哭、任猜何意。绝塞生还吴季子,算眼前、此外皆闲事。知我者,梁汾耳。

洒尽无端泪。莫因他、琼楼寂寞,误来人世——你不要因为独居冰雪中的千佛殿而感到寂寞,而无端地流泪悲伤,甚至认为生在世上也是一种错误。琼楼:月中宫殿。此处特指雪后寺观。顾贞观在康熙十五年(1676)冬,寓居京师千佛殿。

信道痴儿多厚福,谁遣偏生明慧。莫更著、浮名相累——都说痴傻之人真的有深厚的福泽,谁让你偏偏聪明有才智。还是大智若愚,不要为世上的浮名所牵累。信:的确,确实。痴儿:呆傻无知之人。明慧:聪明有才智。

仕宦何妨如断梗,只那将、声影供群吠。天欲问,且休矣——不妨把仕宦生活的漂泊不定视若残枝断梗的无根无蒂,不必在意。让那些小人就像群犬吠声一样对着我们嗷嗷叫唤吧,他们哪里知道我们的心意。像屈原那样悲愤问天,也暂且算了吧。断梗:折断的枝条,喻指漂泊不定的生活。《战国策·齐策三》记载了苏秦在游说孟尝君时所讲的一个寓言,大意为桃梗和土偶人在淄水边上对话,桃梗对土偶人说,你是西岸的泥土,工匠把你塑成了人形,淄水一到,你就会毁灭。土偶对桃梗说,我是淄水西岸的泥土,毁灭后复归于西岸。而你原本是东国的桃木,工匠把你雕刻成了人形,淄水到来时就把你冲走了,你会四处漂泊,不知何处才是你的停歇之所。唐·李商隐《蝉》:"薄宦梗犹泛。"声影句:成语有曰:"一犬吠形,百犬吠声。"顾梁汾以一介书生出入明珠相府,必然招致物议。天欲问:屈原被放逐之后,写了一篇长诗《天问》,以此来宣泄内心的矛盾和痛苦。

情深我自判愁悴。转丁宁、香怜易爇,玉怜轻碎——有感于人间自有深情,"我"甘愿愁悴伤神,也要为此付出全力。请转告叮嘱吴汉槎,太怜惜香,香容易烧尽;太怜惜玉,玉容易碎裂。这里是希望吴汉槎能随遇而安,善自珍重,不要过分为流放生活所苦。判:通"拚",不顾一切,甘愿。丁宁:同"叮咛",叮嘱。爇:烧,点燃。

羡杀软红尘里客,一味醉生梦死。歌与哭、任猜何意——真羡慕那些一味在繁华都市里醉生梦死的人,任凭他们随意去猜测咱们的狂歌与悲哭吧。杀:表示程度深。软红尘:指繁华的都市。纳兰《致张纯修简》第二十七简:"鄙性爱闲,近苦鹿鹿,东华软红尘,只应埋没慧男子锦心绣肠。仆本疏慵,那能堪此。"

绝塞生还吴季子,算眼前、此外皆闲事。知我者,梁汾耳——一定要让吴汉槎活着从遥远的塞外回来,算算眼前,除此之外都是闲事。知道"我"这种心意的,只有你顾梁汾了。吴季子:春秋时吴国公子季札,封于延陵,人称延陵季子,是一位仁德之人。这里指顾贞观的好友吴兆骞。吴兆骞(1631—1684),字汉槎,吴江人,为江南才子,被誉为"江左三凤"之一。顺治十四年(1657),因江南科考案,被流放到黑龙江宁古塔(今黑龙江宁安县)。康熙十五年(1676),顾贞观作《金缕曲》二首寄吴兆骞,纳兰见之,泣下数行,于是下决心相助顾贞观营救吴汉槎,在顾贞观和纳兰的鼎力救助下,吴兆骞终于在康熙二十年(1681)被放还。

【解析】

这首词倾诉知己之情,沉挚深切,发自肺腑。词人虽然任自己的情感尽情宣泄,但上下片各有侧重,脉络非常清晰。上片主要写朋友。对顾贞观沦落不偶的处境寄予深切的理解和同情,并且将顾贞观的遭遇和贤愚不分、美丑难辨的社会环境联系在一起,劝顾不要将群小的猜疑诋毁放在心上,而应以旷达的态度面对人生,其间有着对朋友不流于世俗的品格的赞美。下片主要写自己。词人自觉地将自己和那些"一味醉生梦死"的"软红尘里客"区别开来,对他们投以极大的轻蔑,表达了自己一定要助顾贞观完成让好友生还入关的心愿的决心,从中可以深切地感受到纳兰对朋友之情的执著和珍惜。谢章铤《赌棋山庄词话》:"汉槎,梁汾友耳,容若感梁汾词,谋赎汉槎归,曰:'三千六百日中,吾必有以报梁汾。'厥后卒能不食其言,遂有'绝塞生还吴季子,算眼前、此外皆闲事'句。嗟乎!今之人,总角之友,长大忘之。贫贱之友,富贵忘之。相勖以道义,而相失以世情;相怜以文章,而相妒以功利。吾友吾且负之矣,能爱友之友如容若哉。"

纳兰写知己之情和朋友之义,之所以感人至深,一是因为他和朋友有相同的思想基础和人生追求,对朋友的遭遇能够感同身受,词中常有强烈的悲愤不平之气。再就是对朋友之事能以身任之,全力以赴,有古侠者之风。读者当于此处细细品之。

金缕曲

姜西溟言别，赋此赠之

【题解】

姜宸英（1638—1699），字西溟，号湛园。浙江慈溪人。工书画，擅词章。屡试不第，漂泊京城多年。康熙三十六年（1697）七十岁时始进士及第，授翰林院编修，两年后担任顺天乡试副主考官，因事被弹劾，病死狱中。姜西溟于康熙十七年（1678）进京参加博学鸿词科考试，未能中选，纳兰对此深表同情，留西溟于自己府中，诗词往还，多有唱和。康熙十八年（1679）秋，姜西溟因母丧，欲返回故乡浙江慈溪，纳兰作此词送别。

谁复留君住？叹人生、几番离合，便成迟暮。最忆西窗同剪烛，却话家山夜雨。不道只、暂时相聚。滚滚长江萧萧木，送遥天、白雁哀鸣去。黄叶下，秋如许。　　曰归因甚添愁绪。料强似、冷烟寒月，栖迟梵宇。一事伤心君落魄，两鬓飘萧未遇。有解忆、长安儿女。裘敝入门空太息，信古来、才命真相负。身世恨，共谁语。

谁复留君住？叹人生、几番离合，便成迟暮——谁又能把君留住，不让朋友分别呢？让人感叹人生短暂，几次悲欢离合，便已到了衰老之时。迟暮：暮年，比喻衰老。屈原《离骚》："惟草木之零落兮，恐美人之迟暮。"

最忆西窗同剪烛，却话家山夜雨。不道只、暂时相聚——最令我们回忆的是曾经剪烛西窗，谈论故乡夜雨的情形。却没有想到这只是我们的暂时相聚。唐·李商隐《夜雨寄北》："君问归期未有期，巴山夜雨涨秋池。何当共剪西窗烛，却话巴山夜雨时。"最忆两句，化用李商隐诗句和意境，回忆自己和姜西溟二人朝夕相处的亲密情景。不道：不料。暂时：西溟康熙十七年（1678）来京，至此时离京仅一年时间。

滚滚长江萧萧木，送遥天、白雁哀鸣去。黄叶下，秋如许——滚滚长江东去，木叶萧萧而下，目送远方，白雁哀鸣着飞去。还有飒飒飞舞的黄叶，昭示着秋天已经如此零落。这几句全用景语，将送别朋友的悲伤之情融化在这衰飒的秋景中。滚滚句：唐·杜甫《登高》："无边落木萧萧下，不尽长江滚滚来。"这句化用杜甫诗句描绘深秋的景象。白雁：宋·沈括《梦溪笔谈·杂志一》："北方有白雁,似雁而小,色白,秋深则来。白雁至则霜降,河北人谓之'霜信'。杜甫诗云'故国霜前白雁来',即此也。"这里以白雁隐喻远行的友人。

曰归因甚添愁绪。料强似、冷烟寒月,栖迟梵宇——就要返回故乡了,为什么你又增添了几多愁绪。料想怎么也应该好于一个人冷烟寒月,淹留在寺庙中。曰归：《诗经·东山》："我东曰归,我心西悲。"曰,句首语助词。栖迟：漂泊失意,淹留。梵宇：寺庙。当时纳兰将姜西溟安置在京师千佛寺中。

一事伤心君落魄,两鬓飘萧未遇。有解忆、长安儿女——为了功名你伤心落魄,直到两鬓斑白,还没有合适的机遇。令人安慰的是,家中还有思念你、盼望你归来的小儿女。一事：这里指姜西溟年逾半百尚无功名之事。飘萧：飘动之意。唐·杜甫《义鹘行》："飘萧觉素发,凛欲冲儒冠。"遇：机遇,机会。有解句：唐·杜甫《月夜》："遥怜小儿女,未解忆长安。"这里反用其意。

裘敝入门空太息,信古来、才命真相负。身世恨,共谁语——失意还家后你空自叹息,才相信自古以来才华和命运真是互相背离,不可兼得。身世坎坷的悲愤,又能向谁诉说呢！这里的身世恨,不能单纯理解为姜西溟或是纳兰的身世之恨,而应是包括古往今来那些才命两相妨的失意之人的。裘敝句：《战国策·秦策》："（苏秦）说秦王书十上而说不行,黑貂之裘敝,黄金百斤尽。资用乏绝,去秦而归。"唐·李商隐《有感》："中路因循我所长,古来才命两相妨。"

【评析】

姜宸英因母丧,刚到京城一年就要返回故里,其人生之坎坷,令人叹息。纳兰这首送别词在极为深厚的惜别之情中,寄寓了对命运不公的悲愤不平之感。有着对友人坎坷不平身世的真切理解和同情。上片开头以诘问直言离别之情,并且把离别和人生苦短的感慨联系到一起,使离别获得了更深层次的意味。接着追忆朋友相聚的美好时刻,以此来反衬此时离别的悲哀。自"滚滚长江"以下,转而写深秋之景,境界开阔,衰飒凄凉,情景相融,沉着含蓄地抒写了对友人失意而归的眷恋之情。过片"曰归因甚添愁绪",以一问句自然而然地将重心转移到对友人命运的同情上,非常巧妙。词人由表及里,层层推衍。一方面有对友人漂泊栖迟、年华老大而功业未成的痛惜,另一方面,又用家中子女承欢膝下、可以得享天伦之乐对友人进行宽慰。最后,希望姜西溟能以达观的态度看待个人的遭际,古往今来有多少杰出者"才命两相妨",那么姜西溟的不遇于世就不是个人的原因。如此表述虽婉转曲折却能入情入理,能够真正慰藉友人的心灵。结句抒写再无人可与倾诉身世之恨的悲哀,其深层情感仍然是表达不忍友人离去的惜别之情。

水龙吟

再送荪友南还

【题解】

康熙十五年（1676）初夏，严绳孙南归故里江苏无锡，此词即作于严南归前。因前已作过一首七言古诗《送荪友》，所以此词题名《再送荪友南还》。又有学者认为此词系作于康熙二十四年（1685）荪友第二次南归时，细考词中有"更那堪几处，金戈铁马"之语，应指康熙十二年（1673）至康熙二十年（1681）平定三藩的战事，故不从此说。水龙吟：词牌名。又名《海天阔处》、《庄椿岁》、《小楼连苑》、《丰年瑞》、《龙吟曲》等。此调体格众多，字数不一。此词用宋·苏轼《水龙吟》（霜寒烟冷蒹葭老）体式，为词体正格。上片五十二字，四仄韵；下片五十字。五仄韵。

人生南北真如梦，但卧金山高处。白波东逝，鸟啼花落，任他日暮。别酒盈觞，一声将息，送君归去。便烟波万顷，半帆残月，几回首，相思否。　　可忆柴门深闭。玉绳低、剪灯夜语。浮生如此，别多会少，不如莫遇。愁对西轩，荔墙叶暗，黄昏风雨。更那堪几处，金戈铁马，把凄凉助。

【新解】

人生南北真如梦，但卧金山高处。白波东逝，鸟啼花落，任他日暮——人的一生，南北漂泊，四处奔走，宛如幻梦。现在你终于可以高卧在金山之上，看大江东去，伴鸟啼花落，任凭夕阳西下而无所牵挂。这几句想象严绳孙回到故乡后潇洒闲适的隐居生活，对友人终于能够解脱尘俗之念，笑傲湖山风月充满羡慕之情。卧：即高卧之意，指归隐。《晋书·谢安传》："累违朝旨，高卧东山。"金山：在江苏镇江北，这里代指荪友的家乡。宋·周必大《杂志》："此山大江环绕，每风四起，势欲飞动，故南朝谓之'浮玉'。"白波：指江水。唐·李白《庐山谣寄卢侍御虚舟》："登高壮观天地间，大江茫茫去不还。黄云万里动风色，白波九道流雪山。"鸟啼花落：宋·苏轼《与梁左藏会饮傅国博家》："东堂醉卧呼不起，啼鸟落花春寂寂。"

别酒盈觞，一声将息，送君归去。便烟波万顷，半帆残月，几回首，相思否——离别的酒已经倒满酒杯，道一声珍重，愿您平安返回故乡。在烟波浩渺的漫漫长路上，在午夜梦回，只有孤帆残月相伴之时，你是否会回头北望，思念远方知己的朋友?将息:休息。宋·谢逸《柳梢青·离别》:"香肩轻拍,尊前忍听,一声将息。"

可忆柴门深闭。玉绳低、剪灯夜语。浮生如此,别多会少,不如莫遇——可曾想起那夜我们紧闭柴门,一直到深夜之时,还在灯前说着知心的话语。人生就是这样,别离的时候多,相聚的时日短。还不如我们从来就没有相遇。这几句追忆相聚时的美好时光,抒写知己分离的苦闷。玉绳低:意为夜已深。玉绳,星名。北斗七星之斗杓,在北斗第五星玉衡之北。《文选·西京赋》李善注:"玉衡北二星为玉绳。"唐·李商隐《寄令狐学士》:"晓饮岂知金掌迥,夜吟应讶玉绳低。"宋·史达祖《绮罗香》:"忆当日、门掩梨花,剪灯深夜语。"不如句:可参见纳兰《送荪友》:"人生何如不相识,君老江南我燕北。何如相逢不相合,更无别恨横胸臆。"

愁对西轩,荔墙叶暗,黄昏风雨。更那堪几处,金戈铁马,把凄凉助——黄昏之时,"我"孤独一人,对着西轩而寂寞忧愁,昏暗的薜荔墙上的叶子在风雨中飘摇晃动,更有频繁的战事,使我心中更加凄凉。西轩:纳兰家中一处建筑,严绳孙曾经居住在此。轩,有栏杆的长廊。荔墙:爬满薜荔的墙。金戈铁马:指南方战争。当时三藩叛乱,南方战事正当激烈之时。

这首送别词虚实相间,情景交融。虽云"再送",但是蕴含于其中的情感依然非常饱满,从中可见纳兰对友人深挚的眷恋之情。

上片全用虚笔,开头想象友人回到家乡之后任性适意的隐居生活,高卧金山,远离喧嚣的尘世,耳目所及,完全是令人心醉神迷的自然之景、天籁之声,境界非常高远。然后转入送别,"别酒盈觞,一声将息,送君归去",用语精炼,但深情内蕴。没有过多离别的哀伤,有的是殷勤的嘱托和关心。"便烟波万顷"以下,再用想象之语遥想友人归途中的情景,将思念之情寓于景物描写之中,最后以友人回首相思这一意象作结,含蓄而又深沉,同时和过片的"可忆柴门深闭"一句相呼应,使上下片在结构上更加严谨,过渡更加自然。

下片抒写友人离去后自己的孤独苦闷。首先追忆相聚的欢乐,知己相交,剪灯夜话,心心相印,然而聚少离多真是人生莫大的悲哀。"不如不遇",是愤激之语,更是深情之语,在这个世界上有多少人生知己,当他们不得不分别时,都会产生同样的感慨。接着以"荔墙叶暗,黄昏风雨"渲染荪友离去后寂寞独处的悲凉。"更那堪"以下,由知己之情转向对国事的关注,从而也把知己之情上升到更高的层次,词的境界因而变得更加深沉阔大。

临江仙
寄严荪友

这是一首寄给友人严绳孙的词。严绳孙于康熙十五年(1676)离京返回故乡无锡,康熙十七年(1678)夏才返回北京。纳兰妻卢氏于康熙十六年(1677)五月三十日去世,细揣词意,此词当作于康熙十七年(1678)的春天。

  别后闲情何所寄?初莺早雁相思。如今憔悴异当时。飘零心事,残月落花知。 生小不知江上路,分明却到梁溪。匆匆刚欲话分携。香消梦冷,窗白一声鸡。

  别后闲情何所寄?初莺早雁相思——自从分别之后,满怀幽情无所寄托,春天早归的大雁,还有刚刚鸣啭的黄莺,无一不引发"我"对故友的思念之情。闲情:这里指对故友的思念之情。初莺早雁:见《青衫湿·悼亡》新解。

  如今憔悴异当时。飘零心事,残月落花知——如今"我"的容颜憔悴,早已和当初不一样,只有残月落花,知道"我"飘零的心事。纳兰既思念故友,又经历丧妻之痛,导致身体健康状况大不如前。

  生小不知江上路,分明却到梁溪——"我"从来就不知道江南的路,梦里却分明到了梁溪。生小:幼小,童年。梁溪:在无锡,这里代指荪友的家乡。

  匆匆刚欲话分携。香消梦冷,窗白一声鸡——匆匆地想要和你诉说别离之情,没想到窗外一声鸡叫,已是拂晓时分,梦中的一切烟消云散,不复存在。分携:分别。

  纳兰和严绳孙分别之后,思念之情与日俱增,加之自己身遭丧妻之痛,满怀悲情无处诉说,于是写下这首小词寄给严绳孙。上片直抒思念之意,且有自伤身世飘零之感。下片写梦中来到江南和故友相见,然好梦难留,留下的只有梦醒后更大的伤悲。此词将怀友和自伤结合起来,语短情深,令人无限感慨。

好事近

这首词的写作时间,可谓众说纷纭。有的学者将其定为康熙二十年(1681)春随扈康熙东巡返京途中;或者康熙二十一年(1682)春赴吉林返京途中;近来又有人认为此词系作于康熙十七年(1678)四、五月间先后随扈往返巩华城以及畿西、南苑途中,正值卢氏忌日前不久,有怀念卢氏并为其招魂之意。

何路向家园,历历残山剩水。都把一春冷淡,到麦秋天气。

料应重发隔年花,莫问花前事。纵使东风依旧,怕红颜不似。

何路向家园,历历残山剩水。都把一春冷淡,到麦秋天气——何处才是通向家园的归路,"我"徘徊在旅途中,眼前只见一道道残山剩水。春天倏忽而过,"我"却无心流连,冷淡了春天的美丽。现在已是春末夏初,到了收麦子的季节了。历历:(物体或景象)一一清晰分明。残山剩水:原指人工开凿的池塘和堆砌的假山,也指呈现残破凋零景象的山水,后多形容国家经过战乱后残破零落的景象。明·王璲《题赵仲穆画》:"南朝无限伤心事,都在残山剩水中。"麦秋:农历四月为麦收时节,称为麦秋。汉·蔡邕《月令章句》:"百谷各以其出生为春,熟为秋,故麦以孟夏为秋。"

料应重发隔年花,莫问花前事。纵使东风依旧,怕红颜不似——去年我们共赏的花,此时应该重新开放了吧?但不要再问花前曾经发生过什么。纵然催花开放的东风依旧,只怕花前赏花之人已经和去年不一样了。隔年花:去年的花。红颜:美丽的容颜,代指美人。宋·马令《南唐书》卷六《昭惠周后传》:"(后主)又尝与后移植梅花于遥光殿之西,及花时而后已殂,因成诗见意……又云:'失却烟花主,东君自不知。清香更何用,犹发去年枝。'"又唐·刘希夷《代悲白头翁》:"今年花落颜色改,明年花开复谁在。……年年岁岁花相似,岁岁年年人不同。"可作此旁证。

纳兰的一些小词,如果联系具体情事来解读,可以使我们了解词人的身世变化和时代特点。像这首词,人们认为其有为卢氏招魂之意,并无不可。但是,词这种诗歌体裁,有其内在的特质。缪钺《词论》有言:"若夫词人,率皆灵心善感,酒边花下,一往情深,其感触于中者,往往凄迷怅惘,哀乐交融,于是借此要眇宜修之体,发其幽约难言之思,临渊窥鱼,若隐若显;泛海望山,时远时近。作者既非专为一人一事而发,读者又安能凿实以求?亦惟有就己见之所能及者,高下深浅,各有领会。"因此,对于词之情感意旨,不可过于求实,而应体会其中所蕴含的幽约难言之思。这首词,上片写路途中所见所感,境界非常开阔,在天地时空的变化中,有着极为沉重的悲伤凄凉。家园难觅,无路可归,触目之处惟见残山剩水。其中"残山剩水"一词大可玩味,词人生活的年代,正值康熙盛世之时,何来"残山",哪有"剩水"? 只因词人内心忧伤落寞,内心的情感映射到外在物象上,所以山山水水都染上了一层凄凉的色彩,这也就是王国维先生所言的"以我观物,故物皆着我之色彩"的主观之境。三、四两句写时光流逝,季节变换,如此迅疾,令人无言和震惊。下片化用李后主和大周后移栽梅花之事,暗含深沉的物是人非之慨。令人想起"年年岁岁花相似,岁岁年年人不同"这永恒的尘世轮回的变化,其中也包含着词人对亡妻的怀念之情。结句"纵使东风依旧,怕红颜不似",伤今悼昔,沉痛有力,字字血泪。

于中好

送梁汾南还,为题小影

此词是一首送别词,作于康熙二十年(1681)秋顾梁汾因母丧离京南还之前。小影:指顾贞观的画像。于中好:词牌名。一作《鹧鸪天》,又名《思佳客》。双调,五十五字,上下片各三平韵,上片三四句与过片两个三言句多用对仗。

握手西风泪不干,年来多在别离间。遥知独听灯前雨,转忆同看雪后山。　凭寄语,劝加餐。桂花时节约重还。分明小像沉香缕,一片伤心欲画难。

握手西风泪不干,年来多在别离间——这两句意谓在秋风中执手送顾贞观南归,恋恋不舍,想到一年来与好友多次分别,不由得泪流满面。纳兰这一年来,先后扈从康熙皇帝巡幸巩华城、遵化、雄县等地,与顾贞观多次分别。

遥知独听灯前雨,转忆同看雪后山——这两句设想分别后的情景。遥想你在家乡独坐灯前,听着窗外淅沥的秋雨,无人可以相伴;转念一想,你我曾经同在雪后看山,也可稍解别后独处的寂寞孤独。明·王彦泓《岁除日即事》:"浮尘扰扰一身闲,独看城南雪后山。"

凭寄语,劝加餐。桂花时节约重还——凭借"我"的殷勤话语,你要努力加餐饭,别让身体瘦损。咱们约定,等到明年桂花开放的时候你要再回来。《古诗十九首·行行重行行》:"弃捐勿复道,努力加餐饭。"明·王彦泓《满江红》:"欲寄语,加餐饭,难嘱咐,鱼和雁。"

分明小像沉香缕,一片伤心欲画难——你的画像在沉香的缕缕轻烟中清晰可见,但是你内心的悲伤是无论如何也无法描画出来的。有的学者认为小像是纳兰的画像,与词意殊不合。顾贞观《南乡子》:"无计与传神,小像沉香只暗熏。"唐·高蟾《金陵晚望》:"世间无限丹青手,一片伤心画不成。"

这首送别词抒写纳兰对梁汾离去的眷恋不舍之情,从中可见纳兰对朋友的深情厚谊。上片想到一年来聚少离多,更增添了此次送别的悲伤。三、四两句遥想别后情景,希望彼此能以相聚时的欢乐战胜别后的孤独寂寞,有情有景,情景相生。过片殷勤叮咛,相约重还的时间。结句写自己独对好友小像以慰相思,从中却看到满面风霜,感受到"一片伤心",表达了对好友坎坷遭遇的无限同情和深切理解。

满江红
茅屋新成却赋

康熙二十年(1681)秋,顾贞观回无锡奔母丧。康熙二十三年(1684),纳兰在其府中修建了几间茅屋,邀请好友顾贞观回京相聚。这首词当作于此时。同时作者还有《寄梁汾并葺茅屋以招之》,诗曰:"三年此离别,作客滞何方?随意一尊酒,殷勤看夕阳。世谁容皎洁,天特任疏狂。聚首羡麋鹿,为君构草堂。"满江红:词牌名。又名《念良游》、《伤春曲》、《上江红》等。有平仄两体,宋人较多用仄韵体。双调,九十三字,前片四仄韵,后片五仄韵。声情激越,适宜抒写豪壮之情与疏狂之态。

问我何心?却构此、三楹茅屋。可学得、海鸥无事,闲飞闲宿。百感都随流水去,一身还被浮名束。误东风,迟日杏花天,红牙曲。　尘土梦,蕉中鹿。翻覆手,看棋局。且耽闲殢酒,消他薄福。雪后谁遮檐角翠,雨馀好种墙阴绿。有些些、欲说向寒宵,西窗烛。

问我何心?却构此、三楹茅屋。可学得、海鸥无事,闲飞闲宿——你问"我"是出于何心,修建了这几间茅屋?是否能像海鸥那样无忧无虑,自在地飞起,自在地停宿?三楹:几间。房屋一间为一楹。三,泛指几间,未必是确数。海鸥句:唐·杜甫《江村》:"自去自来堂上燕,相亲相近水中鸥。"

百感都随流水去,一身还被浮名束。误东风,迟日杏花天,红牙曲——人生百感都随流水而去,生命却还被尘世的浮名所拘束。耽误了在春风中享受春日的暖阳,娇艳的杏花,还有少女敲着红牙板的浅斟低唱。迟日:春天白日时间过得缓慢,故曰"迟日"。《诗经·豳风·七月》:"春日迟迟,采蘩祁祁。"红牙曲:指随着红牙板的节拍唱曲。红牙,用檀木制作的红色拍板,唱歌或奏乐时敲击它用来掌握节奏。宋·辛弃疾《满江红》:"佳丽地,文章伯。金缕唱,红牙拍。"

尘土梦,蕉中鹿。翻覆手,看棋局。且耽闲瞒酒,消他薄福——世事变幻如梦,像郑人蕉中藏鹿一样真假难辨。反复无常,如同一局棋那样变化莫测。暂且乐得清闲,与酒为伴,享受一些微薄的福分。蕉中鹿:《列子·周穆王》:"郑人有薪于野者,遇骇鹿,御而击之,毙之。恐人见之也,遽而藏诸隍(干沟)中,覆之以蕉。不胜其喜,俄而遗其所藏之处,遂以为梦焉。"后多用以比喻人世真假难辨,得失无常。翻覆手:意谓反复无常,耍弄权术。唐·杜甫《贫交行》:"翻手作云覆手雨,纷纷轻薄何须数。"棋局:杜甫《秋兴八首》其四:"闻道长安似弈棋,百年世事不胜悲。"耽:喜欢。瞒(tān):沉溺于。消:享受,受用。

雪后谁遮檐角翠,雨馀好种墙阴绿。有些些、欲说向寒宵,西窗烛——冬天去欣赏,雪后屋檐角落里被遮住的那点翠色;春雨过后,正是应该在墙边种植花草的季节。在深夜,我们可以相聚在一起,谈论一些共同感兴趣的话题。些些:一点儿,少许。寒宵:深夜。西窗烛:用唐·李商隐《夜雨寄北》诗意,见《金缕曲·姜西溟言别,赋此赠之》新解。

纳兰虽出身权贵之门,但并不像一般贵胄公子那样对功名仕途有强烈的追求,他对世事人生有一种清醒的态度。在内心深处,他渴望与三五知交在一起,过一种任情适意、不受拘束的自由自在的生活。这首词就是这种愿望的表达。词的上片写他构筑茅屋的原因,抒发对简单朴素、自由自在的生活的向往之情,清新自然。下片开始,情感由轻盈一转而为激愤,抒写对变幻如梦、反复无常的世事人

130

生的感慨,这不仅是纳兰,也是古往今来无数怀才不遇但又不愿沉沦于世俗中的知识分子的一种基本认识。词人选择的解脱之路是"耽闲嗜酒",赏翠种绿,享受悠闲的生活,欣赏自然的美景。结句以"剪烛西窗"深切地表达了希望好友能早日回来相聚的愿望。

虞美人

此词抒写的是词人对世事人生的一种感慨。

　　风灭炉烟残灺冷,相伴惟孤影。判教狼藉醉清尊,为问世间醒眼是何人。　　难逢易散花间酒,饮罢空搔首。闲愁总付醉来眠,只恐醒时依旧到尊前。

　　风灭炉烟残灺冷,相伴惟孤影——风吹灭了香炉,连残存的灯灰都已变冷;在这凄冷的境地里,一个人寂寞孤独,形影相伴。炉:香炉。灺(xiè):灯烛的灰烬。

　　判教狼藉醉清尊,为问世间醒眼是何人——我甘愿喝得杯盘狼藉,酩酊大醉;试问在这污浊的人世上,还有谁是清醒之人?判:通"拚"。不顾一切,甘愿。狼藉:杂乱的样子。尊:古代酒器。为问句:《楚辞·渔父》:"屈原曰:'举世皆浊我独清,众人皆醉我独醒,是以见放。'"为问,试问,请问。

　　难逢易散花间酒,饮罢空搔首——和朋友在花间饮酒,是多么美好的事情,只是这样的时候难以遇见,却容易失去,所以每次饮罢都令人惆怅满怀,空自抓头。搔首:抓头,是人在心绪烦乱有所思虑时的动作。花间酒:指良辰美景时的酒宴。唐·李白《月下独酌》:"花间一壶酒,独酌无相亲。"

　　闲愁总付醉来眠,只恐醒时依旧到尊前——内心莫名的哀愁总是交付给醉梦之中,因为我害怕清醒的时候,它依旧会到酒杯前纠缠不休,让人无法逃避。闲愁:内心深处莫名的惆怅与哀愁。

　　魏·曹丕《善哉行》中有句曰:"高山有崖,林木有枝。忧来无方,人莫之知。"意谓高山有山崖,林木有枝条。忧愁来临时却没有原因,他人也无法猜知。这首词所写的人生之慨即是这样一种闲愁。它抽象而又具体,美好而又忧伤。所谓抽象,是说很难找到具体原因,它是敏感多思的词人在对自我、人生、社会反思基础上的感叹。所谓具体,是指词人把感慨和常人易感的孤独寂寞(上片)、悲欢离合(下片)联系在一起,有具体可感的意象和情境,如"残灺"、"花间"等等。所谓美好,是指意境和意象之美。像风灭炉烟,花间饮酒,本身就具有很强的美感。所谓忧伤,是指那些美好的事物和情境,引发于人的却是悲哀之情。风灭炉烟,衬托的是人的孤独寂寞;痛饮以致沉醉,勾起的却是"举世皆浊我独清"的孤高,还有谁能如自己一样酒醉心醒地追问?花间饮酒,何其风雅美好,但难逢易散,无端闲愁,却又让人陷入悲慨之中。

清醒与沉醉,孤独与忧愁,这些都是人与生俱来的大问题,词人美好而又忧伤的吟唱,在我们的内心中会激发永恒的共鸣。

浣溪沙

这首小词见于康熙十五年(1676)所刻《侧帽词》中,其写作时间当在此年之前。据张任政《纳兰性德年谱·丛录》所言,《饮水词》中原有词题"西郊冯氏园看海棠,因忆香严词有感",《通志堂集》原本又将此题删去。以此看来,看海棠忆香严词,未必能涵盖此词意旨。冯氏园:明万历时太监冯保之园林,以海棠著称,在北京阜成门外。香严词:指清初大词人龚鼎孳的词集。龚鼎孳,字孝昇,号芝麓,合肥人。与吴伟业、钱谦益齐名,并称"江左三大家"。康熙十二年(1673)春纳兰于会试中式,龚为主考官,因此是纳兰的座师。

谁道飘零不可怜,旧游时节好花天。断肠人去自今年。
一片晕红才著雨,几丝柔绿乍和烟。倩魂销尽夕阳前。

谁道飘零不可怜,旧游时节好花天。断肠人去自今年——谁说春花的飘零凋落不让人痛惜怜爱呢?想起旧时同游正是春花烂漫的大好时光。从今往后,旧游不再,花开花落,令人肝肠寸断。

一片晕红才著雨,几丝柔绿乍和烟。倩魂销尽夕阳前——濛濛的春雨洒在一片春花之上,显出一片晕红之色;几缕嫩绿的柳丝,在迷离的烟雨中飘拂。夕阳西下之时,独自面对这娇柔美好的春景,不禁黯然魂销。晕红:指海棠花儿由花芯向着四周都透着红色。宋·王雱《倦寻芳》:"倚危栏,登高榭,海棠著雨胭脂透。"柔绿:嫩绿。倩魂:柔美幽微的心魂。

这首词原有词题，可能真是有感而发，借伤春寄寓怀念座师龚鼎孳之感，也有人认为其中还有怀念逝去的恋人之意。但如果仅以此来解析这首小词，未免失之于单薄简单。此词上片怜惜春花的飘零，追忆旧时情景，有浓重的怀旧之感。下片描写春天的美丽和自己的惆怅之情，有对美好然而无常的生命的深切感伤。笔致柔婉凄美，语言精美轻灵。清·王鸿绪评曰："柔情一缕，能令九转肠回，虽山抹微云君（指宋代著名的婉约词人秦观），不能道也。"盛冬铃《纳兰性德词选》评此词："容若此作则是写飘落风中的海棠，意谓红颜亦自无常，因叹青春易逝，情调更为颓伤。"二人之说，可谓中肯之论。

蝶恋花
出塞

　　康熙二十一年（1682）秋，词人奉命与副都统郎谈等出塞往觇梭龙，此词当为出塞途中所作。

　　今古河山无定据。画角声中，牧马频来去。满目荒凉谁可语？西风吹老丹枫树。　　从前幽怨应无数。铁马金戈，青冢黄昏路。一往情深深几许，深山夕照深秋雨。

　　今古河山无定据。画角声中，牧马频来去——古往今来，朝代何时更迭，江山归属何家，从来没有一定的凭准。在绵绵不尽的画角声中，只有牧马频繁地北去南来。无定据：没有凭准。宋·佚名《青玉案》："造化小儿无定据，翻来覆去，倒横直竖，眼前都如许。"画角：军中用的号角，上有彩绘，大约是牛角制成，声音洪亮高亢，出自北方少数民族中的羌族。古时军队中多在清晨和黄昏时吹奏，有警示预报的作用。牧马：汉·贾谊《过秦论》："胡人不敢南下而牧马。"唐·无名氏《胡笳曲》："汉家自失李将军，单于公然来牧马。"这两句写景虚实相间，既写苍凉辽阔的塞外风光，同时又是首句的形象写照。意谓历史上北方少数民族曾频繁来去中原，导致江山易主。

　　满目荒凉谁可语？西风吹老丹枫树——面对满眼无尽的荒凉景色，不知和谁倾吐内心的悲伤。只有红色的枫树，在萧瑟西风的吹拂下枯老凋零。

从前幽怨应无数。铁马金戈,青冢黄昏路——在历史的长河中,有多少人留下了数不清的忧伤愁怨。无数次征战杀伐,多少生灵涂炭,多少悲欢离合,凄凉的黄昏中,静卧在征途上的青冢,仿佛在无言地诉说。铁马金戈:指大规模的战争。青冢:汉代王昭君墓,在今内蒙古呼和浩特市南郊,相传坟上草色长青,故曰"青冢"。唐·杜甫《咏怀古迹五首》其三:"一去紫台连朔漠,独留青冢向黄昏。"

一往情深深几许,深山夕照深秋雨——有多少无往而不在的悲悯之情能够包容这一切呢?深秋的黄昏,残阳如血,映照深山之间,还有无边无际的秋雨在天空飘洒。一往句:《世说新语·任诞》:"桓子野每闻清歌,辄唤奈何!谢公闻之曰:'子野可谓一往有深情。'"宋·欧阳修《蝶恋花》:"庭院深深深几许。"

这首词触景生情,吊古伤今,境界极大。词人并没有局限于一时一地一事,也没有对历史上的兴亡成败进行分析批评,而是以一腔悲悯之情,观照古往今来纷纭变化的一切。个人的荣辱兴衰,朝代的更迭变化,就像万物摇落的秋天一样,不以人的意志为转移。作为一个有着丰富敏锐的内心情感的人,除了伤感惆怅,还能做什么呢!词人虽身为贵族公子、皇帝侍卫,有尊崇的地位和富足的生活,但并不妨碍他以悲悯感伤之情来回顾历史,审视现实。其《好事近·马首望青山》和这首词有着相似的情感价值取向,可以参照。这首词结构巧妙,上下片四层转折,每一层采用的都是先情后景的写法,以情语抒写悲慨,以景语营造情境,情景交融,虚实相生,感情内蕴,色调苍凉,具有含蓄而深沉的艺术效果。吴世昌《词林新话》评此词"通体俱佳"。

浣溪沙

古北口

这首词系康熙二十三年(1684)五月纳兰扈从康熙出古北口避暑时所作。古北口:又名虎北口,在今北京市密云县东北,是京北长城重要关口之一。

杨柳千条送马蹄,北来征雁旧南飞。客中谁与换春衣。
终古闲情归落照,一春幽梦逐游丝。信回刚道别多时。

杨柳千条送马蹄,北来征雁旧南飞。客中谁与换春衣——飘拂的千条杨柳,好像在送行人远去。去年飞向南方的大雁,现在又向北地飞来。旅途中远离家人,谁来为我更换春天的衣裳。北来句:唐·李益《春夜闻笛》:"洞庭一夜无穷雁,不待天明尽北飞。"纳兰《记征人语·十一》中也有句曰:"衡阳十月南来雁,不待征人尽北归。"春衣句:春天须脱下冬衣,换上春服。唐·皇甫冉《送裴阐(得归字)》:"道向毗陵岂是归,客中谁与换春衣。今夜孤舟行近远,子荆零雨正霏霏。"纳兰系用其成句。此词的写作时间,有的学者认为不应在康熙二十三年(1684),理由就是五月早已过了换春衣的季节。其实北方春天来得较晚,五月份冬寒才刚刚过去。

终古闲情归落照,一春幽梦逐游丝。信回刚道别多时——自古以来,每当夕阳西下之时,人们就会产生怅惘之情;而当春天来临之际,幽微惝恍的情思,也像飘动着的蛛丝一样朦胧迷离。这时接到家中的来信,却只说着离别多时的思念,令人更添孤独之感。终古:自古以来。"一春"句:清·李雯《浪淘沙》:"一春幽梦绿萍闲。"纳兰《浣溪沙·肠断斑骓去未还》也有句曰:"一春幽梦有无间。"游丝:春天飘荡着的蛛丝。刚道:只说,偏说。

这首小词抒写旅途上的寂寞无聊之感,清丽自然而又婉转多情。上片开头两句写景,杨柳依依,南雁北飞,本应让人感到一丝欣喜。然而词人却是在旅途之中感受着时序的更替,因此春天的到来反而使他更加伤感。"客中"一句,在伤感之中又增添了几许孤独寂寞和思乡之情。下片头两句宕开一层,词人将他的闲情幽梦大而化之,凝聚在对时间流逝和季节变换的审视上。他所感受到的悲哀不仅是个人的悲哀,而且是古往今来所有深情之人的共同感受。结句以平淡之笔写家中来信的内容,与前两句在情感深度和广度上形成了强烈的对比,愈发见出词人的孤独和情有独钟,也使读者更加明了词人内心情结的指向。

浣溪沙

此词作于康熙二十一年(1682)岁暮或二十二年(1683)岁初。康熙二十一年(1682)二月至五月,词人随扈康熙出巡东北,九月至十二月又奉命远赴黑龙江流域"觇梭龙"。归家后,请人画《楞伽出塞图》,这首词当为题画之作。楞伽:纳兰别号楞伽山人。

万里阴山万里沙,谁将绿鬓斗霜华?年来强半在天涯。
魂梦不离金屈戌,画图亲展玉鸦叉。生怜瘦减一分花。

万里阴山万里沙,谁将绿鬓斗霜华?年来强半在天涯——越过了万里阴山,穿过了浩瀚的沙漠,是谁使乌黑的鬓发染上了白霜?一年来大半的光阴,都在天涯奔波行役。阴山:今河套以北大漠以南东西走向的群山的总称。《汉书·匈奴传》:"北边塞至辽东外,有阴山,东西千馀里。"这里泛指我国北方边疆的大山。绿鬓:乌黑的鬓发。《子夜四时歌·冬歌》:"感时为欢久,白发绿鬓生。"唐·李白《怨歌行》:"沈忧能伤人,绿鬓成霜蓬。"斗:竞胜,竞拼,引申为对着。霜华:指白发。强半:大半,过半。

　　魂梦不离金屈戍,画图亲展玉鸦叉。生怜瘦减一分花——梦魂每次都在家园的门窗外辗转徘徊,现在终于回到了家中。"我"亲手将画像挂在画叉上仔细端详,特别怜惜青春的容颜又像憔悴的花儿那样瘦减了几分。屈戍:门窗上的环钮,一般用铜制成,所以称"金屈戍"。这里用"金屈戍"代指家园。鸦叉:画叉,上端分叉,用以张挂书画。用玉制成的叫玉鸦叉。生怜:特别怜惜。瘦减:明·汤显祖《牡丹亭·写真》:"春梦暗随三月景,晓寒瘦减一分花。"

　　这首词抒发了词人长期在荒凉的塞外奔波行役的痛苦心情。首句从空间上写辽阔而又苍凉的塞外之景,可以想见旅途的艰难。次句以鬓生白发抒写内心的痛苦,反问的句式暗示了词人的怨怼之情。第三句从时间的角度进一步对前两句进行补充,使羁旅行役之苦得到了更深的表现。晚清著名词家陈廷焯评此句"一片凄感"。下片首句写漫长的旅途中对家园的思念,词人对故园魂牵梦绕,须臾不能忘怀。次句写面对自己的小像不禁悲从中来,这里隐含着和出塞前的强烈对比,同时和上片前后呼应。上片描写自己的形象,是实写旅途;此句端详自己的画像,是虚写。无论实写还是虚笔,都对感情的抒发起到了很好的作用,而且使全词结构更加严谨,转折更加自然。结句自怨自艾,凄艳之至,很多学者因此认为是对妻子因思念自己而容颜受损表示痛惜,细思之,仿佛与情感表现的内在逻辑不合,会心者可于此处有自己的取舍。

太常引

自题小照

　　康熙二十一年(1682)九月至十二月,纳兰奉命和副都统郎谈等人远赴东北黑龙江流域觇梭龙,归后请人画《楞伽出塞图》,这首词即题此画之作,和《浣溪沙·万里阴山万里沙》的写作时间当属同一时期。太常引:词牌名。又名《太清引》、《腊前梅》等。双调,四十九字,上片四平韵,下片三平韵。

　　西风乍起峭寒生,惊雁避移营。千里暮云平,休回首长亭短亭。　　无穷山色,无边往事,一例冷清清。试倩玉箫声,唤千古英雄梦醒。

　　西风乍起峭寒生,惊雁避移营。千里暮云平,休回首长亭短亭——西风刚刚刮起,天气就已经非常寒冷,惊飞的大雁纷纷避开正在迁移的营地。傍晚时分,绵延千里的厚厚的乌云笼罩着大地,不要回望家园在哪里,只有长亭连着短亭,伸向无尽的远方。峭寒:酷寒。千里句:用唐·王维《观猎》诗成句:"回看射雕处,千里暮云平。"亭:指古时设在路边供行人休息的亭舍,因各亭之间的距离长短不等,所以有长亭、短亭的说法。唐·李白《菩萨蛮》:"何处是归程,长亭更短亭。"宋·欧阳修《浪淘沙》:"长亭回首短亭遥。"

　　无穷山色,无边往事,一例冷清清。试倩玉箫声,唤千古英雄梦醒——无穷无尽的江山,无边无际的往事,在此时全都显得冷冷清清。就让那凄凉的玉箫声,唤醒千古以来英雄建功立业的美梦吧。宋·向子諲《秦楼月》:"伤心切,无边烟水,无穷山色。"一例:一律。

　　纳兰奉命出使塞外,远离故乡,使命的重要并没有激发他建功立业的豪情。他亲身感受到了塞外苍茫辽阔、荒凉苦寒的风物特征,内心一直处在抑郁哀伤之中。词的上片用白描之笔写塞外严寒的气候和行军途中所见的景象,以及行军途中对故乡的思念。下片借景寄慨,抒发词人的伤世自伤之情。天地之间,无论自然风物,还是历史往事,在酷寒面前,全都变得冷冷清清,没有任何意义。玉箫声唤醒的不仅是千古英雄之梦,更是厌倦仕途而又身不由己的词人的幻梦。词境阔大,感慨深沉,颇有冷眼看世之感。

　　纳兰此类词中,最引人注目之处不仅在于他对现实所抱的清醒态度,更重要的是他对历史一直有理性的认识,对历史的意义和价值有独特的思考,这就使他的这类词超越了对历史和现实功利性的批判,从而进入到了一个更高的境界。

　　纳兰同时代的诗人吴雯有《题楞伽出塞图》诗,可帮助我们理解纳兰此时的心情。诗曰:"出关塞草白,立马心独伤。秋风吹雁影,天际正茫茫。岂念衣裳薄,还惊鬓发苍。金闺千里月,中夜拂流黄。"

菩萨蛮

康熙二十一年(1682)春,词人随驾扈从康熙出巡东北,出山海关至吉林。此词当作于东巡途中。

朔风吹散三更雪,倩魂犹恋桃花月。梦好莫催醒,由他好处行。　　无端听画角,枕畔红冰薄。塞马一声嘶,残星拂大旗。

朔风吹散三更雪,倩魂犹恋桃花月——凛冽的北风,将三更天还在飘落的大雪吹得四散飞扬。在梦中,相思之人还在迷恋开满桃花的明月之夜。朔风:北风。倩魂:美好高雅之魂魄,此处应是纳兰自喻。桃花月:喻指梦中夫妻团聚之处。

梦好莫催醒,由他好处行——梦是那么美好,不要催醒他,让他在美好的梦境中多转一转吧。好处:指美好的梦境。

无端听画角,枕畔红冰薄——没有任何征兆,梦中突然听见了画角声,醒来时,泪水已经在枕边结成了薄薄的一层红冰。无端:没来由,无征兆。红冰:原指美女泪水所结之冰,这里指梦中动情所流下的眼泪。五代时王仁裕所著《开元天宝遗事》曾记载:"杨贵妃初承恩诏,与父母相别,泣涕登车。时天寒,泪结为红冰。"

塞马一声嘶,残星拂大旗——耳中听到的是塞马的嘶鸣,眼中看到的是斜挂着残星的军中大旗,好一派凄冷而又壮阔的景象。这两句境界之壮阔,可以比之于唐·杜甫《后出塞五首》其二:"落日照大旗,马鸣风萧萧。"但色彩不同,纳兰之诗凄冷,杜诗肃杀。原因是前者写的是冬日的拂晓,后者写的是秋日的黄昏。

纳兰这首词写驻留塞外的风雪之夜对妻子的思念。上片首先描写塞外之夜风雪交加的典型物候特征,接着写梦中的情形。梦境的温馨绮丽和现实的苦寒荒凉形成了强烈的反差,突出了词人内心的悲苦。"三更雪"和"桃花月",一实一虚,哀乐毕现,自然而然地引出三四两句对虚幻幸福的渴望。下片紧承上片,继续写梦,但却跌宕曲折,生出新意。即使是梦境也不能久长,令人心烦的画角声无端地惊醒了好梦。泪流成冰,既形象地写出了词人对妻子的思念之深,同时也进一步渲染了塞外的苦寒。最后以景语作结,塞马嘶鸣,残星大旗,和朔风飞雪首尾相应,为痛苦低沉的词境注入了苍凉壮阔的质素,具有一种特殊的美感。

浣溪沙
姜女祠

康熙二十一年(1682)九月,纳兰奉命随副都统郎谈远赴黑龙江流域觇梭龙,此词当为过山海关时所作。姜女祠:孟姜女庙,又称贞女祠,在山海关附近,东临大海。民间传说孟姜女为杞梁妻,秦始皇时她的丈夫因修长城而死,孟姜女哭其夫而使长城崩坍。此庙即为纪念孟姜女而建,相传最早建于宋代,明代重修。主殿供有孟姜女像,殿后有望夫石、振衣亭等。

海色残阳影断霓,寒涛日夜女郎祠。翠钿尘网上蛛丝。
澄海楼高空极目,望夫石在且留题。六王如梦祖龙非。

海色残阳影断霓,寒涛日夜女郎祠。翠钿尘网上蛛丝——黄昏之时,残阳投映在大海中的倒影宛如彩虹,海涛日夜奔涌,陪伴着孟姜女的祠庙。历经千年后的今天,孟姜女的塑像也显得破旧暗淡,头饰上挂满了蛛网尘丝。断霓:断虹。彩虹有一部分被云遮住,不能完全显现,所以称"断虹"。霓,虹的外环,颜色较淡的地方为霓,也称副虹。女郎祠:指姜女祠。翠钿:指孟姜女塑像上的头饰。时隔三百余年,如今孟姜女的塑像上已无此类饰物。

澄海楼高空极目,望夫石在且留题。六王如梦祖龙非——站在澄海楼上,空自极目远望,望夫石上,暂且留下"我"的题咏。曾经争雄天下的六国君王已如梦幻般消逝,而秦始皇所渴望的千秋万世的基业也早已成非。澄海楼:明代建于临榆县南的宁海城上,前临大海。望夫石:姜女祠内有一块巨石,称为望夫石。六王:指战国七雄中的齐、楚、燕、韩、赵、魏六国的君王。祖龙:指秦始皇。《史记·秦始皇本纪》:"今年祖龙死。"《史记集解》:"祖,始也;龙,人君象。谓始皇也。"

此词是借吟咏姜女祠,抒发其历史感慨的作品。上片围绕姜女祠写景,海色残阳,涛声日夜,伫望千年的孟姜女已历经沧桑巨变。下片主要抒发感慨,情蕴景中。明人所建澄海楼虽然极其高大,但现在只能供后人空自远望,早已失去了当初建楼的意义;曾经感动过无数人的望夫石,也只是让后人徒自吟咏感伤。结句思接千载,由哭长城的孟姜女突然转到那些曾经拥有王图霸业的枭雄身上,不仅六王成梦,连那实现统一天下大业,渴望传之千秋万世的秦始皇也早已湮没在历史的深处。振聋发聩,一下子就把人引入对历史兴亡成败的沉思之中,产生无穷无尽的感慨。

词人家族虽为新朝权贵,本人也是皇帝近臣,但其对历史的感悟并不局限于一家一姓的兴亡得失,而能直面历史的本质,探讨历史本身的意义,其中往往渗透着深婉的感伤,这点又和词人本身的敏感多情有着或显或隐的联系。

江城子

咏史

此词用战国时期宋玉《高唐赋》故事,抒写对所恋之人的渴盼思念,词题虽标为《咏史》,但似乎和历史无关,其他刻本多无此题。有人以为是身世之感的曲折表达,也有些过于牵强。纳兰一生足迹并未到过三峡一带,词中所写之景完全是基于前人描述基础上的想象之语。　江城子:词牌名。又作《江神子》。单调,三十五字,五平韵。宋人多在此基础上依原曲再增一片。

　　湿云全压数峰低,影凄迷,望中疑。非雾非烟,神女欲来时。若问生涯原是梦,除梦里,没人知。

湿云全压数峰低,影凄迷,望中疑。非雾非烟,神女欲来时——低低的潮湿的云笼罩在几座山峰之上,远望山影凄凉迷茫,让人疑惑不定。既不像雾霭,也不是云气,应是巫山神女将要出现的时候。湿云:指巫山之云。唐·李贺《巫山高》:"古祠近月蟾桂寒,椒花坠红湿云间。"影凄迷句:唐·杜甫《咏怀古迹五首》其二:"最是楚宫俱泯灭,舟人指点到今疑。"清·龚鼎孳《长相思》:"望中疑,梦中疑。"非雾非烟:指朝云。神女:即巫山神女。此处借指作者所爱恋的对象。宋玉《高唐赋》:"昔者楚襄王与宋玉游于云梦之台,望高唐之观,其上独有云气,崪兮直上,忽兮改容,须臾之间,变化无穷。王问玉曰:'此何气也?'玉对曰:'所谓朝云者也。'王曰:'何谓朝云?'玉曰:'昔者先王尝游高唐,怠而昼寝,梦见一妇人曰:"妾巫山之女也。为高唐之客。闻君游高唐,愿荐枕席。"王因幸之。去而辞曰:"妾在巫山之阳,高丘之阻,且为朝云,暮为行雨。朝朝暮暮,阳台之下。"旦朝视之,如言。'故为立庙,号曰朝云。"

若问生涯原是梦,除梦里,没人知——如果问起神女的生活,原本就如梦幻一样,除非在梦里能接近,否则世间就没人能够知道了。若问句:唐·李商隐《无题二首》其二:"神女生涯原是梦,小姑居处本无郎。"生涯:生活。

在宋玉的《高唐赋》出现之后,仪态万方、像巫山朝云一样变化无穷的巫山神女,便成为中国传统知识分子寄托情爱的象征。纳兰这首小词,如梦境一般迷离惝恍,其中隐含着不能为外人所言的痛苦哀伤。我们不知道这个令作者如此痴迷爱恋的女子是谁,也不知道他们之间曾经发生过什么,她像巫山神女一样,在作者的生命中留下一道美丽而痛苦的划痕后,就倏忽不见,留下了难以言传的痛苦,让人凄凉地独自品味。

这首词语浅情深,词人将企盼、爱恋、哀伤、绝望等多种情感因素,融入凄迷朦胧的意象中,词境如梦似幻,具有非常丰富的意蕴。

点绛唇

这是一首对月伤怀之作,有的刻本就标有词题《对月》。写作时间应在作者的妻子卢氏亡故后不久。卢氏死于康熙十六年(1677)春,此词或作于康熙十六年(1677)秋。点绛唇:词牌名。又名《南浦月》、《沙头雨》、《点樱桃》等。双调,四十一字,共七仄韵,上片三仄韵,下片四仄韵。

一种蛾眉,下弦不似初弦好。庾郎未老。何事伤心早?
素壁斜辉,竹影横窗扫。空房悄,乌啼欲晓,又下西楼了。

一种蛾眉,下弦不似初弦好。庾郎未老,何事伤心早——一样的宛如蛾眉的弯月,下弦月感觉不像上弦月那样好。庾郎还没有老,什么事使他过早地伤心呢?蛾眉:女子美丽的眉毛像蚕蛾的触须那样既弯且长,所以常以"蛾眉"代指美丽的女子,这里指弯月。下弦句:下弦和初弦都指不圆之月。下弦月指农历每月二十三日前后的月亮。初弦月即上弦月,指农历每月初八前后的月亮。上弦月比下弦月更接近于圆满。庾郎:庾信(513—584),字子山,南北朝时北周文学家。庾信本为南朝陈人,后出使西魏,被强留在北方,不得南归。西魏灭亡后,又仕北周。他思念故国,内心极为痛苦,诗文中常蕴涵故国之思。有《哀江南赋》、《伤心赋》等作品传世。这里作者以庾信自比,是说自己本来还很年轻,却过早地经历了伤心之事。

素壁斜辉,竹影横窗扫。空房悄,乌啼欲晓,又下西楼了——月光斜射在白墙之上,竹影在窗户上来回晃动。空荡荡的屋子里寂静无声,乌鸦开始啼叫,天就要亮了,残月也在此时又沉没在西楼的后面了。素壁:没有任何装饰的白墙。扫:扫除。引申为竹影来回移动。

这首词情思含蓄深婉,语言清新自然。上片写在一个下弦之夜,词人触景伤怀,人生不圆满的悲伤蓦然涌上心头。上弦月和下弦月本无好坏之分,但是对于经历丧妻之痛的词人来说,下弦月仿佛是不完美人生的开始和象征,此所谓伤心人别有怀抱也。三四两句以庾郎自比,进一步抒写自己早历人生不幸的痛苦心情,哀怨缠绵。下片全写月光下的寂静安宁之景,和词人一夜无眠、烦乱忧伤的心情构成了相反相成的关系。月下西楼,本是拂晓之景,但一"又"字突出了循环往复、无有止息的意味,令人想到伴随词人的将是绵绵不尽的伤痛,言有尽而意无穷。

◎ 文 赋

原 诗

题解

自明末至清康熙朝，诗坛上风云变幻，尊唐崇宋之论此起彼伏，令人无所适从。纳兰此篇诗论有感而发，表达了他对诗坛纷争的忧虑，提出了自己对诗歌创作的观点。原诗：对诗的讨论。原，推究，考查。

世道江河，动成积习[1]。风雅之道，而有高髻广额之忧[2]。十年前之诗人，皆唐之诗人也，必嗤点夫宋[3]。近年来之诗人，皆宋之诗人也，必嗤点夫唐。万户同声，千车一辙。其始亦因一二聪明才智之士，深恶积习，欲辟新机[4]，意见孤行，排众独出。而一时附和之家，吠声四起[5]。善者为新丰之鸡犬[6]，不善者为鲍老之衣冠[7]。向之意见孤行，排众独出者，又成积习矣。盖俗学无基[8]，迎风欲仆[9]，随踵而立[10]。故其于诗也，如矮子观场，随人喜怒而不知自有之面目，宁不悲哉！

有客问诗于予者曰："学唐优乎？学宋优乎？"予曰："子无问唐也，宋也，亦问子之诗安在耳。《书》曰：'诗言志[11]。'虞挚曰：'诗发乎情，止乎礼义[12]。'此为诗之本也。未闻有临摹仿效之习也。古诗称陶、谢，而陶自有陶之诗，谢自有谢之诗。唐诗称李、杜，而李自有李之诗，杜自有杜之诗。人必有好奇继险、伐山通道之事[13]，而后有谢诗；人必有北窗高卧、不肯折腰乡里小儿之意[14]，而后有陶诗；人必有流离道路、每饭不忘君之心，而后有杜诗；人必有放浪江湖、骑鲸捉月之气[15]，而后有李诗。近时龙眠钱饮光以能诗称[16]，有人誉其诗为剑南[17]，饮光怒；复誉之为香山[18]，饮光愈怒；人知其意不慊[19]，竟誉之为浣花[20]，饮光更大怒。曰：'我自为钱饮光之诗耳，何浣花为！'此虽狂言，然不可谓不知诗之理也。"客曰："然则诗可无师承乎？"曰："何可无也。杜老不云乎：'别裁伪体亲风雅，转益多师是汝师[21]。'凡《骚》、《雅》以来[22]，皆汝师也。今之为唐、为宋者，皆伪体也。能别裁之，而勿为所误，则师承得矣。"作《诗原》。

〔1〕积习:长期形成的不良风习气。

〔2〕高髻广额:指上行下效。《后汉书·马廖传》:"夫改政移风,必有其本。……长安语曰:'城中好高髻,四方高一尺;城中好广眉,四方且半额;城中好大袖,四方全匹帛。'斯言如戏,有切事实。""高髻"、"广眉"和"大袖",都是汉朝京师时兴的妇女妆饰。城,指京城。

〔3〕嗤点:讥笑指摘。唐·杜甫《戏为六绝句》之一:"今人嗤点流传赋,不觉前贤畏后生。"

〔4〕辟:开拓,开辟。 机:时机,机会。

〔5〕吠声四起:比喻众人随声附和、捕风捉影,而没有自己的主见。

〔6〕新丰之鸡犬:语出晋·葛洪《西京杂记》卷二,高祖为安慰太上皇的思乡之情,"乃作新丰,移诸故人实之,太上皇乃悦。……高帝既作新丰,并移旧灶,衢巷栋宇,物色惟旧。……放犬羊鸡鸭于通途,亦竟识其家"。此处指著者就像新丰鸡犬见到故人那样,虽吠鸣不已,但没有恶意。

〔7〕鲍老之衣冠:鲍老是宋代傀儡戏中的丑角。傀儡的动作全靠幕后牵线,身不由己。此处是讽刺那些不善者虽道貌岸然,其实内心叵测,全无主见。

〔8〕基:根基。

〔9〕仆:倒下。

〔10〕踵:脚后跟。

〔11〕书:指儒家经典《尚书》。"诗言志",出自《尚书·尧典》。

〔12〕虞挚(?—311):字仲洽,晋代文学家。著有《文章流别论》,是一篇关于各种文体性质、源流的理论文章。纳兰所引这句话即出自此篇文章。

〔13〕缒(zhuì)险:从高险之处爬下来。缒,用绳子拴着往下放。 伐山:砍伐山林。伐,砍伐。

〔14〕北窗高卧:晋·陶渊明《与子俨等疏》:"常言五六月中,北窗下卧,遇凉风暂至,自谓是羲皇上人。" 折腰:《宋书·陶潜传》记载,陶渊明为彭泽令,"郡遣督邮至,县吏白应束带见之,潜叹曰:'我不能为五斗米折腰向乡里小人。'即日解印绶去职"。

〔15〕骑鲸捉月:元·辛文房《唐才子传》记载,"(李)白晚节好黄、老,度牛渚矶,乘酒捉月,沉水中。"宋·郭祥正《采石渡》中写道:"骑鲸捉月去不返,空馀绿草翰林墓。"金·李俊民《李太白图》:"滴在人间凡几年,诗中豪杰酒中仙。不因采石江头月,那得骑鲸上去天。"这里用此传说形容李白身上的浪漫气质和行为。

〔16〕龙眠:山名,位于距离桐城市区三公里的龙眠乡境内,这里代指桐城。 钱饮光(1612—1693):钱澄之原名秉镫,字饮光,一字幼光,号田间,别号西顽。安徽桐城人。明末诸生。明亡后,曾在吴江起兵抗清。清兵攻陷桂林后,一度削发为僧,晚年归隐故乡,改名澄之。博学多才,诗文在当时有很高声望。著有《藏山阁文存》、《藏山阁诗存》、《钱饮光全集》、《钱饮光遗书》等。

〔17〕剑南:指宋代诗人陆游,陆游诗集名《剑南诗稿》。

〔18〕香山:唐代诗人白居易晚年隐居洛阳香山,号香山居士。

〔19〕不慊(qiè):不满足。慊,惬意,满足。

〔20〕浣花:成都西郊有浣花溪,唐代诗人杜甫寓居成都时,曾在浣花溪畔建杜甫草堂,这里代指杜甫。

〔21〕出自唐·杜甫《戏为六绝句》其六:"未及前贤更勿疑,递相祖述复先谁?别裁伪体亲风雅,转益多师是汝师。"谓谓对待前人的诗歌要分别裁定,加以取舍。别裁,甄别裁定。

〔22〕骚雅:代指先秦时代优秀的诗歌作品。骚,《离骚》,指《楚辞》。雅,《大雅》和《小雅》,指《诗经》。

在这篇诗论里,纳兰描述了当时诗坛盲目尊唐崇宋的现象,认为这种陋习对诗歌危害极大,它使得很多人随声附和,丧失了自己的主见。要改变这种现象,就不能仅仅是临摹仿效前人,而要认识到诗歌言情写志的本质,表现和抒写自己的生活和情感。像陶、谢、李、杜这些古代杰出诗人的诗歌,他们诗歌的独特性都是来源于自身情感和生活的独特。即如本朝诗人钱澄之,也不愿生活在古人的阴影下。但是不去模仿古人,并不是抛弃古代诗歌传统,而是要"别裁伪体","转益多师",只有这样,才是诗歌创作的正确道路。文章论辩滔滔,充满激情,在句法上多用排比,增强了文章的说服力和感染力。

书昌谷集后

昌谷:李贺(790—816),字长吉,河南福昌(今河南宜阳)昌谷人。李贺是中晚唐之交的杰出诗人,其诗集明清时又称《昌谷集》。此文是《昌谷集》读后有感。

尝读吕汲公杜诗年谱[1],少陵诗首见于《冬日洛城谒老子庙》[2],时为开元辛巳[3],杜年已三十,盖晚成者也[4]。李长吉未及三十,已应玉楼之召[5]。若比少陵,则毕生无一诗矣。然破锦囊中[6],石破天惊[7],卒与少陵同寿千百年[8]。大名之垂[9],彭殇一也[10]。优昙之华[11],刹那一现;灵椿之树[12],八千岁为春秋,岂计修短哉[13]!

[1]尝:曾经。 吕汲公:即吕大防(1027—1097),字微仲,宋蓝田人。先祖汲郡人,所以后世也称其为吕汲公。其所编撰的杜甫年谱是现存最早的年谱。

[2]少陵:杜甫曾在诗中称自己为"少陵野老",后世亦称杜甫为杜少陵。《冬日洛城谒老子庙》:即杜诗通行本中《冬日洛城北谒玄元皇帝庙》一诗。

[3]开元辛巳:即唐太宗开元二十九年(741),时杜甫三十岁。

[4]盖:句首语气词。 晚成:成就较晚。

[5]玉楼:白玉楼,天帝所建。唐·李商隐《李长吉小传》:"……长吉将死时,忽昼见一绯衣人,驾赤虬,持一板书若太古篆或霹雳石文者,云:'当召长吉。'长吉了不能读,欻(xū,忽然)下榻叩头,言阿婆(mí,母亲)老且病,贺不愿去。绯衣人笑曰:'帝成白玉楼,立召君为记。天上差乐,不苦也!'长吉独泣,边人尽见之。少之,长吉气绝。" 召:召见。

[6]锦囊:据李商隐《李长吉小传》载,李贺辞官归家后,经常骑一头瘦驴,背一古破锦囊,四处行走,寻觅诗句,有所得,即投入锦囊之中。

〔7〕石破天惊:李贺《李凭箜篌引》中有"石破天惊逗秋雨"之句,这里形容李贺的诗具有极为震撼人心的力量。
〔8〕卒:最终。　同寿:同样长久。寿,长久。
〔9〕垂:流传。
〔10〕彭殇:指寿夭。彭,彭祖,是古代传说中长寿之人。殇,未成年而夭亡。
〔11〕优昙:一种无花果树,传说中的仙界极品之花。据佛经记载,优昙每三千年开花一次。
〔12〕灵椿之树:寿命极长的大椿树。《庄子·逍遥游》:"上古有大椿者,以八千岁为春,八千岁为秋。"
〔13〕修:长。

　　纳兰性德极为佩服唐朝著名诗人李贺,对其怀才不遇、抱恨而终非常同情,对其在诗歌创作上取得的成就也非常赞赏。他认为生命的价值和年龄并无直接关系,李贺虽然早逝,但和大器晚成的杜甫相比,同样取得了石破天惊般的成就,同样名垂千古。他就像昙花一样,虽然花期极短,留给世人的仍是夺目的光彩。展读此文,令我们悲伤的是,纳兰对李贺生命价值的解读,仿佛在冥冥中成了自己如昙花般短暂、美丽的人生的预言。

渌水亭宴集诗序

　　此文作于康熙十八年（1679）夏秋之际,是为文朋诗友雅集所作的一篇诗序。渌水亭是纳兰的别业,其所在地大致有三种说法:一说是位于北京西郊玉泉山下,一说在京城内什刹海畔明珠府内,还有人认为是在其封地皂甲屯玉河之滨明府花园一带。关于此文的写作时间,一说是康熙二十四年（1685）五月二十二日,当时纳兰邀集很多朋友宴集,以合欢花为题作诗唱和。纳兰写了这篇诗序后,五月三十日即因病去世。

　　清川华薄[1],恒寄兴于名流[2];彩笔瑶笺[3],每留情于胜赏[4]。是以庄周旷达[5],多濠濮之寓言[6];宋玉风流[7],游江湘而托讽[8]。《文选》楼中揽秀[9],无非鲍、谢珠玑[10];孝王园内搴芳[11],悉属邹、枚黼黻[12]。
　　予家象近魁三,天临尺五[13]。墙依绣堞[14],云影周遭[15];门俯银塘[16],烟波混漾[17]。蛟潭雾尽[18],晴分太液池光[19];鹤渚秋清[20],翠写景山峰色[21]。云兴霞蔚,芙蓉映碧叶田田[22];雁宿凫栖[23],秔稻动香风冉冉[24]。设有乘槎使至[25],还同河汉之皋[26];倘闻鼓枻歌来[27],便是沧浪之澳[28]。若使坐对庭前渌水，俱生泛宅之思[29]；闲观槛外清涟，自动浮家之想。何况仆本恨人[30]，我心匪石者乎[31]？

间尝纵览芸编[32]，每叹石家庭树，不见珊瑚[33]；赵氏楼台，难寻玳瑁[34]。又疑此地田栽白璧，何以人称击筑之乡[35]？台起黄金，奚为尽说悲歌之地[36]？偶听玉泉鸣咽[37]，非无旧日之声；时看妆阁凄凉[38]，不似当年之色。此浮生若梦，昔贤于以兴怀；胜地不常，襄哲因而增感[39]。王将军兰亭修禊[40]，悲陈迹于俯仰[41]，今古同情；李供奉琼筵坐花[42]，慨过客之光阴[43]，后先一辙。但逢有酒，开尊何须北海[44]；偶遇良辰，雅集即是西园矣[45]。且今日芝兰满座[46]，客尽凌云[47]；竹叶飞觞[48]，才皆梦雨[49]。当为刻烛[50]，请各赋诗。宁拘五字七言[51]，不论长篇短制[52]。无取铺张学海，所期抒写性情云尔[53]。

〔1〕华薄：长满花草的原野。薄，草木丛生的地方。

〔2〕名流：著名人物。

〔3〕彩笔：喻指有才情的文字。《南史·江淹传》："(江淹晚年)尝宿于冶亭，梦一丈夫自称郭璞，谓淹曰：'吾有笔在卿处多年。可以见还。'淹乃探怀中，得五色彩笔一以授之。尔后为诗绝无美句，时人谓之才尽。" 瑶笺：供题诗作文用的精美纸张。

〔4〕胜赏：尽情观赏。胜(shēng)，尽。

〔5〕庄周：庄子(约前369—前286)，名周，战国时代宋国蒙(今安徽省蒙城县)人。著名思想家、哲学家、文学家，是先秦道家学派的代表人物，有《庄子》一书传世。

〔6〕濠濮：比喻高人隐士逍遥闲居、清淡无为的地方。《庄子·秋水》："庄子钓于濮水，楚王使大夫二人往先焉，曰：'愿以境内累矣！'庄子持竿不顾，曰：'吾闻楚有神龟，死已三千岁矣，王以巾笥而藏之庙堂之上。此龟者，宁其死为留骨而贵乎？宁其生而曳尾于涂中乎？'二大夫曰：'宁生而曳尾涂中。'庄子曰：'往矣，吾将曳尾于涂中。'"又："庄子与惠子游于濠梁之上。庄子曰：'鱼出游从容，是鱼之乐也？'惠子曰：'子非鱼，安知鱼之乐？'庄子曰：'子非我，安知我不知鱼之乐？'惠子曰：'我非子，固不知子矣；子固非鱼也，子之不知鱼之乐，全矣。'庄子曰：'请循其本。子曰汝安知鱼乐云者，既已知吾知之而问我。我知之濠上也。'"

寓言：有所寄托或比喻之言。

〔7〕宋玉：战国时期楚国著名的辞赋家，据说是屈原的学生。著有《九辩》、《高唐赋》、《登徒子好色赋》等。

〔8〕江湘：长江和湘江。也指江和湘江流域。 托讽：托喻讽刺。宋玉曾经在《神女赋》、《高唐赋》等辞赋中讽刺楚王。

〔9〕《文选》：梁昭明太子萧统所编，是中国文学史上第一部文学总集。 揽秀：汲取秀丽风光。这里指选取秀丽的句子。

〔10〕鲍谢：南朝著名诗人鲍照和谢灵运。 珠玑：形容鲍谢文辞晶莹。玑，小而不圆的珠子。

〔11〕孝王园：指西汉梁孝王刘武所建的园林，一般称梁园，又名梁苑、兔园、睢园等。刘武雅好文艺，喜欢延揽人才，曾在园中设宴，司马相如、枚乘等都应召而至，成为一时盛况。 搴芳：拔取香草。意指写出秀

丽的词句。

〔12〕悉:都。 邹枚:邹衍和枚乘,二人是西汉著名的辞赋家。 黼黻(fǔfú):原指古代礼服上绣的花纹图案,这里比喻艳丽的文采。

〔13〕这两句是说"我"的家世显赫,门第高贵。唐·杜甫《赠韦七赞善》:"尔家最近魁三象,时论同归尺五天。"魁三象,组成魁星的四颗星天枢、天璇、天玑、天权两两相近,成三对邻星象,古时用来比喻国家的三公。纳兰父明珠官居太傅,位列三公。尺五天,指门第高贵。尺五,言其距离很近。天,指皇帝。唐时有俚语:"城南韦杜,离天尺五。"韦氏、杜氏是当时的豪门望族,所居之地距天子宫廷很近。

〔14〕绣堞:城上如齿状的矮墙,又称女墙。

〔15〕云影周遭:周围环绕着山光云影。

〔16〕银塘:指银光闪闪的什刹海。

〔17〕烟波:雾气弥漫的水面。 滉(huàng)漾:浮动的样子。

〔18〕蛟潭:藏有蛟龙的深潭。

〔19〕太液池:汉代宫中池名,唐代长安大明宫中亦有太液池。

〔20〕鹤渚:仙鹤栖息的水中陆地。渚,水中的小块陆地。

〔21〕景山:在故宫北面,位于北京古城垣南北中轴线的中心点上。为元、明、清三代的皇家御苑。高耸峻拔,树木蓊郁,风光壮丽,为北京城内登高远眺,观览全城景致的最佳之处。

〔22〕田田:莲叶饱满挺秀之态。《乐府·相和歌辞·江南》:"江南可采莲,莲叶何田田。"

〔23〕凫:野鸭。

〔24〕秔(jīng)稻:稻的一种。以上几句描写渌水亭内外富贵宜人的环境和清秀美丽的景色。

〔25〕设:假设。 乘槎使:晋·张华《博物志》载:"旧说云天河与海通,近世有人居海渚者,年年八月有浮槎去来。" 槎,木筏。

〔26〕河汉:银河。 皋:水边高地。以上两句是说假如有人乘木筏渡过碧海,这里就是银河边可以停留的高地。意为如果想要入朝为官,可以在这里获得举荐。

〔27〕鼓枻(yì)歌:《楚辞·渔父》:"渔父莞尔而笑,鼓枻而去。歌曰:'沧浪之水清兮,可以濯我缨;沧浪之水浊兮,可以濯我足。'"鼓枻,打桨,叩桨。枻,船桨。

〔28〕沧浪:水名,即汉水,在湖北境内。 澳:停船的地方。以上两句是说倘使有渔父划船唱歌而来,这里便是可以停靠的汉水岸边。意为这里可以过潇洒闲逸的隐居生活。

〔29〕泛宅:泛舟还家。下句的"浮家"和此同义。

〔30〕恨人:失意悔恨之人。

〔31〕我心匪石:《诗经·邶风·柏舟》:"我心匪石,不可转也。"朱熹注:"言石可转,而我心不可转。"匪,同非。这句是说我心不是可以任意翻转的圆石,意谓自己是坚贞之人。

〔32〕间:间或,有时。 芸编:书籍。古人在书中夹藏芸香之草驱除蠹虫。

〔33〕每叹两句:《世说新语·汰侈》载,石崇与王恺斗富,王恺拿出晋武帝赐予的二尺高的珊瑚树向石崇炫耀,石崇用铁如意将树敲碎,然后教人取出家中的珊瑚树让王恺看,其中"三尺、四尺,条干绝世,光彩溢目者六七枚"。每叹:常叹。

〔34〕赵氏两句:北魏·崔鸿《十六国春秋·后赵录·石虎》:"城门上建玳瑁楼,纯用金银装饰,悬五色珠帘,白玉钩带……" 玳瑁:海中动物,其形似龟,甲壳可作装饰品。

〔35〕田菑白璧:《左传·桓公元年》:"三月,公会郑伯于垂,郑伯以璧假许田。"后世因以"璧田"比喻良田美地。唐·李商隐《为濮阳公陈许谢上表》:"惟彼璧田,实联鼎邑;古之近甸,今也雄藩。" 击筑之乡:指京城。《史记·刺客列传》载,燕太子丹使荆轲刺秦,送至易水之上,"高渐离击筑,荆轲和而歌,为变徵之

声,士皆垂泪涕泣"。北京战国时属燕地。

〔36〕台起两句:战国时,燕昭王曾在易水岸边筑黄金台,置千金于其上,延揽天下人才。奚为:何为。以上几句叹息盛时不再,抒写感古怀今的悲慨。

〔37〕玉泉:泉水名,在北京西郊玉泉山东麓。

〔38〕妆阁:女子居住的阁楼。

〔39〕囊(nǎng)哲:从前的贤哲之人。囊,从前。

〔40〕王将军:王羲之(321—379),字逸少,是东晋伟大的书法家,官至右军将军、会稽内史,世称"王右军"。 兰亭修禊(xì):东晋穆帝永和九年(353)三月三日,王羲之和名士谢安、孙绰等四十一人在山阴(今浙江绍兴)兰亭聚会,在美丽的春光中饮酒赋诗。这些诗汇编成《兰亭集》,王羲之为之写了一篇序言,就是历史上著名的《兰亭集序》。修禊,一种古老的风俗,起源于周代。在每年农历三月上旬的巳日(曹魏以后固定在三月三日),到水边用香熏草药沐浴,以祓除不祥,后变成郊外踏青、水边宴饮一类的活动。

〔41〕悲陈迹于俯仰:《兰亭集序》:"向之所欣,俯仰之间,已为陈迹,犹不能不以之兴怀。"

〔42〕李供奉:唐代诗人李白,曾于天宝元年(742)入长安供奉翰林。

〔43〕琼筵坐花:李白《春夜宴从弟桃李园序》:"夫天地者,万物之逆旅;光阴者,百代之过客也。……开琼筵以坐花,飞羽觞而醉月。"

〔44〕北海:东汉孔融曾任北海相,世称"孔北海"。喜交游,宾客日盈其门。常叹曰:"坐上客恒满,尊中酒不空,吾无忧矣。"

〔45〕雅集:美好的集会。 西园:指风景优美的园林。三国魏·曹植《公宴》:"清夜游西园,飞盖相追随。"

〔46〕芝兰:香草。比喻贤德才俊之人。

〔47〕凌云:汉武帝读司马相如赋,飘飘有凌云之气。这里赞美宾客都是和司马相如一样的高才之士。参见《祭吴汉槎文》注释〔13〕

〔48〕竹叶:指竹叶青美酒。 觞:酒杯。

〔49〕梦雨:形容有唐代杰出诗人李商隐一样的才华。李商隐《重过圣女祠》:"一春梦雨常飘瓦,尽日灵风不满旗。"

〔50〕刻烛:比喻才思敏捷。《南史·王僧孺传》:"竟陵王子良尝夜集学士,刻烛为诗,四韵者则刻一寸,以此为率。文琰曰:'顿烧一寸烛,而成四韵诗,何难之有?'"

〔51〕宁:岂能。 拘:拘束。

〔52〕不论:不管,不说。

〔53〕这两句是说不要铺张才学,希望抒写性情。云尔:语气词,用在句尾表示全篇的结束。

　　受王羲之《兰亭集序》和李白《春夜宴从弟桃李园序》的启发,纳兰这篇诗序,在描绘渌水亭周围美丽景色的基础上,俯仰古今,抒写了胜地不常、胜迹难寻的悲哀之情,表达了希望和文友共享这美好时刻的愿望。本文在文体上可归入骈文一类,使用了大量的典故,句法整饬,多用对偶,文辞具有精炼雅致的特点。写景则诗情画意,抒情则真实自然,有一定的艺术感染力。

祭吴汉槎文

康熙二十三年(1684)十月,吴兆骞在京城病故,当时纳兰正随扈康熙巡视江南,十一月初在江宁府(今江苏南京)得知噩耗,作此文寄托哀思。

呜呼!我与子昔爰居爰处,谁料倏忽生死异路[1]!自我别子,子病虽遽,款款话言,历历衷素[2]。初谓奄旬,尚可聚首,俄然物化,杨生左肘[3]。清溪落月,台城衰柳。哀讣惊闻,未知是否[4]。畴昔之夜,元冕垂缨,呼我永别,号痛就醒[5]。非子也耶?仿佛精灵。我归不闻,子笑语声[6]。子信死矣!传言是矣[7]!

帷堂而哭,寡妻弱子。七十之母,远在故里[8]。返輴何日?倚闾何俟[9]?嗟嗟苍天,何厚其才,而啬其遇,亦孔艰哉[10]!

弱龄克赋,左马右枚,未题雁塔,先泣龙堆[11]。中郎朔方,亭伯辽海,萧萧寒吹,荒荒破垒[12]。子穷过此,二十四载,凌云欲奏,狗监安在[13]?

自我昔年,邂逅梁溪,子有死友,非此而谁[14]?《金缕》一章,声与泣随,我誓返子,实由此词[15]。皇恩荡荡,磅礴无垠,皂帽归来,呜咽沾巾[16]。我喜得子,如骖之靳,花间草堂,月夕霜辰[17]。未几思母,翩然南榇,凭舻发咏,临流垂钓[18]。舟还巨壑,鹤归华表,朋旧全非,容颜乍老[19]。中得子讯,卧疴累月,数寄尺书,趣子遄发[20]。授馆甫尔,遂苦下泄,两月之间,便成永诀[21]。

自古才人,易天而贫,黄金突兀,白玉嶙峋[22]。以彼一日,易我千春,知子不愿,卓哉斯文[23]。子志未竟,子劳已息,有子与女,块然苫席[24]。

言念交期,慰尔营魄,灵兮鉴之,无嗟远客[25]。

尚飨[26]!

[1]爰居爰处:意谓和你在一起居住生活。《诗经·小雅·斯干》:"爰居爰处,爰笑爰语。"爰(yuán),语助词。 倏忽:转眼之间,突然。 子:对人的尊称。

[2]这几句是说,我和你分别之时,你的病虽然很重,但我们在一起互诉衷肠,说了很多深情的话语。 遽:窘迫,引申为病重。 款款:诚恳的样子。 历历:一一分明。 衷:内心。 素:同愫,真情。

[3]这几句是说,当初还说用不了多长时间就能相聚,你却突然离去,自然的变化同样也轮到了我

们。　奄旬:几十天。旬,十天为一旬。　　俄然:突然。物化:死亡。　　杨生左肘:《庄子·至乐》:"支离叔与滑介叔观于冥伯之丘,昆仑之虚,黄帝之所休。俄而柳生其左肘,其意蹶蹶然恶之。支离叔曰:'子恶之乎?'滑介叔曰:'亡,予何恶!生者,假借也。假之而生生者,尘垢也。死生为昼夜。且吾与子观化而化及我,我又何恶焉!'"意谓自然的变化人也同样无法避免。杨,杨柳是柳树的别名,杨即是柳。

〔4〕这几句是说,在落月衰柳的凄迷情境中,我得知你离开人世,不敢相信这消息是真的。清溪:宋·尤袤《落梅》:"清溪西畔小桥东,落月纷纷水映红。"　台城:在南京玄武湖边。唐·韦庄《金陵图》:"无情最是台城柳,依旧烟笼十里堤。"　哀讣:报丧的文字。

〔5〕这几句是说,从前一个夜晚,我梦见你穿着葬服,和我永别,我在梦中号哭着醒来。畴昔:往日,过去。　元冕垂缨:死者穿的葬服。《后汉书·范式传》载,山阳范式字巨卿,汝南张劭字元伯,二人在太学读书时结成生死之交。元伯死后,"式忽梦见元伯玄冕垂缨屣履而呼曰:'巨卿,吾以某日死,当以尔时葬,永归黄泉。子未我忘,岂能相及?'式恍然觉痛,悲叹泣下,具告太守,请往奔丧"。元伯下葬之日,灵柩不肯入墓。"其母抚之曰:'元伯,岂有望邪?'遂停柩移时,乃见有素车白马,号哭而来。其母望曰:'是必范巨卿也。'巨卿既至,叩丧言曰:'行矣元伯!死生路异,永从此辞。'会葬者千人,咸为挥涕"。

〔6〕这几句是说,你在梦中仿佛是精灵一样,让我产生了疑问。我回来后,再也听不到你的笑语声。

〔7〕这两句是说,你确实死了,传言是真的。信:确实。　是:对,正确。

〔8〕这几句是说,在灵堂前痛哭的,是你那失去了丈夫的妻子和弱小的儿子,你的年已七十的老母,还远在故乡。帷堂:灵堂。

〔9〕这两句是说,你的灵车不知何时才能返乡?老母不知倚门等到何时?辆(ér):丧车。　闾:里巷的门。　俟:等候。

〔10〕这几句是说,苍天何其不公,赋予他(吴兆骞)高绝的才华,对他的遭遇却如此吝啬,让他的人生这样艰难。嗟嗟:叹词,表悲叹。　啬:吝啬,小气。　孔:很。

〔11〕这几句是说,少年时期就有像司马相如和枚乘一样的文名,但还没中进士,先被流放到了东北苦寒之地。按:吴兆骞在清顺治十六年(1659),受江南科考案牵连,流放宁古塔。弱龄:年少。　克:能。　赋:用如动词,作赋。左马右枚:指汉代著名的辞赋家司马相如和枚乘。　雁塔:唐代风尚,士子中进士后,要在慈恩寺塔(即大雁塔)下题名,后以雁塔题名作为中进士的代称。　龙堆:即白龙堆,汉代西域地名。后世诗文中所指都是北方塞外沙漠之地。

〔12〕这几句是说,你就像蔡中郎被流放到北方,崔亭伯被贬到辽东一样,忍受着塞外荒凉苦寒的侵袭。中郎朔方:蔡邕(132—192),字伯喈,东汉文学家。汉灵帝时召拜郎中,校书于东观,迁议郎。曾因弹劾宦官流放朔方。朔方,北方。　亭伯辽海:《后汉书·崔骃传》载,崔骃,字亭伯,为窦宪主簿。因经常批评窦宪,被贬为长岑长。唐·章怀太子李贤注:"长岑县,属乐浪郡,其地在辽东。"　寒吹:指画角吹出的凄凉的声音。　全:营垒,防御工事。

〔13〕这几句是说,你在宁古塔过了二十四年困窘的日子,即使想献上凌云之赋,又有谁能为你引荐?穷:困窘。　凌云二句:《史记·司马相如列传》:"蜀人杨得意为狗监,侍上。上读《子虚赋》而善之,曰:'朕独不得与此人同时哉!'得意曰:'臣邑人司马相如自言为此赋。'上惊,乃召问相如。……相如既奏《大人》之颂,天子大悦,飘飘有凌云之气。"

〔14〕梁溪:指顾贞观。梁溪在江苏无锡,顾贞观是江苏无锡人。　死友:生死之交。

〔15〕《金缕》一章:指顾贞观康熙十五年(1676)寄给吴兆骞的两首《金缕曲》。在词中,顾贞观表达了对挚友的生死情谊。后纳兰见到这两首词,为之感动,于是下决心救助吴兆骞。

〔16〕皂帽:奴隶戴的黑色帽子。吴兆骞流放宁古塔,是奴隶身份。

〔17〕这几句是说,我非常高兴得到了你,我们志同道合,就像骖马跟着辕马,在花间草堂,我们朝夕不

离。如骖之靳:指骖马跟着辕马。骖(cān),驾车时位于两旁的马。靳(jìn),搭在辕马背上的游环,控制边马的缰绳从中穿过,由驾车者操纵。靳使骖马跟随辕马,不致外出和前行。 花间草堂:渌水亭中所筑茅屋。月夕霜辰:形容须臾不离。辰,通"晨"。

〔18〕这几句是说,没多长时间,你思念老母,回到了南方。过上了船头咏诗、河边垂钓的悠闲生活。未几:没有多长时间。 翩然:迅急的样子。 南棹:指从水路返回江南。 舻(lú):船头。

〔19〕这几句是说,你历经劫难,回到了家乡,就像丁令威化鹤归来,已然物是人非。鹤归华表:《搜神后记·卷一》:"丁令威,本辽东人,学道于灵虚山。后化鹤归辽,集城门华表柱。时有少年举弓欲射之。鹤乃飞,徘徊空中而言曰:'有鸟有鸟丁令威,去家千年今始归。城郭如故人民非,何不学仙冢垒垒。'遂高上冲天。"

〔20〕这几句是说,中间得到你的消息,说已患病卧床数月。我多次寄信催你赶快回来。疴(kē):病。尺书:书信。 趣(cù):催促。 遄(chuán):疾速。

〔21〕这几句是说,刚刚为你安排好住的地方,你又得了下泄之病,两个月的时间,就诀别了人世。授馆:为宾客安排住的地方。 甫尔:刚刚结束,才完。 下泄:可能是痢疾一类的疾病。 永诀:永别。

〔22〕这几句是说,自古以来有才华的人,都容易早亡和贫穷。何况你有着高洁的品格。才人:有才华的人。 黄金突兀、白玉嶙峋:都是赞美吴兆骞的高风亮节。突兀,高耸的样子。嶙峋,高耸陡峭的样子。

〔23〕这几句是说,我想用我一千年的时光,来换回你的一天,我知你不会同意,你是卓绝的读书人。斯文:学者文人。

〔24〕这几句是说,你的志向没能实现,你的劳苦已经止息。你的子女,头枕着土块,睡在草席上为你守孝。块然苫席:古代礼法所规定的子女在守丧期间遵奉的礼节,头枕着土块,睡在草席上。块,土块。苫席,草席。

〔25〕这几句是说,我在此怀念我们交往的时光,希望能安慰你的魂魄。神灵明察,不要让远方的我再痛苦叹息了。言:句首语助词,无实意。 营魄:魂魄。 鉴:明察。 嗟:表示命令、呼唤的叹词。 远客:指纳兰自己,此时纳兰尚在江宁府。

〔26〕尚飨:古代祭文常用的结语,意为希望死者来享用祭品。

纳兰性德非常看重和吴兆骞的友情。在这篇祭文里,纳兰以真挚的情感,沉痛的语调,回顾了他们成为知交的经过和缘由,对吴兆骞的才华给予极高的评价,对他零落不偶的身世深为同情,对他的不幸病故极为痛惜。文章多用四字句,并且押韵,全篇自始至终都笼罩在一种沉痛呜咽的氛围中。

灵岩山赋

康熙二十三年(1684)九月末,纳兰性德随扈南巡,十月末至苏州,此赋为当时或以后所作。灵岩山:在苏州古城西南,又名砚石山。相传春秋时吴王夫差曾在此山修建了馆娃宫,让美女西施居住。山下有石室,相传吴王夫差曾在此囚禁越国的大夫范蠡。

神仙堂奥[1]，阊阖屏藩[2]。万峰环拱，百渎横奔[3]。问吴宫之故址[4]，伤越国之兵屯。楼台非昔，川谷犹存。惟南斗之星分[5]，实咸池之禀气[6]。山势天平[7]，湖光日沸[8]。路羊肠以南趋，水龙池而东溉[9]。倚孤塔之凌霄[10]，俯姑苏之丛卉[11]。北枕支硎[12]，西瞻邓尉[13]。接穹窿以为宗[14]，镇岞崿以为纬[15]。东带横山五坞[16]，前瞰胥溪一市[17]。万顷苍茫，四时暧瑮[18]。既采掇乎芳菲[19]，亦顾盼以雄毅[20]。

思夫三让之高风[21]，使荆蛮之俗同[22]。及两国之仇始，乃吴都之更雄[23]。凭高论守，隔水谋攻[24]。石室羁人，囚栋梁之策士[25]；苎萝娇女，备洒扫于后宫[26]。既开四域[27]，渐薄侯封[28]。酒已倾而连醉，歌益妙而未终[29]。山川际盛，草木向荣[30]。既安逸乐，遂广游踪[31]。春泾采香，溪花如倩[32]。扁舟驾风，锦帆似箭[33]。泛越女于溪中，馆吴娃于天半[34]。步廊响屧，离宫酣晏[35]。妆台秋镜，万六千顷之波[36]；黛点春螺[37]，七十二峰之变[38]。坐峨石以鸣琴，临平池而洗砚[39]。浓淡俱鲜[40]，阴晴各善[41]。亦有豨巷鸡陂[42]，鹿洲鸭苑[43]。洞庭消夏之湾，浮玉可盘之甸[44]。岂若云岫参差，林岚隐见[45]。台阁玲珑，烟霞舒卷[46]。雪积璘璘，晴开面面[47]。东吴胜游，兹实其选也[48]。

夫何阊阖晨开，不废长洲之猎[49]；舻艎夕至，遂径酿酒之城[50]。有目空悬[51]，无心效颦[52]。虎丘谁踞[53]，鹤市多惊[54]。惟兹岩石，巍然不倾[55]。乃至辘轳断绠[56]，双井犹清[57]；罗绮烟销，百花常发[58]。松杉古路，反为竹杖盘桓[59]；兰桂深坞，惟是棋枰暂歇[60]。彼老人之枯坐，石不点头[61]；乃艳女之经游[62]，迹馀深窟[63]。无生国里[64]，高阁涵空[65]；有色天中[66]，讲堂喻筏[67]。亦人事之更新[68]，非天道之若阙[69]。龟望水而能化兮，鱼听讲而不没。信斯岩之有灵兮[70]，亦何异乎林屋之终塞[71]。

〔1〕堂奥：堂的深处。入门先升堂，升堂而后入室，室的西南角为奥。

〔2〕阊阖：指阊阖门，苏州古城西门。吴王阖闾欲破楚国，而当时楚国在吴国的西面，所以立此门，以通天气，像天门之有阊阖，故名。又称破楚门。这里指苏州古城。　屏藩：屏障。以上两句是说，灵岩山是神仙的洞府，苏州古城的屏障。

〔3〕渎：大河、大川。以上两句是说，周围万峰拱卫，百河奔流。

〔4〕吴宫：即吴王夫差所建造的馆娃宫。　兵屯：驻扎军队。以上两句是说，寻找吴国宫殿的旧址，为越国曾屯兵于此而感慨。

〔5〕南斗:星名。 分:分野,与星次相对应的区域。古人将天上星宿分为十二星次,并与地上州国所在地域相对应,天上的星空区域叫分星,与之相对应的区域叫分野。

〔6〕咸池:东方的大泽,神话中是日升起时沐浴之所。这里指灵岩山周围的湖泊。 裒气:承受天地自然之气。这两句是说,这里是南斗星所对应的分野,是咸池灵气所聚。

〔7〕山势天平:意谓灵岩山非常高,上与天齐平。

〔8〕湖光日沸:意谓气温很高,日光将湖水都晒沸了。

〔9〕这两句是说,蜿蜒狭窄的小路向南延伸,龙池中的水向东灌溉。龙池:池名,在灵岩山附近。

〔10〕孤塔:东晋时有人在灵岩山吴宫遗址修建别业,后舍宅为寺。南朝梁天监二年(503)扩建为寺院,名秀峰寺。唐代改称灵岩。寺内有灵岩塔,建于南宋绍兴十七年(1147)。凌霄:迫近云霄。

〔11〕俯:俯瞰。 丛卉:成片的花卉。以上两句是说,山上有高耸入云的佛塔,能俯瞰姑苏城里丛生的花卉。

〔12〕支硎:即支硎山。在今江苏省苏州市西,又名报恩山。晋支遁曾隐居此山,平石为硎,山有平石,故支遁以支硎为号,而山又因支遁得名。

〔13〕邓尉:山名。在江苏吴县西南七十里。东汉太尉邓禹曾隐居此山,故名。为著名的风景区。以上两句是说,灵岩山北边枕靠着支硎山,西边能够远望邓尉山。

〔14〕穹窿:即穹窿山。地处姑苏西部,为苏州第一名山。扬雄《太玄经·玄告》:"天穹窿而周乎下,地旁薄而向乎上。" 宗:宗主。

〔15〕岝崿(zuò è):山名。《吴地记》:"岝崿山,在吴县西十二里。吴王僚葬此。" 纬:东西向的横线,与"经"相对。以上两句是说灵岩山和穹窿山相接,弹压着岝崿山,是穹窿山的附属。

〔16〕横山:在灵岩山东侧。 五坞:五处山坞。坞,山坞。

〔17〕胥溪:春秋时吴国大夫伍子胥所挖的运河。 市:集镇,城镇。以上两句是说,灵岩山东边有衡山的五个山坞,前面俯视着胥溪城镇。

〔18〕叇(dài):云多的样子。以上两句是说灵岩山四周有万顷沧波,一年四季云雾缭绕。

〔19〕采掇:采集,择取。

〔20〕顾盼(xì):左顾右看,环视。盼:怒视。 雄毅:勇武。以上两句是说,灵岩山可以采摘芳草鲜花,也可以借此雄视四方。

〔21〕三让:古代迎宾礼节。《礼记·乡饮酒义》:"乡饮酒之义,主人拜迎宾于庠门之外,入,三揖而后至阶,三让而后升,所以致尊让也。" 高风:高尚的风范。

〔22〕荆蛮:古代中原地区泛称楚越或南方之民。以上两句是说,古代讲究礼让的高尚之风,使南方荆蛮之乡有着相同的教化风俗。

〔23〕两国:指吴国和越国。 吴都:春秋时吴国。都,大的城邑,这里指国。以上两句是说,吴越两国结仇,吴国的势力更为强大。

〔24〕以上两句是说,吴国凭借险峻之地防守,隔水谋划如何进攻。

〔25〕栋梁:喻指足堪大任之人。 策士:谋士。以上两句是说作为国家栋梁的范蠡,曾被囚禁在石室之内。

〔26〕苎萝:山名。在今浙江诸暨县南。相传为西施的出生地。 备:充任。 洒扫:洒水扫地。以上两句是说苎萝美女西施被献给吴王充任后宫。

〔27〕域:疆界,区域。

〔28〕薄:轻视。 侯封:疆界,边界。以上两句是说,吴国的疆域向四方扩大之后,开始逐渐忽视了边疆之事。

〔29〕以上两句是说吴王夫差在战胜越国后纵情享乐,无有止歇。

〔30〕这两句以江山茂盛,草木向荣形容吴国国势的强盛。

〔31〕这两句是说吴王既然安于逸乐,于是开始扩大游玩的范围。广:扩大。

〔32〕泾(jīng):直流的水波。 倩:笑靥美好的样子,比喻美人。这两句是说,在春天的溪流中采集香草鲜花,溪流边的鲜花像含笑的美人。

〔33〕这两句是说风中的小船满挂船帆,像箭一样飞驶。

〔34〕越女:越国美女,指西施。 溪:馆娃宫中有香水溪。据传是西施沐浴之处。 吴娃:吴地美女。娃,美女。 天半:灵岩山顶。这两句是说,让西施在香水溪中泛舟游乐,在灵岩山顶为西施修建馆娃宫。

〔35〕步廊响屧:吴王夫差在灵岩山的宫殿中为西施建响廊。屧(xiè),木板拖鞋。 离宫:行宫。 酣晏:宴饮到很晚的时候。晏,晚。

〔36〕这两句是说西施梳妆的明镜中,投映着太湖的万顷清波。

〔37〕黛:原意是古代女子用以画眉的青黑色颜料,引申为女子的眉毛。这里指美女西施之眉。 螺:螺形画眉墨。五代南唐·李煜《长相思》:"澹澹衫儿薄薄罗,轻颦双黛螺。"

〔38〕七十二峰:位于浙江安吉县南界的天荒坪与临安市北界的太湖源接壤处,风景十分秀丽。以上两句是说西施描画的眉毛上,包含了太湖畔七十二峰的变化之美。

〔39〕峨石:高大的石头。峨,高峻特立,高耸。 洗砚:灵岩山曾名砚石山。

〔40〕浓淡俱鲜:出自宋·苏轼《饮湖上初晴后雨》:"欲把西湖比西子,淡妆浓抹总相宜。"

〔41〕阴晴各善:阴晴各有其好。以上两句是总说灵岩山景色,无论浓淡阴晴,都非常美好。

〔42〕豨巷鸡陂:猪满巷,鸡满坡。豨,猪。陂,山坡。

〔43〕洲:陆地。 苑:园林。以上两句是说有猪、鸡、鸭、鹿,生活富足的地方。

〔44〕浮玉:即浮玉山。天目山之支阜,在太湖南。《山海经·南山经》:"又东五百里曰浮玉之山,北望具区。"注:"具区,今吴县西南太湖。"这两句是说气候宜人,风景优美的地方。以上四句描画其他生活和自然环境中那些令人向往之所,以此和灵岩山形成对比,突出灵岩山的不可及之处。以下六句就描绘灵岩山之美。

〔45〕岫:峰峦。 岚:林中雾气。

〔46〕玲珑:空明的样子,形容台阁精致美好。 烟霞:云气。

〔47〕璘璘:色彩鲜艳的样子。 面面:四面。

〔48〕东吴:三国时期孙权建立的政权,这里指江南地区。 胜游:最好的游乐之所。以上两句是说,这里是江南最好的游乐之所。

〔49〕不废:不耽误。 长洲:即长洲苑。又名吴王苑、吴苑、茂苑,是吴王阖闾游猎之所。在今江苏吴县太湖北。

〔50〕艅艎(yúhuáng):船名。亦作"馀皇"。晋·葛洪《抱朴子·博喻》:"艅艎鹢首,涉川之良器也。"这里指敌国的战船。以上两句是说,吴王还在长洲苑打猎,越国的战船已经攻进苏州。

〔51〕有目空悬:伍子胥被吴王夫差赐死时,曾让家人把他的眼睛悬在城门上,要亲眼看着吴国被越国灭亡。《祥符图经》:"子胥……后以谏死,抉目悬于门。"

〔52〕效颦:《庄子·天运》记载,美女西施病了,皱着眉头,按着心口。同村的丑女人(后人称东施)看见了,觉得这样很好看,也学她的样子,却显得更加丑陋。颦,皱眉头。后比喻不善模仿,弄巧成拙为"效颦"。

〔53〕虎丘:山名。在苏州市西北阊门外,相传春秋时吴王阖闾葬于此,葬后三日有虎踞其上,故名。

〔54〕鹤市:古代苏州又称鹤市。相传吴王夫差之女胜玉自尽后,夫差痛不欲生,把他女儿葬在阊门外,下葬之时,胜玉化做白鹤飞出。以上四句感慨吴国被越国所灭。

155

〔55〕这两句是说只有灵岩山,作为历史的见证,还巍然矗立。

〔56〕辘轳:井上汲水的起重装置。 绠(gěng):粗绳。

〔57〕双井:虎丘剑池上有双井,相传西施曾经和吴王夫差以水为镜。这两句是说井绳已断,井水长清。

〔58〕罗绮:指苏州出产的丝织品。身着罗绮的美人已经烟消云散,而山上百花常开。

〔59〕竹杖:老人使用的手杖,代指老人。 盘桓:徘徊。这两句是说,那些长满松杉的古路,反而成了拄杖老人徘徊休息之处。

〔60〕棋枰:即棋盘。这两句是说,兰桂飘香的山坳,只见暂时闲置的棋盘。以上八句进一步通过作者眼中所见,抒写历史沧桑巨变的感慨。

〔61〕石不点头:《莲社高贤传·道生法师》:"入虎丘山,聚石为徒,讲涅槃经……群石皆为点头。"后用来形容说理明白透彻,能使不易感化的人信服。

〔62〕艳女:美艳的女子,指西施。 经:常,时时。

〔63〕迹馀深窟:足迹还遗留在深山之中。

〔64〕无生国:佛教的世界。无生,佛教专用语。也称"不生",和"涅槃"含义相同。

〔65〕高阁涵空:比喻世界的空无。涵,包容,包含。

〔66〕有色天:众生居住的人间。有色,指欲界与色界中具有色身的众生。

〔67〕讲堂喻筏:讲堂,讲经之堂。喻筏,以海中木筏比喻佛教,登上彼岸,应舍弃木筏。

〔68〕人事:人间世事。

〔69〕天道:自然界运行的规律。 阕:止息。

〔70〕信:果真。 斯:这。

〔71〕林屋:洞名,也是山名。林屋山位于江苏省吴县西境,在太湖西山东部湖滨,山下的石灰岩溶洞名为林屋洞,有"天下第九洞天"之称。

　　灵岩山地处姑苏古城附近,春秋时吴王夫差曾在此为西施修建馆娃宫,留下了很多可供后人凭吊之处。纳兰的这篇小赋,将灵岩山秀丽的自然风景和历史传说交织在一起,既从自然和历史的角度去观照自然风景,又借自然风景的永恒反衬世事的无常。山川依旧,往事如烟,令人有如梦似幻之感。

◎ 附 录

纳兰性德年谱简编

清世祖顺治十一年甲午(1654),纳兰性德出生

本年十二月十二日(1655年1月19日),纳兰性德生于京师(今北京),康熙二十四年乙丑五月三十日(公元1685年7月1日)卒于京师。满洲正黄旗人。康熙十五年(1676)进士。历任正黄旗满洲都统第三参领所属之第七佐领和三等侍卫、二等侍卫、一等侍卫(正三品)。初名成德,后因避皇太子胤礽幼名,改名性德。字容若,号楞伽山人。按:以公历计,顺治十一年为1654年,纳兰性德出生在顺治十一年的腊月十二日,已进入公元1655年。

性德父纳兰明珠,字端范,号枋臣,顺治期间曾任銮仪卫云麾使,康熙间历任内务府郎中、内务府总管、内弘文院学士、刑部尚书、左都御史、兵部尚书兼佐领、吏部尚书、武英殿大学士兼礼部尚书等职,加太子太傅,晋太子太师。康熙十二年(1673)力主撤三藩,二十二年(1683)主张专任施琅率师收复台湾。但多年结党营私,与曾任大学士的索额图等人争权倾轧,售官纳贿,于康熙二十七年(1688)被弹劾罢官,后复授议政内大臣,曾随扈参与征讨噶尔丹之役,有功。康熙四十七年(1708)四月病故,年七十四。

性德母觉罗氏,为清太祖努尔哈赤嫡孙女,英亲王阿济格正妃第五女,顺治八年(1651),与明珠成婚。

本年三月,顺治皇帝的第三个儿子玄烨出生,按照旧历,与性德同龄略长。玄烨后来继位,即康熙皇帝。

本年,纳兰性德的朋友严绳孙三十一岁,陈维崧二十九岁,顾贞观二十七岁,姜宸英二十六岁,吴兆骞二十三岁。

顺治十二年乙未(1655),一岁

四月,清廷禁止举子隐匿年岁。

本年,明珠二十岁,任銮仪卫云麾使(正四品)。

顺治十三年丙申(1656),二岁

春,吴伟业任国子监祭酒,岁暮,因母丧南归,从此隐居故里江苏太仓,直至去世。

七月,龚鼎孳被贬广东。

本年,陈维崧父陈贞慧卒。

顺治十四年丁酉(1657),三岁

正月,清廷以满人流于文弱,限制其生童考试,并禁止代充兵役。

三月,恢复孔子至圣先师的位号。

十一月,给事中阴应节上奏江南科考丑闻,清政府开始查办科场舞弊者,吴兆骞被列于其中。

顺治十五年戊戌(1658),四岁

三月,吴兆骞下刑部大狱。江南所有中式举人被押到京师,由顺治皇帝亲自主持复试。

年底,清政府重惩江南科考舞弊考官及举人,主考官方犹、钱开宗等人与十八名考官都被处以极刑,吴兆骞等八名举人则被遣戍宁古塔(今黑龙江省宁安县)。

顺治十六年己亥(1659),五岁

闰三月,吴兆骞出京,作《将赴辽左留别吴中诸故人》。吴伟业作《悲歌赠吴季子》。秋七月,吴兆骞抵达宁古塔戍所。

顺治十七年庚子(1660),六岁

正月,清政府下令禁止官吏私交、私宴、庆贺、馈送。严禁士子结社集会。

本年秋,徐乾学中顺天乡试举人。

顺治十八年辛丑(1661),七岁

正月初七日,清世祖顺治去世。皇太子玄烨即皇帝位,是为清圣祖,将改元康熙。顺治皇帝遗诏由内大臣索尼、苏克萨哈、遏必隆、鳌拜四人为辅政大臣。

二月,以宦官贪恣,罢十三衙门,复设内务府。明珠改任内务府郎中。

三月,郑成功攻入台湾,逐走荷兰人。

七月,哭庙案结,金圣叹等十八诸生被杀。

秋,顾贞观入京,以诗得尚书龚鼎孳、大学士魏裔介赏识。

十二月,明永历帝被吴三桂擒获,残明政权终于灭亡。

本年,因江南奏销案,徐乾学被革黜举人。

康熙元年壬寅(1662),八岁

四月,吴三桂杀害永历帝及其太子,后妃、公主被解送北京。

五月,郑成功卒于台湾,其子郑经主政。

十二月,封吴三桂为亲王,总管云南、贵州两省一切文武官员兵民事务,吴三桂的势力愈来愈大。

本年,顾贞观任内阁中书舍人。

康熙二年癸卯(1663),九岁

徐乾学游闽粤。

曹玺任江宁织造。

庄廷鑨《明史》案发。归安知县吴之荣揭发庄廷鑨私编《明史》,五月,清廷下令将庄廷鑨开棺戮尸,其弟及子孙十五岁以上者均被处斩,牵连致死70馀人。是清朝第一桩最严重的文字狱。

康熙三年甲辰(1664),十岁

三月,明珠升内务府总管。

五月,钱谦益卒。

七月,顾贞观蒙康熙皇帝召见。

康熙四年乙巳(1665),十一岁

三月,据礼部右侍郎黄机奏请,恢复乡试、会试三场旧制,仍考经义。

三月,卢兴祖升任广东总督,次年奉旨兼制广西,卢兴祖之女后为纳兰性德之妻。

康熙五年丙午(1666),十二岁

明珠被任命为内弘文院学士。

顾贞观参加顺天乡试,中举人,且名列第二,称顺天南元,不久掌内国史院典籍。

十二月,大学士苏纳海、直隶总督朱昌祚、巡抚王登联等因反对鳌拜所在的镶黄旗和正白旗换地一事,被鳌拜矫旨处以绞刑,家产都被抄没入籍。

康熙六年丁未(1667),十三岁

六月,辅政大臣索尼病故。

七月,康熙皇帝宣告亲政,实际上大权仍在鳌拜控制之下。太子太保内大臣苏克萨哈因和鳌拜不和,被迫辞职,鳌拜乘机强迫康熙下旨绞杀苏克萨哈。

九月,清廷决定纂修《世祖章皇帝实录》,纳兰明珠被任命为副总裁。顾贞观随扈东巡,作七言绝句六十首。

十一月,卢兴祖因鳌拜不满,以不能屏息盗贼之故被革职,同月卒。

自本年起,纳兰性德得董讷教授,学业开始大进。

康熙七年戊申(1668),十四岁

正月,鳌拜与遏必隆被拜为太师。明珠奉命和工部尚书马尔赛视察淮扬河工,至兴化县白驹场,决定重修白驹场旧闸。

九月,明珠以内弘文院学士升任刑部尚书。

康熙八年己酉(1669),十五岁

五月,康熙下令逮捕鳌拜,革除他所有职务,禁锢终身。苏克萨哈、苏纳海、朱昌祚、王登联等人被平反昭雪。

六月,康熙下旨停止旗人圈占民地。

六月，明珠奉诏和兵部侍郎蔡毓荣等前往福建招抚郑经，事未成。

七月，明珠免刑部尚书职。九月，改任都察院左都御史。

八月，以索额图为国史院大学士。

冬，徐乾学为参加会试，来到京师。

康熙九年庚戌(1670)，十六岁

三月，徐乾学中进士，并在殿试时高中一甲三名（即探花），授内弘文院编修。

本年，张纯修承荫入国子监读书。

康熙十年辛亥(1671)，十七岁

性德补诸生，入国子监读书，结识张纯修。徐乾学之弟徐元文时为国子监祭酒，对纳兰性德深为器重。

二月，左都御史明珠、国子监祭酒徐元文充任经筵讲官。

春，顾贞观服丧期满，返京复任原职，遭他人排挤，遂急流勇退，辞官告病南归。

六月，镇南王耿继茂死，其子耿精忠袭王爵，仍镇守福建。三藩之间往来日密，与清廷矛盾日益尖锐。

秋，曹尔堪在北京孙承泽家的别墅秋水轩开题首倡，发起了一场被后人称为"秋水轩倡和"的"贺新郎"酬唱活动。参加活动的有当时著名的二十六家词人，蔚为大观。而参与倡和的范围更遍及全国，词人词作无数，包括著名词人龚鼎孳、周在浚、顾贞观、陈维崧、宋婉、曹贞吉等，纳兰性德也参与其中。最后辑录成的《秋水轩倡和词》，共收二十六家近一百八十首《贺新郎》词作，成为当时词坛盛事。

十一月，调左都御史明珠为兵部尚书。

本年，陈维崧还江南，辑刊《今词苑》三卷。朱彝尊南还。吴伟业卒。

康熙十一年壬子(1672)，十八岁

五月，姜宸英以父丧南归。

六月，王士祯主持四川乡试离京。

八月，性德应顺天乡试，中举人。正、副考官为蔡启僔、徐乾学。同榜有韩菼、翁叔元、王鸿绪（榜名度心）、徐倬、曹寅等。这些人后来都与纳兰有很密切的交往。徐乾学《通议大夫一等侍卫进士纳兰君墓志铭》："余忝主司，宴于京兆府，（纳兰性德）偕诸举人青袍拜堂下，举止闲雅。越三日，谒余邸舍，谈经史原委及文体正变，老师宿儒有所不及。"纳兰正式拜徐乾学为师，当在此时。

秋，严绳孙入京。

冬，马云翎入京。朱彝尊入京。

纳兰性德的书斋"通志堂"和其别业"渌水亭"，当建成于此年。

康熙十二年癸丑(1673),十九岁

二月,举行癸丑科会试,纳兰性德会试中式。因患寒疾,未参加三月举行的殿试,有七律诗《幸举礼闱以病未与廷试》,抒写落第的愁闷。此后于经史及前人典籍用功更勤。韩菼、王鸿绪等于此年中进士。马云翎、翁叔元落榜。

三月,平南王尚可喜上疏请求归老辽东,清廷许之,并令其子尚之信和他一起离开广东。

自五月起,性德每逢三、六、九日,黎明骑马至徐乾学邸舍讲论书史,日暮乃去。至入为侍卫而止。

五月,得徐乾学、明珠支持,始着手校刻《通志堂经解》。本月,性德撰《经解总序》初稿。其后他陆续撰经解序和书后六十六篇。此书包括经解一百四十种一七八八卷,多为宋、元诸儒之作,主要系徐乾学、元文、秉义弟兄之藏本,更集曹溶、秦松龄、钱曾、毛斧季、黄虞稷、朱彝尊和纳兰性德家藏旧版书及抄本。各经解序中亦包括性德其后编撰的《合订删补大易集义粹言》和《陈氏礼记集说补正》。《经解》雕刻工作至纳兰去世时尚未全部完成。

七月,平西王吴三桂、靖南王耿精忠先后上疏请求撤藩,借此试探朝廷的态度。康熙令议政王大臣等会同户、兵二部议奏,诸王大臣俱言不可撤,惟户部尚书米思翰、兵部尚书明珠、刑部尚书莫洛以为撤亦反,不撤亦反,不如从其所请,为先发制人之计。康熙从之,遂下诏撤藩。并派遣官员料理吴三桂等迁移事务。

秋,蔡启僔、徐乾学因主司去年顺天乡试时,副榜遗取汉军卷遭到弹劾。九月,蔡启僔、徐乾学降级,归江南。性德作《秋日送徐健庵座主归江南》四首、《即日又赋》、《摸鱼儿》(送座主德清蔡先生)等为之送行。

十一月,吴三桂于云南起兵,称"天下都招讨兵马大元帅"。

本年,明珠兼佐领。

本年,纳兰性德开始撰写《渌水亭杂识》,分四卷,三四年后才完成。

本年春,结识严绳孙。夏,结识姜宸英。冬,性德赠金助翁叔元返归江南故里。

本年,与朱彝尊开始有书信往来。

康熙十三年甲寅(1674),二十岁

正月,朱彝尊访纳兰性德于邸第,二人首次见面。

二月,吴三桂兵占常德、长沙、岳州等地,湖湘、四川等地沦于战火。

二月二十四日(1674年3月30日),纳兰性德的二弟揆叙出生。

三月,耿精忠响应吴三桂,起兵福建。

九月,广西富川知县刘钦邻因反抗吴三桂叛乱,自沉而死。纳兰性德作五古《挽刘富川》,表示哀悼和赞扬。

本年，性德娶夫人卢氏，卢氏为两广总督卢兴祖女。又纳庶妻颜氏，颜氏家世不详，其归性德可能略早于卢氏。按：黄天骥在《纳兰性德年谱》（其所著《纳兰性德和他的词》附录一）中认为纳兰性德与卢氏成婚当在康熙十二年(1673)，其七绝《艳歌》四首写少年新婚情事，当为新婚后所作。其三有句云："墙头无限新开桂，不为儿家折一枝。"说明此诗作于康熙十二年(1673)会试落第之后。此说可供参考。

康熙十四年乙卯(1675)，二十一岁

九月，康熙皇帝到明十三陵祭奠。

九月，朱彝尊因父丧返回故里。

十月，明珠改任吏部尚书。

十二月，下诏立皇子胤礽为皇太子（幼名保成）。成德避太子名讳，改名性德。

本年，性德长子富格出生，为副室颜氏夫人所出。

性德与张纯修交往益密，每有郊猎。《风流子·秋郊即事》（平原草枯矣）或作于本年。

性德与严绳孙过从甚密，绳孙移居性德邸中，常有唱和。《眼儿媚·咏红姑娘》（骚屑西风弄晚寒）、《满庭芳·题元人芦洲聚雁图》（似有猿啼），可能作于本年。

徐乾学援例捐复原官，仍任翰林院编修原职。

康熙十五年丙辰(1676)，二十二岁

年初，皇太子保成更名胤礽。性德不必再避讳"成"字。

三月，性德中二甲第七名进士。《进士题名录》性德榜名已作"成德"。

马云翎落第归江南，性德有《送马云翎归江南》、《又赠马云翎》等诗相送。

四月，平南王尚可喜之子尚之信阴谋叛变。

四月，严绳孙返无锡故里，性德作《送荪友》、《水龙吟·再送荪友南还》（人生南北真如梦），送别严绳孙。

春夏间，顾贞观入京，结识性德，成为忘年契友。不久，性德即作《金缕曲·赠梁汾》（德也狂生耳）赠顾贞观。

秋，吴县穹窿山道士施道源入京宣法，不久即返。性德作《送施尊师归穹窿》、《再送施尊师归穹窿》送别。

十月，耿精忠投降，清廷赐还王爵。

本年，徐乾学迁左春坊左赞善。十一月，徐母顾氏卒，徐乾学兄弟奔丧南归。

冬，顾贞观作《金缕曲·寄吴汉槎》二章，性德见之，作《金缕曲·简梁汾》（洒尽无端泪），遂以"绝塞生还吴季子"为己任。

十二月，尚之信与吴三桂矛盾日益加剧，也准备向清廷投降，三藩已呈败势，东南战局逐渐明朗。

本年，纳兰性德将自己的词作编选成集，名《侧帽词》。开始与顾贞观合编《今词初集》。

康熙十六年丁巳（1677），二十三岁

二月，康熙皇帝猎于南海子（今北京市南苑），性德作有《南海子》七绝二首。

四月，太皇太后生日，性德撰《拟御制大德景福颂贺表》。

四月末，卢氏产一子海亮。约月馀，卢氏以产后患病，于五月三十日病故，卢氏灵柩暂厝于双林寺禅院。

七月，明珠被任命为武英殿大学士。

八月，明珠充任《太宗文皇帝实录》总裁官。性德撰《合订大易集义粹言》成。

秋冬间，性德始任乾清门三等侍卫。按：性德任侍卫的具体时间，从现存各种资料来看，没有明确记载。赵秀亭、冯统一先生撰《纳兰性德行年录》将此事系于本年，李宏先生《纳兰成德年谱》则认为不晚于康熙十五年（1676）秋，黄天骥《纳兰性德和他的词》也将此事定为康熙十五年（1676）中进士后不久。然细考纳兰此时作品中隐约流露出的低沉情绪，结合时人的一些记述，纳兰性德在中进士后有较长的蹉跎时间，当无疑义。故此从赵、冯二先生之说。

本年，《渌水亭杂识》编定。

本年春，顾贞观携《今词初集》稿南返，至开封，逢毛际可。毛为《今词初集》作序，并次容若韵作《金缕曲·题梁汾佩剑投壶图》，是词亦收入《今词初集》。

秋，顾贞观复至京，与性德增选《今词初集》。性德又托顾贞观编刊《饮水词》。

本年内性德其他作品有：《金缕曲·再赠梁汾用秋水轩旧韵》（酒浣青衫卷）、《菩萨蛮》（晶帘一片伤心白）、《沁园春·丁巳重阳》（瞬息浮生）、《南乡子·为亡妇题照》（泪咽却无声）等。另，《蝶恋花》（萧瑟兰成看老去）作于此年或更晚，《点绛唇》（一种蛾眉）或作于此年秋。

康熙十七年戊午（1678），二十四岁

正月，康熙下诏举博学鸿儒，令各地官员网罗举荐名士。夏秋之间，应征文士纷纷来京。其中包括性德的诸多好友，如陈维崧、施闰章、朱彝尊、秦松龄、毛际可、严绳孙、毛奇龄、阎若璩、叶舒崇等。

闰三月，由顾贞观、吴绮订定的《饮水词》编成。

七月，吴三桂称帝。八月，三桂死，清军全线转入反攻。

七月，性德葬卢氏于京郊皂荚（甲）屯，叶舒崇为之作墓志铭。按：叶舒崇为叶燮之子。

秋，马云翎病故于江苏无锡，纳兰作《柳枝词》表示悼念。

岁暮，姜宸英入京，性德安排其居于千佛寺中。

本年，康熙多次巡游京畿及长城内外，纳兰性德作为侍卫也多次扈从前往。

本年性德其他作品有：《青衫湿·悼亡》（近来无限伤心事）、《临江仙·寄严荪友》（别后闲情何所寄）、《虞美人·为梁汾赋》（凭君料理花间课）、《山花子》（林下荒苔道韫家）。另，《临江仙》（长记碧纱窗外语）的写作时间当不晚于本年，《虞美人》（春情只到梨花薄）应作于本年或稍后，《爇云松令》（枕函香）当作于本年前，《蝶恋花》（辛苦最怜天上月）、《好事近》（何路向家园）似作于本年。

诗：《记征人语》十三首暂系作于此年。

康熙十八年己未（1679），二十五岁

三月初一，康熙在体仁阁亲试内外诸臣荐举的博学鸿儒一百四十三人，共取中五十人。彭孙遹、秦松龄、陈维崧、朱彝尊、施闰章、徐釚、尤侗、毛奇龄、严绳孙等皆在其中。

五月，秦、朱、陈、严等都被授予翰林院检讨，纂修《明史》。

春夏，性德诸好友朱彝尊、陈维崧、严绳孙、姜宸英、张纯修等都在京师，常相过从。渌水亭中花间草堂建成，性德曾邀诸好友在渌水亭雅集观荷，作《渌水亭宴集诗序》。

秋，张纯修南行，赴任湖南江华县令，性德有词《蝶恋花·散花楼送客》（城上清笳城下杵）、《菊花新·用韵送张见阳令江华》（愁绝行人天易暮）、五律《送张见阳令江华》诸作相送。

姜宸英奔母丧南归，性德作词《金缕曲·姜西溟言别》（谁复留君住）、《潇湘雨·送西溟归慈溪》（长安一夜雨）相送。

本年，顾贞观在南，刊成《今词初集》，收性德词十七首。卓回编刊《古今词汇》，选性德词十二首。

本年内性德其他作品有：《琵琶仙·中秋》（碧海年年）。另，《采桑子》（海天谁放冰轮满）可能作于本年。

康熙十九年庚申（1680），二十六岁

本年，康熙多次巡游南苑、巩华及近畿一带，性德多次随行。

四月，纳兰性德的三弟揆方出生。

卢氏亡故已三年，忌日，赋《金缕曲·亡妇忌日有感》（此恨何时已）。

秋，顾贞观自江南返京。

冬，徐乾学兄弟服阕还京，乾学复原职，徐元文升都察院左都御史。徐乾学撰《通志堂经解序》，性德《经解总序》可能同时改定。

本年或稍后，续娶官氏为妻。官氏，即瓜尔佳氏，光禄大夫少保一等公朴尔普之女。

除夜，作《浣溪沙·庚申除夜》词。

本年内性德其他作品有：五古《茅斋》。另，七律《南海子》似作于本年。

康熙二十年辛酉(1681)，二十七岁

正月初七，作词《青玉案·人日》。

二月，增徐乾学、秦松龄、朱彝尊、严绳孙等八人为日讲起居注官。

三月下旬，康熙皇帝奉太皇太后赴遵化温泉，明珠与性德父子都在扈从之列。在温泉，性德作七律《汤泉应制四首》、五言排律《扈驾马兰峪赐观温泉恭记十韵》。

六月，秦松龄被任命为江西乡试主考官。

七月，严绳孙被任命为山西乡试主考官，朱彝尊被任命为江南乡试副考官。

七月，顾贞观以母丧南归，成德作五言古诗《送梁汾》、词《木兰花慢·立秋夜雨送梁汾南行》（盼银河迢递）、《于中好·送梁汾南还，为题小影》（握手西风泪不干）送行。

十月，吴兆骞终于自宁古塔被释还京，暂居徐乾学府中。性德作有七律《喜吴汉槎归自关外，次座主徐先生韵》。

十二月，姜宸英、顾贞观先后入京。

十二月二十日，康熙皇帝于太和门受百官朝贺，至此，长达八年的"三藩之乱"终告平定。

本年内性德其他作品有：五古《桑榆墅同梁汾夜望》。

康熙二十一年壬戌(1682)，二十八岁

正月十五日上元节，性德与朱彝尊、陈维崧、严绳孙、顾贞观、姜宸英、吴兆骞等共集花间草堂，饮宴赋诗。堂上列纱灯绘古迹，各指图作诗词。性德赋词《水龙吟·题文姬图》（须知名士倾城），七绝《赋得柳毅传书图次陈其年韵》四首。

元宵节后旬日间，顾贞观离京南返。

年初，吴兆骞入性德家做塾师，教其二弟揆叙。

二月，康熙皇帝巡视东北，出山海关，至永陵、福陵、昭陵祭奠，性德随扈东巡，五月初始还京。此次出关，性德作有《长相思》（山一程）、《浪淘沙·望海》（蜃阙半模糊）、《如梦令》（万帐穹庐人醉）、《菩萨蛮》（朔风吹散三更雪）等词，诗作有七古《柳条边》，五律《盛京》、《松花江》，七律《兴京陪祭福陵》等。

五月，陈维崧以头痛卒。

六月初三，康熙赐群臣后苑赏花钓鱼。严绳孙作《西苑侍直》诗二十首，性德和之，题为《西苑杂咏和荪友韵》二十首。按：此二十首绝句并非一时所作，当作于夏秋间。

夏秋之间，性德晋升为二等侍卫。按：性德晋升二等侍卫的时间，史无确书，

根据赵秀亭先生的分析考证,系于此时。

八月十五日,遣副都统郎坦(即郎谈)、彭春(即朋春)等觇梭龙。梭龙是明末清初生活在黑龙江流域一带的达斡尔、鄂温克和鄂伦春等部族的总称。性德随后也参加了这一行动,十二月返回京师。《浣溪沙·姜女祠》(海色残阳影断霓)、《唐多令·塞外重九》(古木向人秋)、《蝶恋花·出塞》(今古河山无定据)、《蝶恋花·十月望日与经岩叔别》(尽日惊风吹木叶)、《采桑子·塞上咏雪花》(非关癖爱轻模样)等词,七绝《塞垣却寄》四首、五古《梭龙与经岩叔夜话》、五律《效齐梁乐府十首·雨雪》等诗,当作于此行之中。

十月,明珠为《太祖实录》、《三朝圣训》、《平定三逆神武方略》总裁官。

十一月,明珠加赠太子太傅。

秋,吴兆骞南归故里省亲。顾贞观做客苕上。

本年,吴兆骞与蒋宣虎、顾茂伦合编《名家绝句钞》,性德作《名家绝句钞序》。

本年内性德其他作品有:《蝶恋花》(又到绿杨曾折处)、《浣溪沙》(万里阴山万里沙)、《太常引·自题小照》(西风乍起峭寒生)二词,应作于本年底或康熙二十二年(1683)初。诗作《从军曲》(二首)可能作于觇梭龙期间。

康熙二十二年癸亥(1683),二十九岁

春,朱彝尊入直南书房,赐居黄瓦门左。

二月,蒋景祁自京返故乡江苏宜兴,初编《瑶华集》。

二月十二日,纳兰性德随扈康熙皇帝赴五台山一带巡视,三月初六日返京。《点绛唇·黄花城早望》(五夜光寒)当作于此行途中。

六月十二日,随扈康熙皇帝出古北口巡视近边地区,七月二十五日返京。七律《古北口》,《台城路·塞外七夕》(白狼河北秋偏早)、《月上海棠·中元塞外》(原头野火烧残碣)等词,作于此时。

九月十一日,随扈康熙皇帝再次赴五台山巡视,皇太后同行,十月初九日返京。《满江红》(代北燕南)、《浣溪沙》(已惯天涯莫浪愁)等词,五律《驾幸五台山恭纪》、五古《宿龙泉山寺》等诗,作于此行途中。

三月,官氏父朴尔普以一等公被任命为蒙古都统。

四月,陈廷敬、张玉书被任命为礼部侍郎。翁叔元充任日讲起居注官。

夏秋间,吴兆骞返京,仍为揆叙塾师,并与性德研习《昭明文选》。

十二月,高士奇充任日讲官。左都御史徐元文因荐举非人被免职。王鸿绪升任内阁学士、礼部侍郎。

秦松龄、严绳孙升任中允,并为《平定三逆方略》纂修官。

本年内性德其他作品有:《菩萨蛮·寄梁汾苕中》(知君此际情萧索)、《虞美

人》(银床淅沥青梧老)、《鹊桥仙》(梦来双倚)。

康熙二十三年甲子(1684),三十岁

正月,朱彝尊因私抄宫内各地进书,被逐出内廷,移居宣武门南。

五月十九日,性德扈从康熙皇帝出古北口避暑并巡视口外诸地,八月十五日返回北京。作有《浣溪沙·古北口》(杨柳千条送马蹄)。

六月,明珠兼《大清会典》总裁官。

八月,秦松龄为顺天乡试正考官。

九月二十八日,纳兰性德开始扈从康熙南巡,经泰山、扬州、苏州、无锡、镇江、江宁、曲阜等地,并视察淮扬河工,十一月二十九日返回京城。此行作有五古《平原过汉樊侯墓》、五律《扈从圣驾祀东岳礼成恭纪》、七律《泰山》、七绝《平山堂》、五古《江行》、七绝《江南杂诗》四首、七绝《秣陵怀古》、七律《病中过锡山》二首、七律《曲阜》等诗,词作有《梦江南》十首、《浣溪沙·红桥怀古和王阮亭韵》(无恙年年汴水流)、《浣溪沙》(十里湖光载酒游)、《浣溪沙》(脂粉塘空遍绿苔)等,赋文作品有《金山赋》、《灵岩山赋》、《与顾梁汾书》等。

九月,顾贞观自江南携沈宛赴京。

十月,严绳孙为顺天武乡试副考官。

十月,随扈至扬州,恰遇张玉书奔丧南归,性德慰问之,与张揖别于江干。

十月,吴兆骞病故于京师。

十一月初,性德在江宁和曹寅相见。在江宁,得知吴兆骞去世的消息,作《祭吴汉槎文》。

冬,性德得明人《竹炉新咏卷》,为惠山听松庵故物。性德将此卷送给顾贞观,并作七律《题竹炉新咏卷》。

冬,秦松龄因顺天乡试事下狱,因徐乾学鼎力相救,得以免罪。

十二月,徐乾学由侍讲学士升詹事府詹事。

十二月十二日,性德三十岁生日,姜宸英以六绝句见赠。

岁暮,性德纳沈宛为妾,作《浣溪沙》(十八年来堕世间)。

本年内性德其他作品有:《鹊桥仙》(月华如水)、《采桑子》(谢家庭院残更立)、《减字木兰花》(相逢不语)、《满江红·茅屋新成却赋》(问我何心)。

康熙二十四年乙丑(1685),三十一岁

二月,徐乾学充任《大清会典》副总裁官。

三月十八日,康熙皇帝诞辰,御书贾至《早朝》诗赠性德。四月下旬,又令性德赋《乾清门应制》诗,译《松赋》为满文,都符合康熙心意。当时朝廷内外,都知道康熙将重用性德,性德升一等侍卫可能即在此时。

三月,徐乾学升内阁学士,兼礼部侍郎。

四月，严绳孙倦于仕途，请假南归（实为弃官），性德赋五古《暮春别严四荪友》送别。

五月初，曹寅至京，性德为其所携《楝亭图》题《满江红·为曹子清题其先人所构楝亭，亭在金陵署中》（籍甚平阳）。

五月，明珠充任《政治典训》总裁官。

五月二十二日，性德邀梁佩兰、顾贞观、姜宸英、吴雯、朱彝尊等于其寓邸西园聚会，饮酒，各赋《夜合花》诗。次日，性德得疾。

五月三十日，性德因七日不汗病故。时康熙皇帝将出塞，特准明珠不必随行。后罗刹捷报至，因性德有奉使梭龙之功，特命宫使就几筵哭告之。

秋，沈宛生遗腹子富森。

康熙二十五年丙寅（1686）

性德葬于北京西北郊皂荚（甲）屯。

附注：本年谱主要依据赵秀亭、冯统一先生所著《纳兰性德行年录》（赵秀亭、冯统一笺校《纳兰词笺校·附录三》，辽宁教育出版社，2001年7月1版），以及李宏先生《纳兰成德年谱》（康奉、李宏、张志主编《纳兰成德集·丛录二》，北京古籍出版社，2006年12月1版），并参考黄天骥先生所著《纳兰性德年谱》（黄天骥《纳兰性德和他的词·附录一》，广东人民出版社，1983年10月1版），斟酌取舍，编撰而成。只为方便读者，实不敢掠美。谨向以上各书作者的辛勤劳动致以诚挚的谢意！

纳兰性德著作主要版本

1.《通志堂集》，（清）徐乾学辑刻，康熙三十年（1691）刊行，1979年2月上海古籍出版社影印出版

2.《饮水诗词集》，（清）张纯修辑刻，康熙三十年（1691）刊行

3.《饮水词钞》，（清）袁通编，嘉庆小仓山房刻本

4.《纳兰词》，（清）汪元治刊刻，道光十二年（1832）结铁网斋刻本

5.《纳兰词》，（清）许增刊刻，光绪六年（1880）娱园本

6.《纳兰饮水词·侧帽词全稿》，中国图书馆刊行，民国二十四年（1935）贝叶山房本

7.《通志堂词》（《清名家词》之一），陈乃乾编，开明书店民国二十五年（1936）出版

8.《饮水词笺》，李勖笺，正中书局民国二十六年（1937）出版

9.《饮水词》（天风阁丛书），冯统校，广东人民出版社1984年出版

10.《纳兰成德诗集·诗论笺注》，马乃骝，寇宗基编著，山西人民出版社1988

年3月1版

11.《纳兰词笺注》(中国古典文学丛书),张草纫笺注,上海古籍出版社1995年10月1版

12.《纳兰词笺注》,张秉戌著,北京出版社1996年10月1版

13.《饮水词笺校》,赵秀亭、冯统一笺校,辽宁教育出版社2001年7月1版

14.《纳兰性德词新释集评》(历代名家词新释集评丛书),张秉戌编著,中国书店2001年1月1版

15.《纳兰词笺注(修订本)》(中国古典文学丛书),张草纫笺注,上海古籍出版社2003年9月1版

16.《饮水词笺校》(中国古典文学基本丛书),赵秀亭、冯统一笺校,中华书局2005年7月1版

17.《纳兰成德集》,康奉、李宏、张志主编,北京古籍出版社2006年12月1版

纳兰性德研究重要著述

著作部分

1.《纳兰性德和他的词》,黄天骥著,广东人民出版社,1983年10月1版

2.《纳兰性德评传》(《中国历代著名文学家评传》第五卷)赵景深等著;山东教育出版社,1985年出版

3.《纪念纳兰逝世三百周年论文资料集》,纳兰性德研究学会,1985年编辑

4.《纳兰性德词选》,盛冬铃选注,三联书店香港分店,1986年出版

5.《纳兰成德评传》,寇宗基、邱建平著,山西古籍出版社,1994年7月1版

6.《清初学人第一:纳兰性德研究》,刘德鸿著,中国社会科学出版社,1997年9月1版

7.《纳兰性德文学研究》,卓清芬,台湾国立编译馆,1999年出版

8.《纳兰性德丛话》,徐征著,北京出版社,2000年3月1版

9.《纳兰成德家族墓志通考》,赵迅,文津出版社,2000年出版

10.《纳兰性德及其〈饮水词〉研究》,甘翘宁著,香港新亚研究所,2002年出版

11.《纳兰性德词选》,张草纫注评,上海古籍出版社,2002年6月1版

论文部分

1.《清代第一词家纳兰性德之略传及其著作》,陈诠,《清华周刊》,1924年3

月第 305 期

2.《〈饮水词〉与〈红楼梦〉之关系及其文艺》,陈诠,《清华周刊》,1924 年 5 月第 314 期

3.《清代第一词家纳兰性德评传》,陈诠,《弘毅》,1926 年 6 月第 1 卷第 2 期

4.《纳兰成德传》,张荫麟,《上海学衡》,1929 年第 70 期

5.《纳兰性德〈饮水词〉之研究》,胡致,《江西旅平学会会刊》,1930 年 6 月创刊号

6.《关于清代男女两大词人恋史的研究》,苏雪林,《武汉大学文哲季刊》,1930 年 10 月—1931 年 1 月

7.《纳兰容若评传》,陈裕昆,《光华大学半月刊》,1934 年 6 月

8.《纳兰词的几种作风》,邓懿,《燕京大学文学年报》,1936 年 5 月第 2 期

9.《满洲词人纳兰成德丛录》,张裕京,南京《中日文化》,1941 年 7 月第 1 卷第 4 期

10.《纳兰容若评传》,唐圭璋,《中国学报》,1944 年第 1 期

11.《漫谈晏小山与纳兰性德》,陈郁文,上海《雄风月刊》,1946 年 11 月—12 月第 1 卷

12.《姜白石与纳兰性德词的比较》,康家乐,福建协和大学《协大艺文》,1947 年 5 月第 20 期

13.《纳兰性德与〈通志堂集〉》,一丁,《中华文史论丛》,1979 年

14.《纳兰词之谜》,李寿冈,《湘潭大学学报》,1979 年第 3 期

15.《容若词艺散论》,简茂森,《华东师范大学学报》,1981 年第 5 期

16.《词人纳兰性德思想初论》,邓伟,《辽宁大学学报》,1981 年第 6 期

17.《纳兰性德和他的词》,黄天骥,《社会科学战线》,1982 年第 1 期

18.《纳兰性德和〈饮水词〉》,冯统,《读书》,1982 年第 11 期

19.《纳兰词的艺术风格和民族特色》,邓伟,《满族文学研究》,1982 年第 1 期

20.《满族文学家纳兰性德和他的词(上)》,姜书阁,《满族文学研究》,1982 年第 2 期

21.《满族文学家纳兰性德和他的词(下)》,姜书阁,《满族文学研究》,1984 年第 1 期

22.《纳兰性德的〈侧帽词〉》,李一氓,《学林漫录》,1983 年(总)第 8 期

23.《纳兰词"凄惋"风格形成的原因》,徐育民,《文史哲》,1983 年第 3 期

24.《纳兰性德的祖籍及其两次东北之行》,陈桂英,《社会科学战线》,1984 年第 1 期

25.《纳兰词艺术探微》,朱国民,《上海师范大学学报》,1984 年第 2 期

26.《试论纳兰性德的感伤词》,方红心,《扬州师院学报》,1984 年第 1 期

27.《清代满族词人纳兰性德》,阎崇年,《学习与研究》,1984 年第 6 期

28.《纳兰词评价的几个问题》,张弘,《学术月刊》,1985 年第 4 期

29.《纳兰成德"觇梭龙"新探》,马乃骝、寇宗基,《晋阳学刊》,1985 年第 5 期

30.《建国以来纳兰性德研究情况综述》,齐敬之、别廷峰,《承德师专学报》,1985 年第 4 期

31.《纳兰性德和纳兰词》,楚庄,《天津师大学报》,1985 年第 5 期

32.《记饮水词人夫妇墓志铭》,启功,《文史》,1985 年(总)第 24 辑

33.《关于纳兰性德的再次评价问题》,邓伟,《民族文学研究》,1986 年第 1 期

34.《纳兰词及其美学研究》,王述,《满族研究》,1986 年第 2 期

35.《论纳兰性德奉使西域——"觇梭龙"新探之二》,寇宗基、马乃骝,《山西大学学报》,1986 年第 4 期

36.《清代第一词人纳兰性德》,盛冬铃,《古典文学论丛》第 4 辑,人民文学出版社,1986 年版

37.《纳兰性德的词论及其词作》,盛冬铃,《晋阳学刊》,1986 年第 6 期

38.《精神分析与纳兰性德的词》,刘甫田,《承德师专学报》,1986 年第 4 期

39.《纳兰词的意境创造》,姚崇实,《承德师专学报》,1986 年第 4 期

40.《试论纳兰性德悲剧所在》,齐敬之,《承德师专学报》,1986 年第 4 期

41.《〈纳兰性德年谱〉补遗》,陈子彬,《承德师专学报》,1986 年第 4 期

42.《纳兰诗不逊于词》,马乃骝、寇宗基,《晋阳学刊》,1987 年第 2 期

43.《词人纳兰性德室沈宛小考》,张一民,《文献》,1987 年第 2 期

44.《读纳兰性德的边塞诗词》,马乃骝、寇宗基,《新疆社会科学》,1987 年第 4 期

45.《纳兰性德"梭龙之行"辨》,陈桂英,《社会科学辑刊》,1987 年第 5 期

46.《女词人沈宛与纳兰成德》,赵秀亭,《满族研究》,1987 年第 4 期

47.《纳兰性德婚姻略考》,姚崇实,《承德师专学报》,1987 年第 4 期

48.《简论纳兰〈拟古四十首〉》,寇宗基,《晋阳学刊》,1988 年第 3 期

49.《论纳兰容若的个性气质对其词的影响》,杨勇,《湖北大学学报》,1990 年第 3 期

50.《开创"兰学"新局面》,寇宗基,《山西师院学报》,1991 年第 1 期

51.《论纳兰性德词的人情美》,钱乃荣,《上海大学学报》,1991 年第 4 期

52.《论纳兰性德词——从我对纳兰词之体认的三个不同阶段谈起》,叶嘉莹,《南开大学学报》,1992 年第 2 期

53.《纳兰丛话》,赵秀亭,《承德师专学报》,1992 年第 4 期

54.《论词人纳兰性德》,(日)中田勇次郎,马乃骝译,《承德师专学报》,1992

年第 4 期

55.《纳兰词感伤的心理解析》，张秉戌，《首都师范大学四十周年校庆论文选》，1994 年 10 月

56.《纳兰丛话(续)》，赵秀亭，《承德民族师专学报》，1994 年第 4 期

57.《损抑终生惜纳兰——谈纳兰容若词所示其生也凄苦及英年早逝之谜》，李宏，《辅仁校友通讯》，1994 年(总)第 17 期

58.《纳兰成德咏史诗二十首试释》，高亢，《承德民族师专学报》，1995 年第 4 期

59.《纳兰性德姓名字号与诗词文集名考释》，刘德鸿，《文献》，1994 年第 3 期

60.《从纳兰性德作品看中国古典文学的文化个性》，杨子怡，《韩山师范学院学报》，1994 第 2 期

61.《纳兰性德悼亡词试论》，宋培效，《承德民族师专学报》，1994 年第 2 期

62.《纳兰性德词的审美风格》，刘月崴、田永都，《语文学刊》，1995 第 2 期

63.《言情之妙品——论纳兰性德词》，徐培均，《中国韵文学刊》，1995 年第 2 期

64.《生命的情感，心灵的图画——试论纳兰性德词的情感美》，杨子怡，《韩山师范学院学报》，1995 年第 4 期

65.《论纳兰性德词的主旋律：人生空幻感》，赵维国，《河南大学学报》(社会科学版)，1995 年第 6 期

66.《论纳兰性德的悲剧品格》，张德锤，《承德民族职业技术学院学报》，1995 年第 6 期

67.《试论纳兰性德的悼亡词》，李嘉瑜，《承德民族师专学报》，1995 年第 4 期

68.《论纳兰性德的思想轨迹(上)》，刘德鸿，《承德民族师专学报》，1995 年第 4 期

69.《纳兰性德墓志铭校读与索解》，陈桂英，《承德民族师专学报》，1995 年第 4 期

70.《纳兰性德爱情词初探》，雷建平，《西北师大学报》(社会科学版)，1995 年第 2 期

71.《纳兰性德与"入宫女子"之谜释真》，刘德鸿，《晋阳学刊》，1996 年第 1 期

72.《纳兰性德和康熙统一战线政策》，寇宗基、邱建平，《学术论丛》，1996 年第 3 期

73.《纳兰性德和他的悼亡词》，郭凤歧，《固原师专学报》，1996 年第 4 期

74.《纳兰性德与顾梁汾书》，朱鉴珉，《承德民族师专学报》，1996 年第 4 期

75.《论纳兰性德的思想轨迹(上续)》，刘德鸿，《承德民族师专学报》，1996 年

第 4 期

76.《纳兰性德词中满族风情》,韩莓中,《西南民族学院学报》(哲学社会科学版),1996 年第 1 期

77.《浅论纳兰性德创作的文化意蕴》,雷建平,《兰州大学学报》(社会科学版),1996 年第 2 期

78.《偎红倚翠公子　铁马金戈侍卫——论纳兰性德词的艺术风格》,李树文,《阅读与写作》,1997 年第 4 期

79.《纳兰性德姓氏考释》,额尔德尼,《沈阳师范学院学报》(社会科学版),1997 年第 4 期

80.《浓情似酒忆江南——读纳兰性德的十首令词〈忆江南〉》,宋公然,《绥化师专学报》,1997 年第 4 期

81.《纳兰性德恋人"入宫"问题商榷》,刘德鸿,《晋阳学刊》,1997 年第 2 期

82.《论纳兰性德的悼亡词》,宋培效,《承德民族师专学报》,1997 年第 4 期

83.《康熙帝之惠妃与纳兰性德的婚前恋人》,刘德鸿,《承德民族师专学报》,1997 年第 4 期

84.《张纯修与纳兰性德交游考》,张一民,《承德民族师专学报》,1997 年第 4 期

85.《纳兰性德年谱》,赵秀亭,《承德民族师专学报》,1997 年第 4 期

86.《纳兰性德词个性寻源》,王卓,《社会科学战线》,1997 年第 6 期

87.《纳兰性德对中国华夏文化的倾慕和求索》,寇宗基,《晋阳学刊》,1998 年第 5 期

88.《纳兰代言诗词与文化生命主体的不等价置换》,寇宗基、周延衷,《学术论丛》,1998 年第 3 期

89.《词人纳兰性德诗翰手卷印文若干问题笺注》,铁男,《承德民族师专学报》,1998 年第 4 期

90.《纳兰性德词的内容及其艺术特色》,邹晓恢,《江西社会科学》,1998 年第 5 期

91.《从"四喻"看纳兰性德诗词中的"多民族凝聚"倾向》,任嘉禾,《黑龙江民族丛刊》,1999 年第 2 期

92.《纳兰性德诗词作品中的民族情初探》,布尼阿林,《承德民族师专学报》,1999 年第 4 期

93.《纳兰性德在康熙统治时期的作用》,雷建平,《社科纵横》,1999 年第 1 期

94.《别样清幽,自然标格——谈纳兰性德的咏物词》,王雯,《松辽学刊》(社会科学版),1999 年第 1 期

95.《纳兰性德填词情愫探微》,吉广舆,《运城高等专科学校学报》,1999年第1期

96.《爱他明月好,憔悴也相关——简论纳兰性德的咏物词》,岑玲,《遵义师范学院学报》,1999年第1期

97.《纳兰性德的边塞词》,赵晓红,《思想战线》,2000年第6期

98.《文学传统与纳兰性德的词学思想》,陈水云,《承德民族师专学报》,2000年第4期

99.《纳兰性德边塞词论略》,姚晓菲,《昌吉学院学报》,2000年第3期

100.《纳兰性德生平研究的世纪回顾》,汪龙麟,《大连大学学报》,2000年第3期

101.《评纳兰性德的榆关词》,吴烨南,《河北广播电视大学学报》,2000年第1期

102.《试论纳兰性德的悼亡词》,项小玲,《南平师专学报》,2000年第1期

103.《论纳兰性德词的生命意识及审美取向》,赵维国,《阜阳师范学院学报》(社科版),2000年第3期

104.《纳兰性德研究综述》,赵红卫,《聊城师范学院学报》(哲学社会科学版),2001年第5期

105.《纳兰性德与〈红楼梦〉》,寇宗基,《晋阳学刊》,2001年第2期

106.《试论纳兰性德的边塞词》,季祝平,《华南师范大学学报》(社会科学版),2001年第6期

107.《纳兰性德悼亡词的悲剧意蕴》,徐承红,《名作欣赏》,2001年第3期

108.《论纳兰性德的友情词》,党月异,《牡丹江师范学院学报》(哲学社会科学版),2002年第6期

109.《试析纳兰性德爱情词的艺术特色及形成原因》,王升云,《伊犁教育学院学报》,2002年第4期

110.《纳兰性德情词探微》,王宝琴,《青海民族学院学报》(社会科学版),2002年第3期

111.《唱罢秋坟愁未歇,春丛认取双栖蝶——试论纳兰性德的悼亡词》,罗建勤,《萍乡高等专科学校学报》,2002年第1期

112.《一阕悲歌泪暗流,断肠声里忆平生——纳兰性德凄婉词风形成原因试论》,孙谦,《龙岩师专学报》,2002年第5期

113.《哀感顽艳婉丽凄清——纳兰性德词风探析》,沈燕红,《宁波高等专科学校学报》,2002年第1期

114.《血泪哀歌,命运悲叹——纳兰性德悼亡词初探》,林朝辉,《韩山师范学

院学报》，2002年第3期

115.《纳兰性德传记史料辨正——〈纳兰性德全传〉问难》，陈桂英，《承德民族师专学报》，2002年第4期

116.《晏几道与纳兰性德之比较——兼论二人词作中的生命意识》，李雷，《北京工业大学学报》（社会科学版），2002年第2期

117.《纳兰性德与寒疾》，李雷，《文学遗产》，2002年第6期

118.《思也深深 情也沉沉——纳兰性德词的情感构成》，武晓磊，《吕梁高等专科学校学报》，2003年第4期

119.《纳兰性德的盛世哀音》，吕静，《商丘师范学院学报》，2003年第6期

120.《真纯·善感——论晏几道与纳兰性德词心之相似》，龙慧萍，《中国韵文学刊》，2003年第2期

121.《纳兰丛话（续）》，赵秀亭，《承德民族师专学报》，2003年第4期

122.《纳兰丛考》，张一民，《承德民族师专学报》，2003年第4期

123.《纳兰性德、晏几道爱情词比较》，殷丽萍，《语文学刊》，2003年第5期

124.《仕途的惆怅，爱情的悲歌——解读纳兰性德的〈效江醴陵杂拟古体诗二十首〉》，高树祥，《沈阳教育学院学报》，2003年第1期

125.《哀感顽艳，得南唐二主之遗——论纳兰性德词的风格特征》，曾建，《喀什师范学院学报》，2003年第2期

126.《纳兰性德的小令词》，孟昭燕，《华夏文化》，2003年第2期

127.《纳兰性德词简论》，汤保梅，《黄河科技大学学报》，2004年第4期

128.《徐行不记山深浅，一路莺啼送到家——纳兰性德词散论》，张剑平，夏洪涛，《湖北工业大学学报》，2004年第5期．

129.《纳兰丛考（续）》，张一民，《满族研究》，2004年第3期

130.《纳兰性德"觇梭龙"方位里程考》，陈子彬，《承德民族师专学报》，2004年第4期

131.《纳兰丛考（续）》，张一民，《承德民族师专学报》，2004年第4期

132.《近25年来纳兰词研究的回顾与展望》，陈水云、蔡静玲，《承德民族师专学报》，2004年第4期

133.《近50年来港台地区纳兰性德词研究述评》，陈水云，《民族文学研究》，2004年第3期

134.《纳兰性德词学思想综述》，张龙，《西北大学学报》（哲学社会科学版），2004年第4期

135.《论纳兰性德词的意象》，项小玲，《南平师专学报》，2004年第1期

136.《纳兰性德词集版本述评》，陶祝婉，《温州职业技术学院学报》，2004年

第 3 期

137.《论纳兰性德的矛盾人格及其成因》,李晓明、王喜伶,《成都教育学院学报》,2004 年第 10 期

138.《满族词人纳兰性德词学思想研究》,张世斌,《江淮论坛》,2005 年第 2 期

139.《天上人间情一诺——论纳兰性德的悼亡词》,张佳生,《民族文学研究》,2005 年第 1 期

140.《满纸悲愁之音,吟唱断肠愁曲——解读纳兰性德词》,朱凯,《潍坊学院学报》,2005 年第 1 期

141.《浅析纳兰性德哀郁凄婉词风的形成原因》,郑重,《青海师专学报》,2005 年第 3 期

142.《憔悴谁知浪得生——浅谈纳兰性德爱情词中的苦情咏叹》,薛梅,《承德民族师专学报》,2005 年第 4 期

143.《〈承德民族师专学报〉二十年纳兰性德研究综述》,布莉华,《承德民族师专学报》,2005 年第 4 期

144.《纳兰性德〈青衫湿遍〉悼亡的对象》,亓元,《满语研究》,2005 年第 2 期

145.《浅论纳兰性德词风的形成》,刘红麟,《满族研究》,2005 年第 4 期

146.《怎一个"愁"字了得——解读纳兰性德词》,朱凯,《满族研究》,2005 年第 4 期

147.《论纳兰性德词的美学特征》,范瑞雪,《山东社会科学》,2005 年第 2 期

148.《纳兰性德咏史诗论浅探》,陈桂娟,《承德民族师专学报》,2006 年第 4 期

149.《论纳兰性德的编辑思想》,于佩琴,《承德民族师专学报》,2006 年第 4 期

150.《纳兰性德与佛教》,姚崇实,《承德民族师专学报》,2006 年第 4 期

151.《纳兰性德〈效江醴陵杂拟古体诗二十首〉评析》,宋培效,《承德民族师专学报》,2006 年第 4 期

152.《纳兰性德与顾太清》,金适、凯和,《承德民族师专学报》,2006 年第 4 期

153.《中国历史文化传统与"纳兰性德现象"》,楚庄,《承德民族师专学报》,2006 年第 4 期

154.《纳兰性德研究与承德》,赵和强,《满族文学》,2006 年第 6 期

155.《论纳兰性德词对"愁雨"意象内涵的充实》,鄢嫣,《湖南人文科技学院学报》,2006 年第 5 期

156.《纳兰性德赠答送别词论略》,林美云,《漳州师范学院学报》(哲学社会

科学版),2006 年第 3 期

157.《略论纳兰性德词凄艳风格的形成原因》,孙明霞,《成都教育学院学报》,2006 年第 4 期

158.《论纳兰性德诗词中的归隐心态》,李晓明、王喜伶,《湘南学院学报》,2006 年第 1 期

159.《豪华落尽见真纯——论纳兰性德词的艺术风格》,赵东升,《文教资料》,2006 年第 8 期

160.《论纳兰性德的咏物词》,李彩霞,《语文学刊》,2006 年第 5 期

161.《纳兰性德词的魅力》,王海萍,《赤峰学院学报》(汉文哲学社会科学版),2006 年第 2 期

162.《繁华落尽是真纯——秦观与纳兰性德的词的异同》,尹武,《黑龙江教育学院学报》,2006 年第 3 期

163.《纳兰性德的文学创作精神》,胡丽茹,《满族研究》,2006 年第 3 期

164.《论纳兰性德对佛学的感悟及在创作中的体现》,刘萱,《满族研究》,2006 年第 3 期

165.《悼亦有道——爱伦·坡与纳兰性德的悼亡诗对比分析》,赵卫东,《同济大学学报》(社会科学版),2007 年第 4 期

166.《饮水情感三昧——关于纳兰性德及其词作的几个问题》,纪晓华,《楚雄师范学院学报》,2007 年第 8 期

167.《灵魂与灵魂密语的繁富人生——从纳兰性德诗〈西苑杂咏和荪友韵〉看其人格理想》,薛梅,《满族研究》,2007 年第 3 期

168.《无限情思惹词赋——纳兰性德咏史词的新境界》,毕国忠,《河北科技大学学报》(社会科学版),2007 年第 3 期

169.《论纳兰性德的词学思想》,沈燕红,《黑龙江民族丛刊》,2007 年第 4 期

170.《色彩交替中的如梦缠绵——论纳兰性德的悼亡词》,陈蓉芸、陈利,《科教文汇》(下半月),2007 年第 2 期

171.《莫将兴废话分明——试析纳兰性德边塞词中的历史兴亡感》,姚菲菲,《文教资料》,2007 年第 7 期

172.《一种相思两处闲愁——试比较纳兰性德与哈代悼亡诗两首》,刘敏,《科技信息》(学术研究),2007 年第 13 期

173.《纳兰性德的爱情、伤别、悼亡词探析》,沈燕红,《名作欣赏》,2007 年第 12 期

174.《纳兰性德的爱情词中的忧患意识》,王浩,《宿州学院学报》,2007 年第 3 期

175.《论纳兰性德的诗歌创作观》,罗艳石,《石河子大学学报》(哲学社会科

《纳兰性德集》名言警句

△檐树吐新花,枝头语珍禽。花发饶冶色,禽鸣多姣音。(《茅斋》)(第005页)
△月出光在天,月高光在地。何当同心人,两两不相弃。(《高楼望月》)(第006页)
△诗亡词乃盛,比兴此焉托。往往欢娱工,不如忧患作。(《填词》)(第012页)
△我今落拓何所止,一事无成已如此。平生纵有英雄血,无由一溅荆江水。(《送荪友》)(第016页)
△若使春风知别苦,不应吹到柳条边。(《柳条边》)(第018页)
△有心惊晓梦,无计哢春风。(《咏笼莺》)(第019页)
△蜀龙吴虎真无愧,谁解公休事魏心?(《咏史》其四)(第025页)
△永安遗命分明在,谁禁先生自取来?(《咏史》其八)(第026页)
△西风不解征人苦,一夕萧萧满大旗!(《记征人语》其八)(第028页)
△自是多情便多絮,随风直到谢娘家。《柳枝词》其一)(第031页)
△预陈辟谷他年志,许赐华阳十里山。(《从军曲》其一)(第039页)
△还将妙写簪花手,却向雕鞍试臂鹰。(《塞垣却寄》其一)(第040页)
△中原事业如江左,芳草何须怨六朝!(《秣陵怀古》)(第043页)
△人生若只如初见,何事秋风悲画扇?等闲变却故人心,却道故人心易变。([木兰花令]"人生若只如初见")(第046页)
△烟白酒旗青,水村鱼市晴。([菩萨蛮]"知君此际情萧索")(第048页)
△人在玉楼中,楼高四面风。([菩萨蛮]"春云吹散湘帘雨")(第051页)
△夕阳何事近黄昏,不道人间犹有未招魂。([虞美人]"春情只到梨花薄")(第055页)
△凄凉别后两应同,最是不胜清怨月明中。([虞美人]"曲阑深处重相见")(第056页)
△背灯和月就花阴,已是十年踪迹十年心。([虞美人]"银床渐沥青梧老")(第057页)
△山一程,水一程,身向榆关那畔行,夜深千帐灯。([长相思]"山一程")(第077页)
△聒碎乡心梦不成,故园无此声。([长相思]"山一程")(第078页)
△万帐穹庐人醉,星影摇摇欲坠。([如梦令]"万帐穹庐人醉")(第079页)
△蓦地一相逢,心事眼波难定。([如梦令]"正是辘轳金井")(第080页)
△若似月轮终皎洁,不辞冰雪为卿热。([蝶恋花]"辛苦最怜天上月")(第085页)
△不恨天涯行役苦。只恨西风,吹梦成今古。([蝶恋花]"又到绿杨曾折处")

（第087页）

△休说生生花里住,惜花人去花无主。（〔蝶恋花〕"萧瑟兰成看老去"）（第089页）
△半世浮萍随逝水,一宵冷雨葬名花。魂似柳绵吹欲碎,绕天涯。（〔山花子〕"林下荒苔道韫家"）（第091页）
△醒也无聊,醉也无聊,梦也何曾到谢桥。（〔采桑子〕"谁翻乐府凄凉曲"）（第094页）
△明月多情应笑我。笑我如今,辜负春心,独自闲行独自吟。（〔采桑子〕"明月多情应笑我"）（第100页）
△别有根芽。不是人间富贵花。（〔采桑子〕"非关癖爱轻模样"）（第101页）
△我是人间惆怅客,知君何事泪纵横。（〔浣溪沙〕"残雪凝辉冷画屏"）（第108页）
△远信不归空伫望,幽期细数却参差。（〔浣溪沙〕"睡起惺忪强自支"）（第109页）
△沈思往事立残阳。（〔浣溪沙〕"谁念西风独自凉"）（第114页）
△当时只道是寻常。（〔浣溪沙〕"谁念西风独自凉"）（第114页）
△一日心期千劫在,后身缘、恐结他生里。（〔金缕曲〕"德也狂生耳"）（第118页）
△如今憔悴异当时。飘零心事,残月落花知。（〔临江仙〕"别后闲情何所寄"）（第126页）
△纵使东风依旧,怕红颜不似。（〔好事近〕"何路向家园"）（第127页）
△百感都随流水去,一身还被浮名束。（〔满江红〕"问我何心"）（第129页）
△判教狼藉醉清尊,为问世间醒眼是何人。（〔虞美人〕"风灭炉烟残炧冷"）（第131页）
△闲愁总付醉来眠,只恐醒时依旧到尊前。（〔虞美人〕"风灭炉烟残炧冷"）（第131页）
△一片晕红才著雨,几丝柔绿乍和烟。倩魂销尽夕阳前。（〔浣溪沙〕"谁道飘零不可怜"）（第132页）
△今古河山无定据。画角声中,牧马频来去。（〔蝶恋花〕"今古河山无定据"）（第133页）
△一往情深深几许,深山夕照深秋雨。（〔蝶恋花〕"今古河山无定据"）（第133页）
△终古闲情归落照,一春幽梦逐游丝。（〔浣溪沙〕"杨柳千条送马蹄"）（第134页）
△塞马一声嘶,残星拂大旗。（〔菩萨蛮〕"朔风吹散三更雪"）（第138页）
△六王如梦祖龙非。（〔浣溪沙〕"海色残阳影断霓"）（第139页）
△清川华薄,恒寄兴于名流;彩笔瑶笺,每留情于胜赏。（《渌水亭宴集诗序》）（第146页）
△浮生若梦,昔贤于以兴怀;胜地不常,曩哲因而增感。（《渌水亭宴集诗序》）（第147页）
△妆台秋镜,万六千顷之波;黛点春螺,七十二峰之变。（《灵岩山赋》）（第153页）

图书在版编目（CIP）数据

纳兰性德集／（清）纳兰性德著；寇宗基，张政雨，布莉华解评．—1版．—太原：三晋出版社，2008.8（2012.1重印）
（中国家庭基本藏书·名家选集卷）
ISBN 978 - 7 - 5457 - 0010 - 7

Ⅰ．纳…　Ⅱ．①纳…②寇…③张…④布…　Ⅲ．词（文学）—作品集—中国—清前期　Ⅳ．I 222.849

中国版本图书馆CIP数据核字（2008）第157724号

纳兰性德集

著　　者：（清）纳兰性德	**解评者**：寇宗基　张政雨　布莉华
责任编辑：郝文霞	**审订者**：郝文霞
封面设计：敬人工作室	**版式设计**：敬人工作室
责任校对：郝文霞	**责任印制**：李佳音

出版发行：山西出版传媒集团·三晋出版社（原山西古籍出版社）
地　　址：太原市建设南路21号
电　　话：（0351）4956036（咨询）　　4922268（邮购）
传　　真：（0351）4922102
网　　址：http：//sjs.sxpmg.com
邮　　编：030012
E － mail：sj@sxpmg.com

印刷装订：山西出版传媒集团·山西新华印业有限公司
（本书如有破损、缺页、装订错误，请与承印厂联系调换　0351 - 4120948）

开　　本：	787mm×960mm　1/16
字　　数：	230千字
印　　张：	13
版　　次：	2008年10月第1版
印　　次：	2012年1月第2次印刷
书　　号：	ISBN 978 - 7 - 5457 - 0010 - 7
定　　价：	18.00元

版权所有，翻印必究。本书图文未经书面授权，不得以任何方式转载或公开发表。